Une vie sur [barcode]
D'un ami à un autre...
D'une histoire à une autre...

Bonne lecture cher ami. Tu
me raconteras cette deuxième
vie de ce livre qui déborde
de sens.

Amitiés
Serge

13 NOV 10

QUAND NOTRE MONDE EST DEVENU CHRÉTIEN

Né en 1930 à Aix-en-Provence, ancien élève de l'École normale supérieure, Paul Veyne est l'un des plus grands historiens français de l'Antiquité romaine. Il est professeur honoraire au Collège de France.

PAUL VEYNE

Quand notre monde est devenu chrétien

(312-394)

Édition revue et augmentée

ALBIN MICHEL

© Éditions Albin Michel, 2007.
ISBN : 978-2-253-12999-8 – 1re publication LGF

À Lucien Jerphagnon,
et en souvenir de Claude Roy.

I

Le sauveur de l'humanité :
Constantin

Un des événements décisifs de l'histoire occidentale et même mondiale s'est produit en 312 dans l'immense Empire romain. Ce IVe siècle de notre ère avait mal commencé pour l'Église chrétienne : de 303 à 311, elle avait essuyé une des deux pires persécutions de son histoire, qui avait fait des milliers de morts. En 311, un des quatre co-empereurs qui se partageaient le gouvernement de l'Empire s'était résigné à y mettre fin, en reconnaissant aigrement dans sa loi de tolérance que persécuter ne servait à rien, puisque les nombreux chrétiens qui avaient renié leur foi pour sauver leur vie n'étaient pas revenus pour autant au paganisme. Si bien (c'était à cette époque un sujet d'inquiétude pour un chef) qu'il y avait des trous dans le tissu religieux de la société.

Or, l'année suivante, en 312, le plus imprévisible des événements éclata : un autre des co-empereurs,

Constantin, le héros de cette grande histoire, se convertit au christianisme à la suite d'un rêve (« tu vaincras sous ce signe »). À cette époque, on pense que cinq ou dix pour cent à peine de la population de l'Empire (soixante-dix millions d'habitants, peut-être) étaient chrétiens[1]. « Il ne faut jamais oublier », écrit J.B. Bury[2], « que la révolution religieuse faite par Constantin en 312 a peut-être été l'acte le plus audacieux qu'ait jamais commis un autocrate, en défiant et en méprisant ce que pensait la grande majorité de ses sujets ».

BANALITÉ DE L'EXCEPTIONNEL

Quatre-vingts ans plus tard, comme on le découvrira plus loin, sur un autre champ de bataille et le long d'un autre fleuve, le paganisme se verra interdit et, sans avoir été persécuté, se saura vaincu. Car, tout au long du IVᵉ siècle, l'Église, cessant elle-même d'être persécutée comme elle l'avait souvent été

---

1. Ou le double dans quelques régions largement christianisées, surtout en Afrique et en Orient grec, où l'on peut supposer une diffusion par « plaques de voisinage » et imitation de proche en proche. Cf. récemment Klaus M. GIRARDET dans un bon livre, *Die konstantinische Wende : Voraussetzungen und geistige Grundlagen der Religionspolitik Konstantins des Großen*, Darmstadt, 2006, p. 82-83.

2. *A History of the Later Roman Empire*, rééd. 1958, New York, Dover Books, vol. I, p. 360. Cité par Peter BROWN, *Society and the Holy in Late Antiquity*, Berkeley/Los Angeles, University of California Press, 1982, p. 97 (*La Société et le sacré dans l'Antiquité tardive*, trad. fr. A. Rousselle, Paris, Seuil, 1985, rééd. 2002).

depuis trois siècles, aura été soutenue de toutes les manières par la plupart des Césars, devenus chrétiens ; si bien qu'au VIe siècle l'Empire ne sera guère peuplé que de chrétiens et que, de nos jours, il y a un milliard et demi de chrétiens sur notre planète. Il est vrai aussi qu'après les années 600 la moitié des régions chrétiennes qui avaient appartenu à l'Empire deviendront musulmanes sans difficulté apparente.

Quel homme fut donc ce Constantin dont le rôle fut décisif ? Loin d'être le calculateur cynique ou le superstitieux qu'on disait encore récemment, ce fut, à mon avis, un homme qui voyait grand ; sa conversion lui permettait de participer à ce qu'il considérait comme une épopée surnaturelle, d'en prendre la direction et d'assurer ainsi le salut de l'humanité ; il avait le sentiment que, pour ce salut, son règne était religieusement une époque charnière où lui-même avait un rôle immense à jouer. À peine devenu maître de l'Occident romain (il devait avoir alors trente-cinq ans), il écrira en 314 à des évêques, « ses très chers frères », que « la sainte piété éternelle et inconcevable de notre Dieu se refuse absolument à souffrir que la condition humaine continue plus longtemps à errer dans les ténèbres[1] ».

Sincère, Constantin le fut, mais c'est trop peu dire et, dans son cas, il faut envisager de l'exceptionnel. Les historiens sont moins habitués à l'exception qu'à la saine méthode de « mise en série » ; de plus, ils ont ce sens de la banalité, de la quotidienneté, dont

---

1. EUSÈBE, *Vie de Constantin*, II, 56.

manquent tant d'intellectuels qui croient au miracle
en politique ou qui, au contraire, « calomnient leur
temps par ignorance de l'histoire » (disait Flaubert).
Or Constantin estimait avoir été choisi, destiné par
le Décret divin pour jouer un rôle providentiel dans
l'économie millénaire du Salut ; il l'a dit, il l'a écrit
dans un texte authentique qu'on lira plus loin, mais
si outré que la plupart des historiens l'ont dédaigné
dans leur embarras et n'en parlent pas.

Cette outrance n'a cependant rien d'incroyable, elle
entre en série, elle aussi, car il arrive qu'un potentat,
un penseur, un leader religieux ou politique se
croient appelés à sauver l'humanité, à révolutionner
le cours du monde ; la pire erreur serait de douter de
leur sincérité. Celle-ci est d'autant moins incroyable
qu'à Rome le rôle impérial était quelquefois inter-
prété beaucoup plus librement que celui de nos rois :
en ces temps lointains, lorsque l'imagination était au
pouvoir, ce n'était pas parmi des étudiants, c'était
chez un potentat. Mais Constantin, potentat imagi-
natif et même mégalomane, était aussi un homme
d'action, pétri de prudence autant que d'énergie[1] ; il
est donc arrivé à ses fins : le trône romain est devenu
chrétien et l'Église est devenue une puissance. Sans
Constantin, le christianisme serait resté une secte
d'avant-garde.

---

1. « Un très grand homme qui a tout fait pour réaliser ce qu'il
avait médité de faire » (*vir ingens et omnia efficere nitens quae animo
simul praeparasset*), écrit EUTROPE (X, 5), qui est un patriote religieusement indifférent entre Constantin et Julien (X, 16).

BREF RÉSUMÉ DES FAITS

Mais commençons par liquider en deux pages le récit des événements. La conversion de Constantin fut un épisode dans un de ces monotones conflits entre généraux, sans autre enjeu que la possession du trône, qui remplissent une bonne moitié de l'histoire politique romaine. Or donc, en ce début du IVe siècle, l'Empire romain était divisé entre quatre co-empereurs qui étaient censés régner fraternellement ; deux de ces empereurs se partageaient le riche Orient romain (Grèce, Turquie, Syrie, Égypte et autres lieux), tandis que le vaste Occident (régions danubiennes et Maghreb compris) était partagé entre un certain Licinius dont on reparlera et notre Constantin, qui gouvernait pour sa part la Gaule, l'Angleterre et l'Espagne.

Il aurait dû gouverner aussi l'Italie, mais un cinquième larron nommé Maxence s'était introduit dans le jeu : il avait usurpé l'Italie et Rome. Plus tard, les chrétiens, pour louer Constantin, prétendront faussement qu'il était resté persécuteur. C'est pour prendre l'Italie à Maxence que Constantin entra en guerre contre celui-ci et c'est au cours de cette campagne qu'il se convertit, mettant sa confiance dans le dieu des chrétiens pour avoir la victoire. Cette conversion aboutit à un rêve qu'il fit pendant la nuit qui précédait la bataille et où le dieu des chrétiens lui promit la victoire s'il affichait publiquement sa nouvelle religion.

En effet, le lendemain, en la journée mémorable

du 28 octobre 312, Dieu lui procura dans les fau-
bourg de Rome, le long du Tibre, la célèbre victoire
du Pont Milvius ; Maxence fut écrasé et tué par les
troupes de Constantin, qui affichaient la religion
personnelle du chef dont elles étaient l'instrument[1] :
leurs boucliers[2] étaient marqués d'un symbole tout
nouveau[3] qui, la veille de la bataille, avait été révélé
à l'empereur pendant son sommeil[4] et que lui-même
portait sur son casque[5] ; c'était ce qu'on allait appeler
le « chrisme », formé des deux premières lettres du
nom du Christ, à savoir les lettres grecques X et P,
superposées et croisées.

Et le surlendemain 29, Constantin à la tête de ses
troupes faisait son entrée solennelle dans Rome par la
Via Lata, qui est l'actuel Corso. C'est à cette date du
29 octobre 312 (et non à celle du prétendu « édit de

---

1. Car le chrisme sur le bouclier n'impliquait nullement que le
soldat qui tenait ce bouclier était devenu personnellement chrétien ;
au contraire, l'armée restera longtemps un foyer de paganisme :
Ramsay MacMullen, *Christianizing the Roman Empire, A.D. 100-
400*, New Haven/Londres, Yale UP, 1984, p. 44-47.

2. *In scutis*, écrit Lactance, peu après 312, dans son *De mortibus
persecutorum*, XLIV, 5. Dans sa lettre au shah de Perse, Constantin lui-même écrira que « (s)es soldats portent à l'épaule le signe
consacré à Dieu » (Eusèbe, *Vie de Constantin*, IV, 9).

3. Sur ce signe inventé par Constantin, voir Ch. Pietri dans *Histoire du christianisme* (dir. J.-M. Mayeur, Ch. et L. Pietri, A. Vau-
chez et M. Venard, Paris, Desclée, 1995, vol. II. *Naissance d'une
chrétienté (250-430)*, p. 194-197 ; le chrisme finit par devenir un
insigne plus militaire que chrétien : voir R. MacMullen, *Christianizing the Roman Empire, op. cit.*, p. 48 et n. 23.

4. Voir Notes complémentaires, p. 273.

5. Eusèbe, *Vie de Constantin*, I, 31,4.

Milan » en 313) qu'on peut poser la borne-frontière entre l'antiquité païenne et l'époque chrétienne[1]. Ne nous y trompons pas : le rôle historique de Constantin ne va pas être de mettre fin aux persécutions (elles avaient cessé depuis deux ans, le christianisme ayant été reconnu licite à l'égal du paganisme), mais de faire du christianisme, devenu sa religion, une religion favorisée de toutes les manières, à la différence du paganisme.

Résumé de son action

Dans le reste de l'Empire, l'année suivante, en 313, Licinius, resté païen, mais sans être persécuteur, vainquit le co-empereur persécuteur qui régnait sur l'Orient. Lui aussi avait eu un rêve : la veille de la bataille, un « ange » lui avait promis la victoire s'il adressait une prière à un certain « dieu suprême », et il faisait prier ce dieu suprême par son armée[2]. Il remporta la victoire, devint maître de l'Orient, y fit afficher un édit de tolérance et délivra ainsi les chrétiens orientaux de leur persécuteur. Restés face à face, le païen Licinius et le chrétien Constantin,

---

1. Voir Notes complémentaires, p. 274.
2. Lactance, *De mortibus persecutorum (Mort des persécuteurs)*, XLVI, 3. Avec ce « dieu suprême » qui reste indéterminé, Licinius évitait de s'opposer au dieu chrétien, et Lactance évite de mentir et de faire de Licinius un chrétien : tous, païens aussi bien que chrétiens, étaient d'accord sur l'existence d'un dieu suprême, en qui chacun pouvait reconnaître son dieu préféré.

qui co-régnaient désormais sur l'Empire indivisible,
s'étaient mis d'accord à Milan pour traiter leurs sujets
païens et chrétiens sur un pied d'égalité ; c'était un
compromis, une concession contraire à tous les principes, mais indispensable à une époque qui se voulait
désormais pacifique (*pro quiete temporis*)[1].

Après la victoire du Pont Milvius, les païens pouvaient supposer qu'envers le dieu qui lui avait donné
la victoire Constantin aurait la même attitude que
ses prédécesseurs : après sa victoire à Actium sur
Antoine et Cléopâtre, Auguste avait payé sa dette à
Apollon en lui consacrant, comme on sait, un sanctuaire et un culte local. Or le chrisme qui figurait sur
les boucliers de l'armée constantinienne signifiait
que la victoire avait été remportée grâce au dieu des
chrétiens. C'était méconnaître qu'entre ce Dieu et
ses créatures le rapport était permanent, passionné,
mutuel et intime, tandis qu'entre la race humaine et
la race des dieux païens, qui vivaient surtout pour
eux-mêmes, les relations étaient pour ainsi dire
internationales[2], contractuelles et occasionnelles ;
Apollon n'avait pas pris les devants envers Auguste,

---

1. LACTANCE, *Mort des persécuteurs*, XLVIII, 6 (« édit » de
Milan).

2. Je me permets de renvoyer à mon *Empire gréco-romain*, Paris,
Seuil, 2005, p. 421-428. Deux exemples : à la mort d'un prince aimé,
Germanicus, la plèbe romaine lapida les temples et renversa les
autels, comme chez nous des manifestants qui lapident une ambas-
sade étrangère ; à la fin de l'Antiquité, un passéiste, l'empereur
Julien, indigné d'avoir subi un revers militaire, refusa désormais de
sacrifier à Mars.

qui s'était adressé à lui, et ne lui avait pas dit de vaincre sous son signe.

Rien de plus différent que le rapport des païens avec leurs divinités et celui des chrétiens avec leur Dieu : un païen était content de ses dieux s'il avait obtenu leur secours par ses prières et ses vœux, tandis qu'un chrétien faisait plutôt en sorte que son Dieu fût content de lui. Auguste n'était pas le serviteur d'Apollon, il s'était adressé à lui, et ses lointains successeurs païens ne seront pas non plus les serviteurs du Soleil Invincible, leur protecteur ou leur image céleste ; tandis qu'au cours des vingt-cinq années suivantes Constantin ne cessera de répéter qu'il n'est que le serviteur du Christ qui l'a pris à son service et qui lui procure toujours la victoire.

Oui, c'étaient bien les initiales du nom même du Christ qu'il avait vues en songe ; tandis que Licinius avait écouté le « dieu suprême » d'un monothéisme anonyme et passe-partout sur lequel tous les esprits éclairés de l'époque pouvaient être d'accord. Avec cette victoire de 312, le « discours » religieux tenu par le pouvoir avait donc changé du tout au tout. Toutefois Constantin ne prétendait pas, ne prétendra jamais, et ses successeurs pas davantage, imposer de force sa nouvelle foi à ses sujets. Encore moins le christianisme était-il à ses yeux une « idéologie » à inculquer aux peuples par calcul politique (nous reviendrons *in fine* sur cette explication apparemment profonde qui vient spontanément à l'esprit de beaucoup d'entre nous).

Dix ans plus tard, en 324, la religion chrétienne

prenait d'un seul coup une dimension « mondiale »
et Constantin revêtait la stature historique qui sera
désormais la sienne : il venait d'écraser en Orient
Licinius, autre persécuteur prétendu, de rétablir à
son profit l'unité de l'Empire romain, d'en réunir
les deux moitiés sous son sceptre chrétien. Le christianisme avait désormais pour carrière cet immense
empire qui était le centre du monde et qui se considérait comme coextensif à la civilisation. Ce qui
s'appellera pendant de longs siècles l'Empire chrétien, voire la Chrétienté venait de naître. Constantin
se hâta de rassurer ses nouveaux sujets et de leur
promettre, en inversant les termes de 312, que les
païens d'Orient seraient traités sur un pied d'égalité
avec les chrétiens : qu'ils restent sottement païens,
« qu'ils possèdent, s'ils le désirent, leurs temples du
mensonge[1] », qui ne doivent donc pas être détruits.
Le temps avait marché : en 312, la religion tolérée
était le christianisme, en 324, c'était le paganisme[2].

Dès la première année de sa victoire de 312, la
politique religieuse de l'empereur était devenue
visible et ne devait plus changer ; nous la détaillerons
tout au long de ce petit livre. 1° Dans la partie de
l'Empire dont il est devenu le maître et qu'il a libérée
de la persécution, toutes les grandes décisions, « lit-
téralement toutes[3] », qu'il prend dès l'hiver 312-313

---

1. EUSÈBE, *Vie de Constantin*, II, 56.
2. A. ALFÖLDI, *The Conversion of Constantine, op. cit.*, p. 88.
3. Nous nous rallions à la thèse de Klaus M. GIRARDET, *Die konstantinische Wende, op. cit.*, p. 48.

visent à préparer au monde romain un avenir chrétien. 2° Mais, trop prudent, trop pragmatique pour
aller plus loin, Constantin sera le souverain personnellement chrétien d'un empire qui a intégré l'Église,
tout en restant officiellement païen ; l'empereur
ne persécutera ni le culte païen ni la large majorité
païenne ; il se bornera à répéter dans ses documents
officiels que le paganisme est une superstition mépri-
sable. 3° Le christianisme étant la conviction personnelle du souverain, il installera fortement l'Église
comme par un impérial caprice et parce qu'il s'appelait lion : un César était moins tenu que nos rois par
une tradition dynastique et par des « lois fondamen-
tales du royaume », et c'est pourquoi il y eut les
célèbres « Césars fous ». En revanche, il n'imposera
sa religion à personne. 4° Sauf sur un point : puisqu'il est personnellement chrétien, il ne tolérera pas
de paganisme dans les domaines qui touchent à sa
personne, tels que le culte des empereurs ; de même,
par solidarité avec ses coreligionnaires, il dispensera
ceux-ci de devoir exécuter des rites païens au titre
de leurs fonctions publiques. 5° Malgré son profond
désir de voir ses sujets devenir tous chrétiens, il ne
s'attellera pas à la tâche impossible de les convertir.
Il ne persécutera pas les païens, ne leur ôtera pas la
parole, ne les défavorisera pas dans leur carrière : si
ces superstitieux veulent se damner, libre à eux ; les
successeurs de Constantin ne les contraindront pas
davantage et laisseront le soin de leur conversion à
l'Église, qui usera plus de persuasion que de persécution. 6° Le plus urgent, à ses yeux, serait, non

de convertir les païens, mais d'abolir les maléfiques
sacrifices d'animaux aux faux dieux, ces démons ;
il parlera un jour de le faire, mais n'osera pas et en
laissera le soin à son dévot fils et successeur. 7° Par
ailleurs, ce bienfaiteur et champion laïc de la foi rem-
plira, face à « ses frères les évêques », avec modestie,
mais sans hésitation, la fonction inédite, inclassable,
autoproclamée d'une sorte de président de l'Église[1] ;
il se mêlera des affaires ecclésiastiques et il sévira,
non contre les païens, mais contre les mauvais chrétiens, séparatistes ou hérétiques.

UNE TOLÉRANCE INSINUANTE

Convertir les païens ? Vaste programme. Constantin reconnaît que leur résistance (*epanastasis)* est
telle qu'il renonce à leur imposer la Vérité et qu'il
restera tolérant malgré ses souhaits ; après ses deux
grandes victoires, en 312 et en 324, il a soin de rassurer les païens des provinces qu'il venait d'acquérir :
« Que ceux qui se trompent jouissent de la paix, que
chacun conserve ce que son âme veut avoir, que personne ne tourmente personne[2]. » Il tiendra les pro-

---

1. Voir par exemple la lettre de Constantin pour le concile d'Arles
en 314, chez H. VON SODEN, *Urkunden zur Geschichte des Donatismus*, Kleine Texte, CXXII, Bonn, 1913, n° 18 ; ou chez Volkmar
KEIL, *Quellensammlung zur Religionspolitik Konstantins des Grossen, übersetzt und herausgegeben*, Darmstadt, 1989, p. 78.

2. Chez EUSÈBE, *Vie de Constantin*, II, 56, 1 et 60, 1. Si bien
que H.A. DRAKE a pu soutenir que le dessein de Constantin était

messes, le culte païen ne sera aboli qu'un demi-siècle après sa mort et seul Justinien, deux siècles plus tard, commencera à vouloir convertir les derniers païens, ainsi que les Juifs.

Tel fut le « pragmatisme de Constantin[1] », qui a eu un grand avantage. En ne contraignant pas les païens à la conversion, Constantin a évité de les dresser contre lui et contre le christianisme (dont l'avenir était bien moins assuré qu'on ne croit et qui a failli sombrer en 364, comme on verra). Face à l'élite partisane qu'était la secte chrétienne, les masses païennes ont pu vivre dans l'incurie, indifférentes au caprice de leur empereur ; seule souffrait une mince élite de lettrés païens.

Constantin, disions-nous, a laissé en paix les païens et leurs cultes, même après 324, lorsque la réunification de l'Orient et de l'Occident sous son sceptre l'a rendu tout-puissant. En cette année-là, il adresse des proclamations à ses nouveaux sujets orientaux, puis à tous les habitants de son empire[2]. Écrites dans un style plus personnel qu'officiel,

---

de « créer un consensus durable entre païens et chrétiens dans un espace public religieusement neutre » (*Constantine and the Bishops : the Politics of Intolerance*, Baltimore, Johns Hopkins University Press, 2000, p. XV et 401-409). Peut-être, mais le mépris officiellement affiché par l'empereur pour la sottise du paganisme se concilie mal avec cette vue trop généreuse.

1. Selon l'expression de Pierre CHUVIN, *Chronique des derniers païens : la disparition du paganisme dans l'Empire romain, du règne de Constantin à celui de Justinien*, Paris, Les Belles Lettres/Fayard, 1990, p. 37-40.

2. EUSÈBE, *Vie de Constantin*, II, 24-42 et 48-60.

elles sortent de la plume d'un chrétien convaincu qui met en paroles le paganisme plus bas que terre, qui proclame que le christianisme est la seule bonne religion, qui argumente en ce sens (les victoires du prince sont une preuve du vrai Dieu), mais qui ne prend aucune mesure contre le paganisme : Constantin ne sera pas un persécuteur à son tour, l'Empire vivra en paix. Mieux encore, il interdit formellement à quiconque de s'en prendre à son prochain pour raison religieuse : la tranquillité publique doit régner ; ce qui visait sans doute des chrétiens trop zélés, prêts à agresser les cérémonies païennes et les temples.

Le rôle d'empereur romain était d'une ambiguïté à rendre fou (trois siècles avant Constantin, il avait rendu paranoïaque le premier successeur, Tibère, du fondateur du régime impérial). Un César devait avoir quatre langages : celui d'un chef dont le pouvoir civil est de type militaire et qui donne des ordres ; celui d'un être supérieur (mais sans être un dieu vivant) vers lequel monte un culte de la personnalité ; celui d'un membre du grand conseil d'Empire, le Sénat, où il n'est que le premier parmi ses pairs, qui n'en tremblent pas moins pour leur tête ; celui du premier magistrat de l'Empire qui communique avec ses concitoyens et s'explique devant eux. Dans ses ordonnances ou proclamations de 324, Constantin a choisi ce langage, en le mêlant à un cinquième, celui d'un prince chrétien convaincu, propagandiste de sa foi et qui tient le paganisme pour une « superstition désavantageuse », tandis que le christianisme est la « très sainte Loi » divine[1].

Il n'en a pas moins tenu ses promesses de tolérance religieuse et de paix civile que n'ensanglantera aucune persécution ; ne l'agiteront plus que les querelles entre chrétiens. Il ne force personne à se convertir[2], il nomme des païens aux plus hautes fonctions de l'État[3], il ne fait aucune loi contre les cultes païens (même après ses triomphes de 324, quoi qu'on dise parfois)[4] et il laisse le Sénat de Rome continuer à attribuer des crédits aux prêtres officiels et aux cultes publics de l'État romain, qui continuent comme avant et continueront jusque vers la fin du siècle.

Le mot de tolérance est-il le bon ? Au risque d'être inutilement didactique, distinguons. On pourrait être tolérant par agnosticisme, ou encore parce qu'on estimerait que plusieurs chemins mènent à la peu accessible Vérité[5]. On peut devenir tolérant par compromis, parce qu'on est las des guerres de Religion ou parce que la persécution a échoué. On

---

1. *Code Théod.*, XVI, 2, 5 : *aliena superstitio, sanctissima lex* (en 323).
2. R. MacMullen, *Christianizing the Roman Empire*, op. cit., p. 86-101.
3. Voir une liste de noms chez A. Alföldi, *The Conversion of Constantine*, op. cit., p. 119.
4. Entre 324 et sa mort en 337, Constantin ne fait aucune loi antipaïenne (K. M. Girardet, *Die konstantinische Wende*, op. cit., p. 124).
5. C'est ce qu'à la fin du siècle le païen Symmaque alléguera face aux chrétiens : « On ne peut parvenir par une seule voie à un si grand mystère » (*Relatio*, III, 10).

peut poser aussi, comme les Français, que l'État n'a pas à connaître de l'éventuelle religion des citoyens, qui est leur affaire privée, ou, comme les Américains, que les États ne doivent reconnaître, interdire ni favoriser aucune confession. Constantin, lui, croyait à la seule Vérité, se sentait le droit et le devoir de l'imposer[1], mais, sans se risquer à passer aux actes, il laissait en paix ceux qui se trompaient, dans l'intérêt, écrivait-il, de la tranquillité publique ; en d'autres termes, parce qu'il se heurterait à une forte opposition. Si bien que son empire sera à la fois chrétien et païen.

Mais Constantin maintient par ailleurs qu'il existe en sa faveur un domaine réservé : le christianisme étant sa religion personnelle (puis deviendra pratiquement, sous ses successeurs chrétiens, celle du trône), il ne souffre pas que sa propre personne soit souillée par le culte païen[2]. Il vient à Rome en 315 pour célébrer sa dixième année de règne. Ces fêtes décennales étaient des célébrations patriotiques où, après dix années du plus heureux des règnes, on acquittait par des sacrifices les « contrats » de

---

1. Puisque le Seigneur Jésus a donné mission à ses disciples de convertir toute la terre.

2. Rappelons le texte très discuté de Zosime, II, 29, 5 où l'on trouve la même double conduite : laisser les païens accomplir leurs cérémonies, ne pas s'y souiller soi-même ; à une date très discutée, Constantin « participa à la fête (*heortê*) », mais « se tint à l'écart du saint sacrifice (*hiera hagisteia*) ». Voir la savante note de Fr. PASCHOUD dans son édition, vol. 1, p. 220-224, et la discussion de K. M. GIRARDET, *Die konstantinische Wende, op. cit.*, p. 61, n. 77 (et tout le contexte de ce savant).

vœux conclus dix ans auparavant pour le salut du souverain et on renouvelait par d'autres sacrifices l'abonnement pour les dix heureuses années à venir ; Constantin laissa le peuple se réjouir en de grandes fêtes, mais interdit tout sacrifice d'animaux[1], désinfectant ainsi (comme dit Alföldi) les rites païens.

Pour faire court, tenons-nous en à un document célèbre où on retrouve le même paganisme désinfecté et la même horreur sacrée pour le sang des sacrifices. La cité de Spello, en Ombrie, demanda à Constantin l'autorisation d'établir chez elle une grande fête annuelle, dont le prétexte obligé serait le culte des empereurs ; elle allait jusqu'à se proposer d'édifier un temple aux empereurs morts et divinisés de la dynastie régnante (dont le propre père de Constantin)[2]. Comme toute fête du culte impérial,

---

1. EUSÈBE, *Vie de Constantin*, I, 48, dont le langage entortillé n'est pas clair, sûrement à dessein. Faut-il supposer que Constantin fit célébrer ses dix ans de règne par une eucharistie chrétienne, comme semblent le penser Cameron et Hall dans leur commentaire de la *Vie de Constantin* ? Mais Eusèbe serait moins entortillé pour le dire. Je suppose plutôt que Constantin a autorisé des rites païens, mais réduits à des guirlandes, à des libations et à de l'encens, sans immolation d'animaux (« sans feu ni fumée », écrit Eusèbe). En effet, on verra que c'était le sang du sacrifice qui était pour un chrétien l'abomination de la désolation. Quant aux fêtes des vingt et trente ans de règne, elles seront célébrées respectivement à Nicée et à Jérusalem même (où se trouvait alors Constantin), évidemment sans le moindre rite païen. En revanche, la fête des dix ans de règne avait offert moins de facilités, car elle avait été célébrée à Rome même, qui était alors « le Vatican du paganisme ».

2. Constance Chlore porte le titre de *divus* sur certaines monnaies posthumes.

elle comporterait des combats de gladiateurs, plaisir suprême, rare, coûteux et purement séculier.

Constantin autorise la fête, les gladiateurs (qu'il a toujours hésité à interdire, tant leurs combats étaient populaires), le temple dynastique, le prêtre impérial, mais interdit à ce dernier d'infliger à sa dynastie la souillure des sacrifices : ce sera du culte impérial sans le sang des victimes. Puisque, de par sa fonction, un prêtre impérial relève de l'empereur lui-même, Constantin profite de ce lien personnel pour interdire un culte païen. Car il ne prohibe le paganisme et ne favorise le christianisme que dans la sphère (large, il est vrai) qui entoure sa personne ; de même, on s'en souvient, il a fait peindre le chrisme sur les boucliers de ses soldats parce que l'armée est l'instrument de l'empereur, son chef direct.

Par solidarité avec ses coreligionnaires, il a soin de leur épargner, comme à lui-même, le contact impur du sang des victimes sacrificielles : les magistrats chrétiens sont dispensés d'accomplir, comme l'exigeaient leurs fonctions, le rite païen des lustrations qui se terminaient sur un sacrifice ; la loi menace de bastonnade ou d'amende quiconque forcerait des conseillers municipaux chrétiens à accomplir cette « superstition[1] ». Double et même triple bénéfice : les riches chrétiens perdaient du même coup ce prétexte à refuser les coûteuses charges municipales[2],

---

1. *Code Théod.*, XVI, 2, 5, en 323.

2. Ch. Pietri, « Constantin en 324 », dans *Crises et redressements dans les provinces européennes de l'Empire*, Actes du colloque de Strasbourg édités par E. Frézouls, Strasbourg, AECR, 1983, p. 75.

et les chrétiens peu scrupuleux se voyaient suggérer d'avoir une conduite plus conforme à leur foi.

Constantin épargne aussi aux chrétiens, seraient-ils criminels, l'obligation légale de pécher. Certains coupables étaient condamnés à combattre comme gladiateurs forcés. Or la Loi divine dit « tu ne tueras point », et depuis toujours les gladiateurs n'étaient pas admis dans l'Église. Constantin décida que les condamnations aux combats de l'arène seraient désormais remplacées, pour les chrétiens, par le travail forcé dans les mines et carrières, « de telle sorte que les condamnés éprouvent le châtiment de leurs forfaits sans que du sang soit versé » ; les successeurs du grand empereur observeront la même loi[1].

Il convient de préciser que les condamnés à mort, aux travaux forcés ou à l'arène devenaient la propriété du Fisc impérial[2] et, en ce sens, de l'empereur lui-même ; Constantin observe donc son principe de n'imposer sa religion qu'à l'intérieur de sa sphère personnelle. En vertu de même principe, son fils Constance II interdira aux hauts magistrats païens, qui continuent à donner à Rome des spectacles de l'arène, d'engager comme gladiateurs des soldats

---

1. Ce sont les lois, *Code Théod.*, IX, 40, 8 et 11 (en 365 et 367).

2. Le Fisc appartenait à l'empereur. Les mines et carrières appartenaient aussi à l'empereur et relevaient du Fisc ; les condamnés y étaient esclaves du Fisc, qui était une espèce de Goulag, possédait des camps de travail et n'était pas seulement une administration des impôts.

(l'armée est la chose du prince) ou des officiers du Palais impérial[1].

En somme, Constantin a respecté à peu près son principe pragmatique de tolérance. Toutefois il lui est arrivé, en 314, d' « oublier » de célébrer[2] les très solennels jeux Séculaires qui, une fois tous les cent dix ans, fêtaient par plusieurs jours et nuits de cérémonies païennes et de sacrifices la date légendaire de la fondation de Rome. Il lui est arrivé également de prendre quelques mesures très rusées, telles que d'instituer le repos dominical, qu'on détaillera plus loin ; on verra aussi qu'une loi où Constantin imposait l'abolition totale des sacrifices païens n'a pas été appliquée. Le culte païen ne commencera à pâtir que sous son successeur.

Constantin a moins violé l'équilibre entre les deux religions en s'en prenant au paganisme qu'en favorisant les chrétiens : il montrait à tous ses sujets que leur souverain était chrétien, il qualifiait le paganisme de basse superstition dans ses textes officiels et il réservait les traditionnelles libéralités impériales à la religion chrétienne (il fait construire beaucoup d'églises et aucun temple). Car, bien que le paganisme continue à être une *religio licita* et que Constantin soit, comme tout empereur, le Grand Pontife du paganisme, il se conduit dans tous les domaines en protecteur des chrétiens et d'eux seulement.

Grâce à lui, la lente mais complète christianisation

---

1. *Code Théod.*, XV, 12, 2.
2. Zosime, II, 7.

de l'Empire a pu commencer ; l'Église, de « secte »
prohibée qu'elle avait été, était maintenant plus
qu'une secte licite : elle était installée dans l'État et
finira un jour par supplanter le paganisme comme
religion coutumière. Durant les trois premiers siècles,
le christianisme était resté une secte, au sens nullement péjoratif que les sociologues allemands donnent
à ce mot : un groupe où des individus choisissaient
d'entrer, un ensemble de croyances auquel certains
se convertissent, par opposition à une « église », à
un ensemble de croyances dans lesquelles on naît et
qui sont celles de tous. « On devient chrétien, on ne
naît pas chrétien », écrivait Tertullien[1] en 197. Ce
lent passage de la secte à la coutume sera l'œuvre
de l'encadrement clérical de la population, devenu
possible parce que l'Église sera appuyée et favorisée
fiscalement par les empereurs et aussi parce que le
christianisme était la religion du gouvernement lui-
même, qui méprisait publiquement le paganisme.

Si bien que, vers l'an 400, un chrétien pourra avoir
un sentiment de prochain triomphe : « L'autorité de
la Foi se répand dans le monde entier[2]. » Mais d'où
la nouvelle religion tirait-elle son pouvoir sur les
esprits ? Sa supériorité spirituelle sur le paganisme
était éclatante, on va le voir, mais seule une élite religieuse pouvait y être sensible. Et pourquoi un empereur en personne s'était-il converti ?

Lorsque Constantin est venu au monde, le chris-

---

1. TERTULLIEN, *Apologétique*, XVIII, 4.
2. SAINT AUGUSTIN, *Confessions*, VI, XI, 19.

tianisme était devenu « la question brûlante du siècle[1] » ; quiconque avait quelque sensibilité religieuse
ou philosophique en était préoccupé et maint lettré
s'était déjà converti. Il me faut donc, dans la crainte
et le tremblement, tenter d'esquisser un tableau du
christianisme au cours des années 200-300, pour
énumérer les motifs fort divers qui pouvaient rendre
tentante une conversion. Le motif de la conversion
de Constantin est simple, me dit Hélène Monsacré :
à celui qui voulait être un grand empereur, il fallait
un dieu grand. Un Dieu gigantesque et aimant qui se
passionnait pour l'humanité éveillait des sentiments
plus forts que le peuple des dieux du paganisme,
qui vivaient pour eux-mêmes ; ce Dieu déroulait un
plan non moins gigantesque pour le salut éternel de
l'humanité ; il s'immisçait dans la vie de ses fidèles en
exigeant d'eux une morale stricte.

---

1. Comme l'écrivait en 1887 V. SCHULTZE, cité par A. ALFÖLDI,
The Conversion of Constantine, op. cit., p. 10.

II
Un chef-d'œuvre :
le christianisme

Au cours de ces années, le christianisme, tout en ne rencontrant qu'hostilité ou indifférence dans la masse de la population, avait acquis auprès de l'élite le statut d'une avant-garde discutée ; pour les lettrés, il représentait le grand problème religieux du siècle ou sa pire erreur. À notre époque, si l'on a quelque élévation d'esprit, on se pose des questions éthico-politiques sur l'évolution mondiale ; au IIIe siècle on s'inquiétait des hautes vérités et de la destinée de l'âme ; d'où le succès du néoplatonisme auprès des lettrés. La question n'est pas le faible nombre des chrétiens, mais la grande place qu'occupait le christianisme dans l'opinion et les débats publics, en raison de ses supériorités sur le paganisme.

Essayons d'énumérer ces diverses supériorités relatives, car certaines d'entre elles ont dû être décisives dans le choix qu'a fait Constantin de cette religion comme vraie et comme digne de son trône.

Peu de religions, aucune peut-être, ont connu au fil des siècles un enrichissement spirituel et intellectuel égal au christianisme ; au siècle de Constantin, cette religion était encore sommaire, mais, même ainsi, elle l'emportait déjà largement sur le paganisme. Certains historiens agnostiques trouveront peu scientifique d'établir une échelle de mérite entre les religions. Mais, à mon sens, ce n'est pas là violer le principe de neutralité axiologique, pas plus que lorsqu'on reconnaît la supériorité de certaines créations artistiques ou littéraires ; supériorité à laquelle les contemporains n'étaient pas restés plus aveugles que nous. Pourquoi l'imagination créatrice des religions n'aurait-elle pas ses chefs-d'œuvre, elle aussi ?

Mais précisément sa supériorité desservait cette religion d'élite, plus exigeante de ses fidèles que prometteuse de bonnes récoltes ou de guérisons : elle n'était pas plus propre que la grande musique ou la grande littérature à s'imposer à toute une population dont la religiosité était plus courte. Pour sa victoire, l'autorité de l'Empire et de l'Église a pesé plus lourd que ses mérites. En outre, le christianisme a une saveur originale qui ne peut plaire à tous les goûts : le néoplatonisme était moins mélodramatique aux yeux de certains lettrés[1]. Telle fut

---

1. Le sentiment d'un lien de gratitude envers le Père pour ses bienfaits, envers le Fils pour son sacrifice, devait paraître trop humain à un néoplatonicien, aux yeux de qui le sérieux du grand processus cosmique n'avait que faire de ce roman de piété familiale. De même, le rôle de Rédempteur peut paraître à certains plus compliqué et mélodramatique que le dévouement, simple et touchant, d'un Bodhisattva.

l'histoire de la christianisation : seule une autorité extérieure a pu faire supplanter une coutume par une autre coutume. Par là, le rôle de Constantin a été décisif.

PASSION MUTUELLE, HAUTE DESTINATION

Commençons par énoncer la supériorité principale : le christianisme primitif a dû son rapide succès initial auprès d'une élite à sa grande originalité, celle d'être une religion d'amour ; il l'a dû également à l'autorité surhumaine qui émanait de son maître, le Seigneur Jésus. Pour qui recevait la foi, sa vie devenait plus intense, organisée et placée sous une plus grande pression. L'individu devait se conformer à une règle qui le stylisait, comme dans les sectes philosophiques de l'époque, mais, à ce prix, son existence recevait tout à coup une signification éternelle à l'intérieur d'un plan cosmique, ce que ne lui conféraient ni les philosophies ni le paganisme. Ce dernier laissait la vie humaine telle qu'elle était, éphémère et faite de détails. Grâce au dieu chrétien, cette vie recevait l'unité d'un champ magnétique où chaque action, chaque mouvement intérieur prenait un sens, bon ou mauvais ; ce sens, que l'homme ne se donnait pas lui-même, à la différence des philosophes, l'orientait vers un être absolu et éternel qui n'était pas un principe, mais un grand vivant. Pour citer Étienne Gilson, l'âme chrétienne cherche à se solidifier dans l'être pour se délivrer de l'angoisse du devenir. Pareille sécurité intérieure était accessible à tous, lettrés et illettrés.

Élargissant la religion juive et les Psaumes, le christianisme a pour fondement une passion mutuelle de la divinité avec l'humanité ou plus exactement avec chacun d'entre nous. Pour suggérer quel abîme le sépare du paganisme, je demande pardon de prendre un exemple trivial, subalterne, indigne de ce grand sujet : une femme du peuple peut aller raconter ses malheurs familiaux ou conjugaux à la Madone ; si elle les avait racontés à Héra ou Aphrodite, la déesse se serait demandé quelle lubie avait traversé le cerveau de cette pécore qui venait lui parler de choses dont elle n'avait que faire.

Un mot trompeur : le monothéisme

C'est par cet amour, par le rayonnement de son Seigneur et par une conception sublime du monde et de l'homme que la nouvelle religion s'est imposée. Et non pas, je crois, par son monothéisme douteux, ce laborieux point d'honneur de théologiens. Le monothéisme, par lui-même, n'a rien de particulièrement excitant. C'est du reste un mot trompeur qui recouvre des espèces fort différentes et qui est trop vague pour être une des clés de l'histoire des religions ; nous souhaiterions le montrer sur l'exemple du « monothéisme » de la religion juive antique, mais renvoyons cela en appendice[1]. Le monisme phi-

---

1. Voir cet appendice, p. 235.

losophique des lettrés païens ne les empêchait pas de croire à l'existence de dieux subordonnés au Dieu suprême[1]. Et les « trois monothéismes » dont on parle beaucoup aujourd'hui et auxquels on attribue tant de maux appartiennent à trois espèces distinctes. (Par parenthèse, ce n'est pas le monothéisme qui peut rendre redoutable une religion, mais l'impérialisme de sa vérité.)

L'originalité du christianisme n'est pas son prétendu monothéisme, mais le gigantisme de son dieu, créateur du ciel et de la terre, gigantisme étranger

---

1. Pour les penseurs grecs, le monisme, ce couronnement du rationalisme, exigeait seulement un dieu suprême ou un principe, l'Un-Bien, impersonnel, impassible et passivement unifiant. Au dessous de ce principe, il pouvait y avoir une foule de dieux. Platon, les stoïciens et Plotin sont polythéistes et monistes. Le monothéisme, dont on exagère l'importance dans l'histoire des religions, est un mot trompeur et confus, un problème mineur et, au mieux, une idée populaire. Constantin lui-même le révèle naïvement dans son *Discours du Vendredi Saint* (III, 34) : si l'on est en présence de toute une foule de dieux, dit-il, on est embarrassé, on ne sait pas à qui s'adresser, donc le monothéisme est plus commode. Comme dit Spinoza, il est aussi naïf et superstitieux de croire sans raison qu'il n'y a qu'un seul dieu que de croire qu'il y en a plusieurs. On dit parfois que le monothéisme est venu de la philosophie grecque. Est-ce bien sûr ? Contre les « gnostiques », c'est-à-dire les chrétiens, Plotin écrit : « Il faut chanter les dieux intelligibles et, au-dessus d'eux tous, le grand roi des êtres intelligibles qui témoigne de sa grandeur par la pluralité même des dieux » (II, 9, 9, trad. Bréhier). Certes, la relation mutuellement passionnée de Dieu et de l'humanité est, plus que le monothéisme, l'invention la plus originale du christianisme, mais cette originalité n'exige nullement un monothéisme : dans le polythéisme, on peut avoir un dieu d'élection, ne penser qu'à lui, n'aimer que lui (ainsi Aelius Aristide avec son cher Asclépios), de même que, pour un amoureux, la femme qu'il aime est pour lui toutes les femmes.

aux dieux païens et hérité du dieu biblique ; celui-ci est si grand qu'en dépit de son anthropomorphisme (l'homme a pu être fait à son image) il a pu devenir un dieu métaphysique : tout en conservant son caractère humain, vivant, passionné, protecteur, le gigantisme du dieu judaïque lui permettra un jour d'assumer le rôle de fondement et d'auteur de l'ordre cosmique et du Bien, rôle que jouait le dieu suprême dans le pâle déisme des philosophes grecs.

Avec deux ou trois objets d'amour surnaturels, Dieu, le Christ et plus tard la Vierge, la religion chrétienne est, à la lettre, polythéiste, mais qu'importe ? Ces figures divines n'ont rien de commun avec les dieux antiques, bien qu'elles soient personnelles (et même corporelles, jusqu'à saint Augustin). Avec la divinité chrétienne, l'inventivité religieuse s'est arrachée d'un coup d'aile au sol de l'imagination narratrice, cette fabulatrice intarissable et donc polythéiste ; elle s'est haussée à un niveau transcendant : les figures plurielles du christianisme sont réunies en un ordre cosmique qui, lui, est un. Le christianisme est un polythéisme moniste.

C'était ce monisme, et donc la nature métaphysique du christianisme, qui faisait de lui une religion supérieure. Ce n'était qu'un roman populaire aux yeux des néoplatoniciens, mais ce roman était philosophique ; il se plaçait très au-dessus d'un panthéon et d'une poussière de cultes : le christianisme se considérait comme seul vrai, comme s'imposant à l'humanité entière, comme donnant à tous les hommes une vocation surnaturelle et une

égalité spirituelle. Une Église une sanctionnait ce
monisme. Voilà quelle religion convainquait de
nombreux lettrés et était digne d'un grand empereur pieux tel que le jeune Constantin, et digne de
son trône.

Amour, charisme du Seigneur, moralisme

Une autre différence spécifique du christianisme
était d'être une religion d'amour. À travers le prophète juif Jésus de Nazareth, cet amour est le développement (en plus familial, si l'on ose dire : le Père,
la Mère, le Frère, le Fils) de la relation non moins
originale entre Iahvé et les siens dans les *Livres historiques* de la Bible et plus encore dans les Psaumes. Le
christianisme a dû son succès de secte à une invention collective de génie (non, saint Paul n'a pas été
le seul) : la miséricorde infinie d'un Dieu qui se pas-
sionne pour le sort de l'humanité – que dis-je, pour
le sort des âmes une par une, la mienne, la tienne, et
pas seulement pour le sort des royaumes, des empires
ou de l'humanité en général ; un Père dont la Loi est
sévère, qui vous fait marcher droit, mais qui, comme
le dieu d'Israël, est toujours prêt à pardonner[1].

---

1. Par exemple Exode, XXXIV, 6 ; Psaumes 86, 15 et 103, 8-10 ;
I Rois, VIII, 30-50 (prière de Salomon). Ce sentiment était effectivement vécu, puisque certains en abusaient et voyaient dans la miséricorde divine « un droit de prendre des vacances dans le péché »
(*commeatum delinquendi*, écrit Tertullien).

Une relation aimante et pathétique réunissait en
une profonde piété l'humanité et la divinité autour
du Seigneur Jésus, cependant que, de son côté, l'âme
humaine recevait une nature céleste. Le paganisme
n'avait pas tout à fait ignoré l'amitié entre une divinité et un individu choisi (songeons à l'Hippolyte
d'Euripide, qui aime Artémis) ; en revanche (songeons à l'attitude lointaine d'Artémis devant Hippolyte mourant), il a ignoré toute relation passionnée et
mutuelle d'amour et d'autorité, relation qui ne cesse
jamais, qui n'est pas occasionnelle comme dans le
paganisme, car elle est aussi essentielle à Dieu qu'à
l'homme. Quand un chrétien se remettait en pensée
devant son dieu, il savait qu'il n'avait cessé d'être
regardé et aimé. Alors que les dieux païens vivaient
avant tout pour eux-mêmes.

L'Homme-Dieu, en revanche, le Christ, s'était
sacrifié pour les hommes. L'autre grande raison du
succès de la secte chrétienne est la figure du Seigneur, son autorité, son charisme. Oui, autorité plus
que tendresse, car, ne nous y trompons pas, nous ne
sommes pas encore à l'époque de saint Bernard ou
de saint François d'Assise. Le Christ des premiers
siècles n'était pas non plus la figure humanitaire à la
vie exemplaire qu'est devenu depuis Renan le Christ
qui est cher aux incroyants. Ce n'était pas pour ces
raisons (élevées, certes, universelles) qu'on s'attachait au Seigneur : la littérature paléochrétienne
exaltait avant tout, « non pas l'attrait de l'humanité de Jésus, mais sa nature surhumaine, nature
annoncée à l'avance par les Prophètes et démontrée

par les miracles, la Résurrection et l'enseignement du Maître[1] ».

On s'attachait plus à cette nature surnaturelle qu'à la personne du dieu-homme, à sa vie, à tout ce qui est récit dans les évangiles (chez saint Augustin encore, l'humanité du Christ restera au second plan) ; « les qualités humaines et les souffrances humaines de Jésus jouent un rôle singulièrement réduit dans l'apologétique de cette période[2] ». La Croix était symbole, non de supplice, mais de victoire, *tropaeum Passionis, triumphalem crucem*[3]. On n'avait pas continuellement devant les yeux la Passion et la mort du Christ[4] ; ce n'était pas la victime expiatoire,

---

1. A. D. Nock, *Conversion, op. cit.*, p. 210.

2. Eric R. Dodds, *Pagan and Christian in an Age of Anxiety*, Cambridge, Cambridge UP, 1965 (*Païens et chrétiens en un âge d'angoisse*, trad. fr. H. D. Saffrey, Claix, La Pensée Sauvage, 1979, p. 136).

3. Prudence, *Cathemerinon*, IX, 83 : « la croix triomphale, ce trophée de la Passion ». Sur la croix sur laquelle il a été exalté pour sa victoire, le Christ avait les bras étendus à droite et à gauche ; ce geste de vainqueur avait été préfiguré par Moïse lors de la victoire sur les Amalécites : tant que Moïse étendait les bras à droite et à gauche, Israël était le plus fort (Exode, XVII, 11-13). Aussi, dans la toute première représentation que nous avons de la Crucifixion, sur les portes de Sainte-Sabine sur l'Aventin (vers 420-430), le bois de la croix n'a pas été représenté, sauf allusivement.

4. Voir cependant, sur ce que le Christ a souffert sur la croix, *Seconde épître* du Pseudo-Clément, I, 2 ; *Épître de Barnabé*, V, 5-8 ; Ignace d'Antioche, *Épître aux Smyrniotes*, II, 1. Mais beaucoup de ces textes se rapportent à des martyres ou émanent des prochains martyrs eux-mêmes, qui acceptent de verser leur sang, puisque le Seigneur lui-même a versé le sien. On « imite » Jésus en souffrant comme lui, ce que font les martyrs qui versent leur sang comme le

le sacrifice du Crucifié sur le Calvaire qui faisait les conversions, mais le triomphe du Ressuscité sur la mort.

La figure de Jésus s'imposait aussi par son séjour terrestre, par son caractère historique, récent, bien daté[1] ; le Christ n'était pas un être mythologique vivant en une temporalité féerique. À la différence des dieux païens, il « faisait réel » et même humain. Or cette époque était très réceptive aux « hommes divins » (*theioi andres),* aux thaumaturges, aux prophètes qui vivaient parmi les hommes et que certains prenaient pour maîtres. Sur les sarcophages (dont le décor illustre la relation du défunt avec le Seigneur), le Seigneur apparaît en Pasteur qui paît les brebis (dont le défunt) qu'il aime et qui le suivent, ou en jeune Docteur dont le défunt a écouté les commandements éthiques.

En effet, un autre motif de conversion a été chez le nouveau fidèle un zèle moralisateur, parent du stoïcisme populaire, un goût pour la respectabilité, cette humble fierté. Beaucoup de gens sont sensibles à la chaleur éthique et dressent l'oreille à une prédica-

---

Christ a versé le sien : saint Cyprien, VI, 2 (cf. l'Épître aux Romains, VIII, 16-17), XXXI, 3, LVIII, 2, 2. *Martyre de Polycarpe*, 17 : « les martyrs sont les disciples et les imitateurs du Seigneur », qui a souffert pour notre rédemption.

1. Au début de la *Vie d'Apollonios de Tyane*, Philostrate souligne, pour vanter son héros, que ce Sage appartient à notre époque et non à la fabuleuse antiquité des Sept Sages. Il y aura une mythologie chrétienne à laquelle on croyait sans y croire, ce seront la *Légende dorée*, les Évangiles de l'enfance, les Actes apocryphes des martyrs et autres récits faits pour délecter, *ad delectandum*.

tion morale. On n'adorait pas le Dieu chrétien avec des offrandes, en lui sacrifiant des victimes, mais en obéissant à sa Loi. Le rôle cardinal que joue la morale dans le christianisme était largement étranger au paganisme ; c'était une originalité chrétienne de plus.

À notre grande surprise, les textes chrétiens parlent beaucoup plus souvent de ce moralisme que d'amour. Alors que l'*Épître à Diognète*, œuvre de lettré, invitait à imiter l'amour de Dieu pour les hommes en aimant et en aidant les pauvres et les faibles, l'évêque Cyprien prescrit de ne pas pécher et d'obéir à Dieu sans prétendre l'imiter, de même qu'une armée n'imite pas son général, mais le suit, lui obéit[1] ; une autorité, quelle qu'elle soit, préfère généralement les subordonnés qui se contentent de ne pas désobéir à ceux qui prennent positivement des initiatives.

Le succès du christianisme peut être comparé à celui d'un *best-seller* (et d'un chef-d'œuvre mondial, aux yeux de l'incroyant que je suis). Il « prend aux tripes » ses lecteurs, sinon dans les foules, tant que règne la religion coutumière précédente, du moins auprès d'une élite spirituelle ou éthique venue de toutes les classes de la société, riches et pauvres, ignorants et lettrés ou demi-lettrés, dont un certain empereur... Je ne prétends pas, bien au contraire, que le christianisme était immanent à l'âme humaine, ou bien qu'il était attendu par la société. Son succès

---

1. Saint Cyprien, *Correspondance*, XIII, 4, 2 ; XV, 1, 1.

s'explique autrement : un *best-seller* (*La Nouvelle Héloïse* ou *Werther*) révèle à quelques-uns une sensibilité qui était insoupçonnée avant lui ; cette sensibilité nouvelle qu'il a fait naître (dans le cas considéré, celle d'une religion qui parlait d'amour) fait en retour son succès, dont il a ainsi créé lui-même les causes[1].

Chef-d'œuvre si original que, dans notre moitié du monde, il a désormais dicté la mode : il a provoqué une coupure géologique dans l'évolution bimillénaire des religions, ouvert une ère nouvelle pour l'imagination qui les crée et servira de modèle aux religions qui lui succéderont, manichéisme ou islam. Quelles que soient leurs différences, toutes trois n'ont plus rien de commun avec les vieux paganismes à travers le monde ; elles ont un prophète, historicisent la Vérité et le salut, ont un livre saint dont elles font un usage liturgique et ignorent le sacrifice d'animaux[2].

---

1. Par exemple, le bouddhisme a découvert, inventé, révélé, inculqué le sentiment de la souffrance universelle attachée à la condition humaine ; ce qui, en retour, a fait le succès de cette doctrine de salut (Michael CARRITHERS, *The Forest Monks of Sri Lanka*, Oxford, 1983, cité par Peter BROWN, *Le Renoncement à la chair : virginité, célibat et continence dans le christianisme primitif*, trad. fr. P.-E. Dauzat et Chr. Jacob, Paris, Gallimard, 1995, p. 91). En un domaine plus vulgaire et selon les idées reçues, une firme crée à coup de publicité de « faux » besoins nouveaux, qui font acheter ses produits qui répondent à ces besoins.

2. Guy G. STROUMSA, *La Fin du sacrifice : les mutations religieuses de l'Antiquité tardive*, Paris, Odile Jacob, 2005, p. 162, citant J. WANSBROUGH, *Context and Composition of Islamic Salvation History*, 1978.

Car l'histoire innove, elle n'est pas faite seulement de « réponses » aux « besoins de l'époque » ou « de la société ». Il faut choisir : ou bien on dira que le christianisme s'est imposé parce qu'il répondait à une attente, qu'il relevait de la religiosité nouvelle qu'attestaient le succès des religions orientales aussi bien que celui, fort différent, du néoplatonisme, qu'il relevait de « l'esprit du temps », du *Zeitgeist*, de « l'angoisse de l'époque » ; ou au contraire on préférera supposer que le christianisme s'est imposé parce qu'il offrait quelque chose de différent et de neuf.

LA RELIGION EST UNE QUALITÉ
IRRÉDUCTIBLE

Le succès du christianisme s'explique-t-il aussi par sa promesse d'une immortalité de l'âme et/ou d'une résurrection de l'âme et du corps ? Sur ce point, il me faut avouer mon scepticisme au lecteur et ouvrir une parenthèse de trois pages où, contrairement à ma conviction, je jouerai d'abord l'avocat du diable. Cette explication, dirai-je alors sans y croire, sera la bonne s'il est vrai que le sentiment religieux n'existe pas par lui-même, mais a des racines psychologiques inconscientes : la religion servirait de parade à la peur de la mort. Explication qui a l'antiquité pour elle : *primus in orbe deos fecit timor*[1] ; le sens du

---

1. « C'est originellement la terreur qui a inventé les dieux » (la peur de la foudre, par exemple) : STACE, *Thébaïde*, III, 661 ;

divin ne serait pas « une catégorie *a priori* qu'on ne peut dériver d'autre chose », comme je le crois avec Simmel[1], mais il dériverait de la peur de la mort, de l'énigme métaphysique, du besoin de consolation et d'opium[2], etc.

Autre raison d'être sceptique devant l'explication psychologique, chère au diable : tant que la mort est loin, la peur de la mort et le désir d'éternité peuvent donner des poussées sporadiques d'angoisse ou de désir de croire, mais suffisent rarement à faire changer de vie ; durant les siècles chrétiens, beaucoup de conversions seront faites *in extremis*, devant la mort même, qui ne l'avaient pas été plus tôt[3]. Les fumeurs invétérés n'ignorent pas que le tabac tue, mais l'avenir est encore loin[4]. Par-dessus

---

PÉTRONE, fragment 27. Que le divin soit une sensibilité spécifique, irréductible à la peur ou à tout autre sentiment, apparaît nettement quand cette sensibilité prend une forme émotive intense et spécifique, telle que le *thambos* des Grecs ; ou que le bouleversement des esprits, décrit par Callimaque au tout début de son *Hymne à Apollon*, lorsque la foule rassemblée pour une cérémonie sent que le dieu approche.

1. Georg SIMMEL, *Die Religion*, Francfort, 1912, p. 96 (*La Religion*, trad. fr. Ph. Ivernel, Belfort, Circé, 1998).

2. Quand Marx dit que la religion est l'opium du peuple, il ne veut pas dire que c'est une idéologie qui trompe le prolétaire « opprimé » (*unterdrückt*) ; mais que c'est la consolation la moins coûteuse, la plus populaire, que puisse avoir « la créature opprimée » (*bedrückt*).

3. La croyance aux terreurs de l'au-delà angoisse surtout aux approches de la mort, disait déjà Platon au début de la *République*.

4. Cf. le proverbe trivial, car trop évident : « Vive le Paradis, mais le plus tard possible. »

le marché, on ne peut prêter qu'une demi-croyance[1], une croyance *unreal* (au sens du cardinal Newman) à un au-delà sur lequel on n'a que la parole d'autrui[2] et aucune expérience, et qu'on sait énigmatique. Il faut être déjà converti, déjà croire en Dieu et l'aimer, pour prêter foi à Sa parole sur l'au-delà.

Mais d'un autre côté, au temps où naissait le christianisme, couraient depuis un bon millénaire, dans le monde païen, mille doctrines et légendes sur l'au-delà ou sur l'immortalité de l'âme, les esprits en étaient impressionnés[3] : ils n'avaient pas renoncé,

---

1. Tel simple fidèle qui, sous Louis XIII, mourait dans les sentiments les plus pieux d'amour et d'espérance avait pourtant à l'esprit, non sa croyance *unreal* au Paradis, mais la réalité empirique de sa mort imminente ; sur son lit de mort, il ne parlait pas du Paradis ni de l'Enfer, mais disait à son confesseur : « La demeure de ce séjour de la mort, dont les ombres couvrent déjà mes yeux, m'est d'un dégoût sans égal. » On voit coexister ici deux modalités de croyance différentes et inégales en force.

2. Cf. le scepticisme dont témoigne l'épître de Clément à Jacques, placée en tête des *Homélies clémentines*, 10, 6 : « Dieu a décidé qu'il y aurait un jugement à la consommation des temps... Qu'il en soit bien ainsi, il serait peut-être raisonnable d'en douter, si le Prophète de Vérité n'avait affirmé sous la foi du serment que cela se produirait » (trad. fr. M.-A. Calvet). Pas plus que le monothéisme, le souci de l'au-delà (dont beaucoup de religions ne s'occupent pas) ne semble être un axe cardinal de l'histoire des religions ; le culte des morts, par exemple, forme souvent un domaine à part ; il relève d'une « croyance » sans doute, mais pourquoi confondre cette croyance-là avec la croyance religieuse ?

3. Pour ne donner qu'un échantillon d'un gros dossier, le combat de Lucrèce, de Lucien et même de Sénèque contre les fausses terreurs de l'au-delà semble prouver qu'elles agitaient leurs lecteurs à tout âge.

comme la plupart d'entre nous, à en savoir quelque chose. L'au-delà était à l'époque un problème qu'on vivait de son vivant et qui a pu par conséquent faire des conversions ; Paradis ou Enfer, le christianisme répondait à la question : « D'où venons-nous ? Où allons-nous ? »

Mais, justement, allons-nous au Paradis ou en Enfer ? Des classificateurs ont rangé le christianisme dans le genre ou l'espèce des « religions de salut ». Ce qui serait plus vrai des doctrines orientales d'auto-transfiguration ; le christianisme, lui, promettait une épreuve plus propre à faire fuir un nouveau venu qu'à le convertir : le salut ou les supplices éternels de l'Enfer.

Cet Enfer ne laisse pas de faire difficulté aux croyants eux-mêmes et faisait dire à saint Augustin que la justice de Dieu n'est pas la nôtre : le dieu d'amour et de justice est aussi le dieu qui a préparé pour une infinité d'êtres humains, au terme d'une épreuve ou d'une loterie dont il est l'inventeur, l'enfermement en un camp de séjour éternel pour d'épouvantables supplices sans fin. Voici ce qu'en dit un théologien actuel : « C'est une question de savoir pourquoi ce Dieu si aimant a voulu un ordre de choses comprenant le péché et l'Enfer ; définitivement, la question est insoluble[1]. »

Si l'on n'est ni théologien ni croyant, on peut tenter de la résoudre : ce *diktat* incompréhensible, ce pan

---

1. M. RICHARD dans le *Dictionnaire de théologie catholique*, s. v. *Enfer*, vol. V, col. 117-118.

d'ombre ajoute au pathétique du *best-seller*. Et par ailleurs un croyant peut à la fois aimer Dieu et savoir où il envoie tant d'humains, car l'Enfer n'est qu'une croyance sur parole qui se rapporte à un avenir lointain ; ce n'est qu'une représentation, qu'une idée, qui ne saurait égaler la force affective de l'amour et de la foi en Dieu. Si bien que l'incohérence, outre son grand effet mélodramatique, ne mène pas à la révolte ou à l'incroyance : dans les cerveaux, affects et idées ne sont pas au même étage.

Ensuite une doctrine religieuse n'est pas une théorie de la justice et ne prétend pas non plus à une cohérence philosophique ; sans être le moins du monde une œuvre d'art, une religion est due à la même faculté créatrice que ces œuvres. Or le dogme de l'Enfer rehausse la doctrine chrétienne plus qu'il ne la dessert : c'est un attrait de plus, pour un *best-seller*, que de joindre la terreur à l'amour. Les inventeurs de l'Enfer et des doubles peines éternelles (le feu, au sens propre du mot, et le dam de la privation de Dieu) ont créé là un *thriller* qui a eu un grand succès : il a épouvanté un large public, car les gens se laissent toujours impressionner par les fictions effrayantes ; quant aux auteurs du *thriller*, sans doute s'étaient-ils complu à imaginer les ennemis de la Vérité en train de brûler.

Avec leur invention d'un dieu d'amour qui crée l'Enfer, on pourrait leur reprocher d'avoir créé un personnage incohérent. Mais, dans les différents domaines de l'imaginaire, l'incohérence n'est nullement rédhibitoire, bien au contraire : « Quand on

affirme que l'artiste crée des personnages vrais, c'est
là une belle illusion : il fait des esquisses d'homme
qui sont aussi schématiques que l'est notre connaissance de l'homme. Un ou deux traits souvent répé-
tés, avec beaucoup de lumière dessus et beaucoup
de pénombre autour, plus quelques effets puissants, répondent suffisamment à nos exigences »
(Nietzsche, *Humain trop humain*). Un père miséri-
cordieux mais impitoyable, une loterie méritoire du
tout ou rien, les épouvantes infernales qui ajoutaient
au succès du *best-seller* en frappant les imaginations
(la peinture religieuse en témoigne), et que tout cela
soit saint : nous n'en demandons pas davantage.

Mais enfin la principale raison de ce succès est
ailleurs. La crainte de la damnation n'était pas une
difficulté à des conversions, car le message de Jésus
était moins « choisis entre le repentir et la damnation » que « Dieu t'aime ». Les motifs de se convertir
étaient plus élevés que la peur de la mort. C'est à
ceci que nous voulions en venir : réduire la religiosité à des explications psychologiques, c'est viser
trop court et c'est passer à côté de la réalité irréductible qu'est le sentiment religieux. Non, la religion
n'est pas une ruse psychique qui s'ignore, nous ne
nous bricolons pas à notre insu des croyances conso-
latrices[1]. Le divin, le sacré, est une qualité primaire

---

1. D'abord, disait Hume, le christianisme, avec son immortalité
en enfer ou au paradis, est plus propre à terrifier qu'à consoler. (Ou
plutôt il le serait, dirons-nous, si l'attitude du chrétien devant l'au-
delà n'était pas étrangère à un pareil calcul et plus subtile : le christianisme ne se réduit pas à une recette consolante, c'est un grand roman

qu'on ne peut dériver d'autre chose. Il y a qualité
si, pour être compris lorsqu'on désigne une chose,
il faut que l'interlocuteur ait lui-même l'expérience
de cette chose. S'il ne l'a pas, on en est réduit à la
tautologie ou à la paraphrase, comme pour parler
des couleurs à un aveugle, or beaucoup d'individus
sont aveugles au divin. Dans *La Représentation du
monde chez l'enfant*, Jean Piaget estime que le sentiment religieux « a sa source dans les rapports de
l'enfant avec ses parents et qu'il est le sentiment filial
lui-même ». Mais toute tentative de dériver ainsi le
divin d'autre chose que de lui-même, que ce soit de
la peur, de l'amour, de l'angoisse, du sentiment filial,
n'expliquera jamais comment peut se produire ce
saut vers une qualité si différente et si spécifique ; on
croirait plutôt que le bébé découvre le divin en ses
parents. Il ne s'ensuit pas pour autant que les êtres
qui ont cette qualité du divin existent réellement :
j'aurai beau croire en Dieu, aucune « intuition intel-

---

où se pressent des sentiments divers et subtils, bien plus riches que
les plates explications par la recherche d'une illusion consolatrice.)
Ensuite la majorité des autres religions ne promettent pas d'au-delà,
ne s'en occupent pas. Jusqu'aux environs de notre ère, le judaïsme
abandonne les ombres des morts au *sheol*, aussi lugubre que les
Enfers homériques. Sur son lit de mort, le très méritant roi David,
aimé de Iahvé, bénit son dieu, mais soupire : « Devant toi nous ne
sommes que des passants, des hôtes, nos jours sont comme l'ombre
sur la terre, et aucun espoir ! » (I Chron., XXIX, 15). Dans la plupart des sociétés, les croyances sur l'au-delà forment un domaine
distinct de la religion, domaine que nous ne décrétons religieux que
sur l'analogie trompeuse du christianisme. De même, le culte des
dieux et le culte des défunts ne sont pas la même chose.

lectuelle » ne me fera voir Dieu comme j'intuitionne
les objets qui m'entourent et comme je sais que je
pense.

UN *BEST-SELLER* INNOVATEUR

Ce n'était pas à un espoir pour l'au-delà qu'étaient
dues les conversions, mais à quelque chose de beaucoup plus ample : à la découverte par le néophyte
d'un vaste projet divin dont l'homme était le desti-
nataire et dont l'immortalité et même l'incertitude
du salut n'étaient que des implications. À travers
l'épopée historico-métaphysique de la Création et
de la Rédemption, avec ses effets d'ombre et de
lumière, on savait maintenant d'où l'on venait et à
quoi on était destiné. Sans cette épopée exaltante,
la croyance à l'immortalité de l'âme n'aurait été
qu'une superstition qui n'aurait pas suffi à faire
changer de vie. Quant à l'épopée elle-même, elle est
trop ample pour n'être qu'un truc psychologique,
qu'un se-faire-croire pour parer à l'angoisse et à tout
ce qu'on voudra : la fabulation religieuse n'est pas
inconsciemment utilitaire, elle est à elle-même sa fin
et suffit à sa propre satisfaction.

L'homme a reçu une vocation sublime, « nous ne
sommes pas du temps pour être ensuite dissous par
le temps », disent les *Actes d'André* grecs, « nous
sommes en quelque sorte des prétendants à la grandeur ; bien plus, nous appartenons à Celui qui nous

prend en pitié[1] ». Le monde n'est plus peuplé de deux espèces vivantes, celle des dieux et celle des hommes, qui se font face : Dieu englobe tout ce monde en son immense amour et lui prépare une destinée sublime ; le croyant éprouve en son cœur ce même amour, ou cet amour même, et trouve Dieu présent en lui.

Alors on s'humiliait devant cette divinité aimante, on « appartenait » à son haut projet, on s'avouait pécheur devant sa grandeur, on lui offrait le « cœur contrit » dont parlent déjà les Psaumes et on reconnaissait par là sa souveraineté, pour la louer et l'exalter[2]. Comme on voit, la nouvelle religion suscitait – par les réponses qu'elle y donnait – des interrogations et des espérances plus immenses que celles du paganisme, plus aimantes et personnelles que celles de l'intellectualisme impersonnel du néoplatonisme (d'où sortiront pourtant en partie la mystique soufi et celle du Pseudo-Denys). Notre existence sur terre n'avait plus l'absurdité d'un bref passage entre deux néants ; alors que les sectes philosophiques, épicurisme et même stoïcisme, en restaient là.

La formidable originalité du christianisme (qui ne ressemblait à rien, sauf, plus ou moins, au judaïsme) devrait empêcher d'expliquer son succès par le « milieu », par « l'attente » de toute une

---

1. *Actes d'André*, 33, 3, trad. fr. Prieur dans *Écrits apocryphes chrétiens*, vol. I, p. 904, Bibliothèque de la Pléiade, Paris, Gallimard, 1997.

2. CLÉMENT DE ROME, *Aux Corinthiens*, 52.

« société », par la « nouvelle religiosité » ambiante, par « l'angoisse de l'époque » et par les célèbres « religions orientales » dont la diffusion dans l'Empire serait le symptôme de cette attente et aurait préparé le lit du christianisme. C'est l'inverse qui est vrai. Les religions orientales n'étaient que de banals paganismes, teintés d'un peu d'Orient. C'est à sa différence, à son originalité que le christianisme doit son succès. Il faut nous résigner à admettre que tout en histoire ne s'explique pas par l'« état de la société[1] ».

---

1. Nier l'innovation, tout attribuer au Milieu ou à la Société, repose sur une confusion : ces mots sont pris en deux sens différents ; comme la *Physis* grecque, la Société ou Milieu est une matrice et elle a enfanté par exemple le succès des religions orientales ; mais, comme la même *Physis*, elle est aussi un réceptacle qui englobe tout ce qui existe et donc aussi le christianisme. Quelque original qu'il soit, le christianisme n'en a pas moins fini par faire partie de la réalité impériale ; s'il n'en provient pas, il a du moins fini par y aboutir... Un jour où j'évoquais en public le rôle de la « création » en histoire, en donnant comme exemple l'innovation impressionniste, on m'a objecté qu'innover était encore se rattacher à la Société, en cela que c'était d'elle qu'on s'écartait. L'objection confondait, malgré Leibniz, une relation interne et réelle, « être docile à... » (on ne peut pas être disciple ou fils sans qu'existe quelque part un maître ou un père), et une relation externe et formelle, « être différent de... » (une guitare est différente d'une soupière, mais il n'est pas nécessaire qu'une soupière existe pour qu'une guitare soit ce qu'elle est). Ainsi donc, que l'on fît ce que faisaient docilement les autres ou qu'on fît le contraire revenait au même... Le second sophisme holistique consiste à traiter comme jugement nécessaire et universel (« tout ce qui est dans la Société vient de la Société ») ce qui ne devrait être qu'un jugement numériquement collectif, qu'on ne peut affirmer globalement et qui est tenu d'examiner pour chaque membre de la collection la vérité de son assertion, au cas par cas : Mithra,

La nouvelle religion s'imposait aussi par son sens aigu de la fraternité, de l'amour du prochain, cette imitation de l'amour de Dieu pour les hommes, dit l'*Épître à Diognète*. Par ses œuvres charitables, différentes du mécénat « évergétique » des riches païens qui offraient des édifices et des spectacles. Par un sentiment communautaire ; car, chose inconnue des païens qui ne communiaient pas dans leur croyance, les chrétiens se réunissaient tous pour célébrer leur culte[1]. Par la ferveur collective de ces réunions dominicales où l'eucharistie régénérait les fidèles.

FAISAIT-IL AUSSI PALPITER LE CŒUR ?

Il a dû se former une spiritualité, une religion du cœur, mais comment le saurions-nous aujourd'hui ? Sur un pareil sujet, l'historien en quête de documents est à plaindre. Une prière dont les paroles ont jailli du cœur[2] naît et meurt au même instant, un soupir de dévotion, une oraison jaculatoire ne laissent pas plus

le Christ, Isis... Il y a enfin le sophisme qui ne donne pas le même sens au terme de Société (ou de Milieu, de Nature, de *Physis*) dans la majeure du syllogisme (matrice) et dans la mineure (collection) ; c'est confondre le poussin qui sort de l'œuf et le lapin qui sort du chapeau du prestidigitateur.

1. Il n'existe pas d'équivalent païen de la messe. Il est exceptionnel qu'un sacrifice réunisse tous les citoyens d'une cité donnée. Tous les chrétiens sont réunis « en Christ », les Athéniens ne sont pas réunis sous Athéna.

2. TERTULLIEN, *Apologétique*, XXX, 4 : « Nous prions sans souffleur (*monitor*) parce que nous prions du cœur, *de pectore*. »

de traces dans l'histoire que le bref « je t'aime » de deux amoureux pauvres de paroles. Que de choses ont été vécues sans avoir été dites ! L'amour très particulier qu'on a pour une divinité, cet amour que le converti trouve « tout fait » dans son cœur[1], est difficile à décrire. Croire en Dieu, le craindre, l'aimer est un état habituel et si normal qu'on oublie d'en parler[2] ; on se recueille plus souvent qu'on ne médite discursivement.

De plus, comme bien d'autres convictions, la foi peut être entière et peut agir sans rien d'affectif, sans palpiter ; de même, il n'est pas toujours vrai, malgré Apollinaire, que « dans le cœur du soldat il palpite la France » (sauf implicitement, à la rigueur)[3]. C'est

---

1. À la différence de l'amour humain, l'amour divin est un sentiment où le croyant découvre en son cœur un amour tout fait, fait d'avance (on ne « tombe pas amoureux » de Dieu), amour qu'on dirait venu de Dieu même, car il s'impose comme une évidence et non comme un choix : on ne peut connaître un dieu sans l'aimer. Comme le roi, Dieu avait d'avance droit à l'amour, était aimé en puissance ; se mettre à l'aimer est un simple passage de la puissance à l'acte, un passage de la grâce habituelle à une grâce actuelle, et non une initiative humaine.

2. Tant qu'elle n'est pas cultivée, recherchée pour elle-même, et qu'elle n'a pas encore son vocabulaire ni sa topique, la délectation spirituelle, même quand elle est consciente, sentie, éprouvée, n'est pas saisie par une conscience réflexive et n'est pas thématisée, si bien qu'on n'en parle pas ni n'en écrit ; ce sont les devoirs de charité et l'obéissance aux commandements qui occupent la conscience réflexive. De même, les ascètes sont plus visibles que les contemplatifs. Sans doute était-ce aussi vrai du paganisme : ce qui importait était le rite, exécuté respectueusement, mais souvent sans émotion.

3. Comme bien d'autres convictions, la foi peut être solide et active sans rien d'affectif et sans mots pour le dire. Imaginons un soldat qui se serait battu vraiment par patriotisme (et non par peur

pourquoi les historiens de la Première Guerre mondiale continuent de se demander si les combattants
se battaient par patriotisme : les combattants eux-
mêmes ignoraient pourquoi ils tenaient. Les textes
paléo-chrétiens en prose, où coule rarement le lait
de la tendresse évangélique, restent muets sur les
sentiments : ils avaient d'autres urgences (la morale,
l'orthodoxie, la polémique) que d'enseigner à verba-
liser des affects, à cultiver la spiritualité comme une
plante rare ; cela viendra dans quelques siècles.

L'amour occupait la subconscience des croyants,
motivait leur foi, mais c'était de la morale qu'ils
avaient à se préoccuper, à faire preuve[1] ; l'amour
divin restait leur affaire intime. Pour un converti,
le grand changement était de commencer une vie
sainte. Sous la surveillance de ses coreligionnaires.

---

d'être fusillé ni par solidarité avec les camarades, etc.) : s'il s'était
demandé s'il agissait par patriotisme et avait regardé dans son cœur,
peut-être n'y aurait-il rien aperçu et n'aurait pas su lui-même s'il
était patriote. Cf. une analogie religieuse chez Henri BREMOND,
Histoire littéraire du sentiment religieux en France, rééd. Fr. Trémo-
lières, Grenoble, Jérôme Millon, 2006, vol. I, p. 1152-1154 ; vol. II,
p. 170-171. En outre, même si elle est verbalisée, thématisée, voire
cultivée, l'émotion est loin d'être présente quotidiennement. Comme
les théologiens orthodoxes l'objecteront un jour aux jansénistes, la
célébration de la sainte messe ne serait trop souvent qu'un sacrilège,
si elle ne pouvait être accomplie sans péché qu'en éprouvant une
délectation.
  1. Deux témoignages sur cette priorité de la discipline, condition
du salut éternel, sont l'homélie que constitue la *Seconde épître* du
PSEUDO-CLÉMENT ; ainsi que l'*Épître de Clément à Jacques*, en tête
des *Homélies clémentines* ou *Roman des reconnaissances*, où le rôle
de l'évêque est de faire régner les vertus dans son troupeau (les fautes
les plus répandues sont l'hérésie, cette désobéissance, et l'adultère).

Le *Pasteur* d'Hermas préparait ses nombreux lecteurs à l'obéissance que leur Église attendait de ses
fidèles ; plus que l'amour, le grand mot était la discipline, une fois qu'on était entré dans l'Église[1]. On
chercherait en vain de l'amour dans le *Commentaire*
du Cantique des cantiques d'Origène. Seuls témoignent de cet amour les textes « convertisseurs »,
protreptiques, tels que les dernières pages de l'*Épître
à Diognète*, où la prière-élévation l'emporte sur la
prière-demande, et qui parlent en termes émouvants
de la charité mutuelle de Dieu et de sa créature. Et
aussi les poètes : « Liqueur d'ambroisie, parfum de
nectar, la foi coule en moi du sein même du Père. »
Les *Odes de Salomon* chantent en syriaque « les eaux
de la source vive » du Seigneur, où « boivent tous les
assoiffés » que ces eaux « firent croyants »[2].

---

1. En 1952, enfin converti, à peine venais-je de prendre ma carte
d'adhésion au Parti communiste (pour des raisons élevées, évidemment) que le secrétaire de ma cellule, Emmanuel Le Roy Ladurie, me
disait : « Maintenant tu n'es plus bon qu'à être engueulé. » Certes,
un évêque devait avoir plus d'onction envers un néophyte, mais, sur
le fond, le changement d'attitude après l'entrée dans la secte était
sans doute analogue.

2. PRUDENCE, *Cathemerinon*, III, 23-25. *Odes de Salomon*, 6 et
passim, trad. Pierre, dans *Écrits apocryphes chrétiens*, vol. I, p. 687,
Bibliothèque de la Pléiade. C'est la source que chanteront un jour
saint Jean de la Croix dans un poème célèbre et Jean Racine dans un
beau *Cantique spirituel*.

III
Autre chef-d'œuvre : l'Église

Or, sur ce point, sur la croyance, la secte chrétienne posait aux païens une question agressive et neuve : « Quelle est la religion *vraie*, la vôtre ou la nôtre ? » Cette question de la vérité peut sembler naturelle, immédiate et éternelle en tous les domaines, mais, au cours des siècles, elle ne l'est pas. Je me suis quelquefois demandé si les Grecs croyaient vraiment à leurs mythes. La réponse était pourtant simple : la question de la vérité s'impose moins qu'on ne le supposerait ; nous ne nous demandons pas toujours, sur tout sujet, si une chose est vraie (ou même nous évitons de nous interroger là-dessus, par prudence, par respect), si bien que nous ignorons nous-mêmes si nous y croyons ou non. Le fait de ne pas se poser la question de la vérité crée l'illusion qu'il existerait des époques de foi où tout le monde serait croyant ; en fait, si les gens s'interrogeaient, une minorité au moins d'entre eux découvriraient que l'objet de leur croyance présumée n'éveille en eux aucun écho.

Vérité expresse et profession de foi

Quand un païen apprenait qu'un peuple lointain adorait des dieux qui lui étaient inconnus, il ne soulevait pas la question de savoir si ces dieux étaient vrais ou faux : il se contentait de cette information « objective ». Pour lui, les dieux des autres étaient des dieux de lui inconnus qu'il serait peut-être bon d'importer, de même qu'on acclimate dans son pays d'utiles plantes exotiques ; ou encore il admettait que les dieux étaient partout les mêmes sous des noms différents, de même qu'un chêne est partout un chêne, les noms propres des dieux se traduisant d'une langue à l'autre comme les noms communs ; Zeus se dit Jupiter en latin et Taranis en celte. Les Gaulois, écrit César, adorent surtout Mercure, Apollon, Mars, Jupiter et Minerve et se font de ces dieux à peu près la même conception que les autres peuples.

Toutefois, il arrivait que la cité refusât ou expulsât certaines divinités, non parce qu'elles étaient fausses, mais parce que leur culte était immoral (on en jugeait sur leurs rites, car ces organismes religieux sommaires n'avaient guère d'autres organes sur lesquels les juger). Un païen incroyant disait rarement : « les dieux n'existent pas, ne sont pas vrais » ; il se bornait plus souvent à dire : « il est inutile de leur rendre un culte en pensant acquérir leur faveur, leur protection[1] ». On n'affirme fortement la fausseté d'une

---

1. Qu'on me permette de renvoyer à mon *Empire gréco-romain*, Paris, Seuil, 2006, p. 480. En d'autres termes, si nous avions inter-

croyance, au lieu de la laisser en paix, que là où elle s'oppose à celle que l'on professe et que l'on tient expressément pour seule vraie. Pour parodier Hegel, toute conscience d'être vraie veut la mort de l'autre.

Sur ce point, le christianisme se distinguait par un trait encore plus accusé : c'était une religion à profession de foi. Il ne suffisait pas d'être chrétien, il fallait se dire chrétien, le professer, car on y avait avec Dieu (comme dans le judaïsme et les Psaumes) une relation personnelle qu'ignorait le paganisme ; on endurait le martyre pour ne pas renier sa foi. Un païen ne professait rien, ne disait pas croire à ses dieux : il allait sans dire qu'il y croyait, puisqu'il leur rendait un culte ! Chaque peuple, disait-on, « avait » ses dieux à lui, chaque individu pouvait « avoir » les siens (*theous nomizein*)[1]. On ne faisait qu'adorer les dieux qu'on voulait, quand on voulait. *Se vuoi, come vuoi, con chi vuoi*. C'est depuis l'exclusivisme chrétien qu'on emploie le verbe « croire » (j'entends : « croire expressément, et le dire » ; je ne parle pas ici de la *pistis*, cette confiance comme enfantine et pleine d'espérance en l'aide d'un dieu) : les chrétiens ne « croyaient » pas aux dieux des païens et réciproquement. Ce verbe n'est employé que par des

---

rogé un païen que nous dirions « incroyant », il ne nous aurait pas répondu : « Je ne crois pas aux dieux, les dieux n'existent pas », mais plutôt « tout cela ne m'intéresse pas, je n'ai rien à faire des dieux, je les ignore, il ne sert à rien de les adorer ».

1. On employait le verbe *nomizein* pour dire qu'on « avait » tel ou tel dieu et, dans les traités d'alliance internationaux, que deux cités « auraient les mêmes amis et ennemis ».

incroyants, par les chrétiens anciens qui ne croyaient plus à Jupiter et par les historiens et ethnographes modernes qui décrivent les « croyances » d'autrefois ou d'ailleurs.

UN ORGANISME COMPLET,
UNE ÉGLISE PROSÉLYTE

Plus encore, le christianisme était un organisme complet, ce que n'était pas le paganisme. Comme celui-ci, il comportait des rites, mais aussi une foule d'autres choses que le paganisme n'avait pas : des sacrements, des Livres saints, des réunions liturgiques, de la propagande orale par homélies, une morale, des dogmes. Et, de même qu'il fallait confesser sa foi et respecter la Loi divine, il fallait croire à ces dogmes et aux récits sacrés, à la Chute, à la Rédemption, à la Résurrection. Un chrétien qui traversait une crise de doute à ce sujet[1] ne disposait pas de la ressource qu'avaient les païens, celle de considérer comme des inventions de poètes ce qui leur paraissait incroyable dans leurs mythes. Appa-

---

1. Ces crises de doute, me dit-on, ont été, à toutes les époques (et non seulement de nos jours) la pire tentation pour les croyants. Au Moyen Âge, certains osaient parler des « fables de la Bible » comme de fables semblables à la mythologie païenne. Au XVIIe siècle, la tentation de douter de la Présence réelle ou de la Résurrection de la chair, ou pire encore, était plus pressante que les tentations de la chair et, au témoignage de quelques confesseurs, cette tentation était fréquente. Mais c'était la tentation dont on parlait le moins.

raîtront donc d'autres nouveautés : querelles théologiques, hérésies, schismes et leur répression.

Le christianisme était également une contre-
société presque complète, redistribuait de la richesse
par l'aumône. Il avait engendré toute une littérature
religieuse. Le paganisme n'était qu'une religion, le
christianisme était aussi une croyance, une spiritualité, une morale et une métaphysique, le tout sous
une autorité ecclésiale. Il occupait tout l'espace.
Pour un païen, les rapports d'un individu ou d'une
collectivité avec les dieux formaient un domaine
important, le plus important sans doute, ou le plus
révélateur[1], mais ce n'était pas le seul ; il fallait le
gérer soigneusement et pieusement, mais il en avait
d'autres à gérer. La religion païenne ne recouvrait
pas tout. Tandis que la religion du Christ domine
toutes les choses de la vie, puisque la vie tout entière
est orientée vers Dieu et soumise à sa Loi. On respecte les diverses vertus par vertu de piété, pour
obéir à Dieu, et le péché offense Dieu avant même
d'offenser la morale. C'est pourquoi être chrétien
devient et restera l'identité des fidèles, qui formeront
un jour la « chrétienté ».

Enfin le christianisme avait une particularité par

---

1. Ulysse naufragé, abordant un rivage inconnu, se demande chez
quels mortels il est arrivé, « chez des êtres outrecuidants, sauvages,
sans justice, ou bien hospitaliers et qui craignent les dieux » (*Odys-
sée*, VI, 120-121 et IX, 175-176). Respecter les dieux prouvait qu'on
savait respecter tout ce qui était respectable ; c'était un gage fiable
de vertu en général, car donné dans un domaine désintéressé et tout
idéal.

laquelle il était unique au monde : cette religion était aussi une Église, une croyance exerçant une autorité sur ceux qui la partageaient, appuyée sur une hiérarchie, un clergé supérieur en nature au laïcat et un cadre géographique. À côté de l'amour, de l'ascétisme et d'une pureté qui se désintéresse de ce bas monde, la psychologie des chrétiens comportera aussi le goût de l'autorité. Le paganisme ne connaissait rien de semblable à cette puissante machine de conquête et d'encadrement ; il y avait un peu partout des temples de Mercure ou bien d'Isis, il y avait des gens qui, parmi toutes les divinités existantes, éprouvaient pour Isis une piété particulière, mais il n'existait pas d'Église isiaque ni de pape, il y avait des prêtres d'Isis, mais pas de clergé ; la « religion » isiaque n'était qu'un agrégat de piétés individuelles et de sanctuaires distincts les uns des autres. Le régime établi était la libre entreprise. Tout individu pouvait établir un temple au dieu qu'il voulait, comme il aurait ouvert une boutique.

En légalisant l'Église, en l'établissant, en la favorisant, en en faisant sa religion personnelle, Constantin fortifiera un organisme complet, déclenchera une formidable machinerie qui allait encadrer et christianiser peu à peu la masse de la population et même envoyer des missionnaires chez les peuples étrangers. Car le christianisme avait encore une particularité, il était prosélyte, tandis que le paganisme et le judaïsme ont rarement cherché à persuader les autres d'adopter leurs divinités[1]. Non content de devoir être professé et de prendre la peine de se dire vrai, le christianisme était une religion universaliste.

Cet universalisme était aussi celui du paganisme et des sagesses antiques : tout étranger pouvait adorer Zeus, la sagesse stoïcienne était ouverte à tous, même aux femmes, et l'esclave du *Ménon* de Platon redécouvre la géométrie. Mais ces sagesses n'étaient pas conquérantes. Chacune se considérait expressément comme la seule vraie, polémiquait âprement contre ses concurrentes, mais se contentait de tenir sa petite boutique d'idées et d'y « attendre le client », sans être monopoliste, sans s'imaginer qu'elle allait conquérir le monde ou avait le devoir de le conquérir.

Si on avait cru devoir prophétiser à Chrysippe qu'un jour le monde entier serait stoïcien, il aurait été fort étonné. La conséquence en était que, faute de prosélytisme, ces sagesses restaient l'apanage des lettrés, tandis que l'Église voudra s'imposer à tous les hommes, aux petits comme aux grands, et avoir le monopole religieux ; si bien que Chrysippe laissera à saint Paul le bénéfice de passer pour être le premier universaliste...

D'où venait cette particularité unique qu'était l'existence d'une Église ? C'est un des grands problèmes de l'histoire du christianisme. On peut supposer que, né comme secte juive, le christianisme a conservé jusqu'au bout le principe d'autorité sur

1. M. GOODMAN, *Mission and Conversion : Proselytizing in the Religious History of the Roman Empire*, Clarendon Press, 1995.

les fidèles qui est celui de la plupart des sectes : un groupe fortement structuré tend à resserrer ses rangs et à renforcer la conformité de ses membres[1]. L'« Église » (*ecclesia*), c'est-à-dire l'assemblée de son futur peuple, que Jésus de Nazareth, prophète juif, voulait bâtir sur son disciple Pierre, continue l'assemblée (*qahal*)[2] du peuple élu. Donc on ne peut être chrétien sans avoir rejoint cette assemblée. C'est un autre grand problème : l'exclusivité nationale du peuple élu a été remplacée par l'exclusivité d'un « parti » international, celui du Christ, qui, grâce à Constantin, commencera à pouvoir s'établir comme « parti unique ».

L'Église était cette tour compacte dont parle le *Pasteur* d'Hermas ; chaque fidèle se voyait pressé de faire de lui-même une pierre de taille conforme et lisse, propre à prendre place dans la forteresse pour l'élever plus haut encore[3] ; il obéissait moins par

---

1. J. MORDILLAT et J. PRIEUR, *Jésus après Jésus : l'origine du christianisme*, Paris, Seuil, 2005, p. 121.

2. Ainsi Deutér., IV, 10 et XXXI, 30 ; Josué, VIII, 35 ; Esdras, VIII, 1-2 (« tout le peuple se réunit... Esdras, prêtre, face à l'assemblée, lut la loi de Moïse ») ; Néhémie, XIII, 1 (« on lut dans le livre de Moïse, en présence du peuple ; [...] l'assemblée de Dieu [...] » dont sont exclus les immigrés d'une autre nationalité, « Ammonites et Moabites » ; cf Deutér., XXIII, 4), où l'hébreu a *qahal* et la Septante, *ecclesia*. Il s'agit bien de tout le peuple. En revanche, *qahal* est rendu par *synagôgê*, avec le même sens, dans Lévit., IV, 13 et VIII, 3.

3. Aussi était-ce un devoir pour chaque fidèle que d'admonester charitablement ses frères pécheurs, de pratiquer la correction fraternelle, prescrivait l'*Epistula apostolorum*, 47-48 (*Écrits apocryphes chrétiens*, I, p. 390) ou le *Pasteur* d'Hermas, Vision III, 9.

amour de Dieu que pour servir l'Église. Mais, pour bâtir celle-ci, il lui fallait se bâtir lui-même comme sanctuaire de pureté (projet entrevu par les philosophes païens et ignoré des trop vantées « religions à Mystères », où l'initié n'est que bénéficiaire)[1]. Dans les textes, il sera plus souvent question d'obéissance et de chasteté que de charité, que de l'Évangile, que de l'humanité du Christ.

Les deux religions différaient donc radicalement par leur « discours », par leurs plus profondes et moins visibles différences. Les mots de « dieu[2] » et même de « religion[3] » n'y avaient pas le même sens. C'est pourquoi le christianisme était suspect et haï

---

1. Les initiations aux Mystères païens assuraient une immortalité agréable, sans crainte de l'enfer, sans engagement communautaire ni éthique subséquent, à la seule condition de passer quelques jours à se faire initier... et de payer une somme monétaire assez élevée. Elle s'est éloignée, l'époque où l'on croyait pouvoir classer les religions comme on classe les végétaux et les animaux, ou comme on classe les créations littéraires dans des « genres littéraires » ; le christianisme était classé alors dans les « religions à Mystères », par rapprochement avec les Mystères païens d'Éleusis et autres lieux, ou parmi les « religions de salut ». En fait, ces Mystères salutaires semblaient comparables au christianisme parce que les historiens se les représentaient sur le modèle du christianisme. L'imagination créatrice religieuse est aussi inventive que l'imagination artistique et ne se laisse pas emprisonner dans le cadre de « genres » : elle fait des « révolutions religieuses », de même qu'il y a des « révolutions littéraires ».

2. Adolf VON HARNACK, *Lehrbuch der Dogmengeschichte*, vol. I. *Die Entstehung des kirchlichen Dogmas*, Tubingen, Siebeck, 1931, p. 138.

3. Guy G. STROUMSA, *La Fin du sacrifice : les mutations religieuses de l'Antiquité tardive*, p. 156 sqq. et *passim*.

dans le peuple : par son « discours » il ne ressemblait à rien de connu, donc il fallait s'en méfier ; le
christianisme était une religion sans en être une (on
n'y offrait même pas de sacrifices ! Quelles horreurs
faisait-on à la place ?). La cause des persécutions,
dans le peuple, était une phobie : les chrétiens étaient
différents, sans être franchement des étrangers, on
ne savait pas, avec eux, à qui on avait affaire. Nous
retrouverons cela lorsque nous parlerons de l'antijudaïsme chrétien.

RELIGION RÉPANDUE
DANS TOUTE LA SOCIÉTÉ

Méfiance que les chrétiens ne méritaient pas ; ils
n'appartenaient pas à la légendaire « religion des
pauvres et des esclaves », mais formaient un pan de
la population où toutes les classes étaient représen-
tées. Parmi eux, des notables instruits (souvent leurs
évêques) qui étaient des puissants dans leur cité,
et des « plébéiens moyens » qui avaient maison et
maisonnée[1] et qui savaient lire[2]. Dès les années 200,

---

1. Une moitié environ des personnes que les épîtres de saint
Paul nous font connaître appartiennent à la classe moyenne ; ils
possèdent une maison, ils voyagent. Cf. W. A. MEEKS, *The First
Urban Christians*, Yale, 1983 ; G. THEISSEN, « Soziale Schichtung
in der korinthischer Gemeinde : ein Beitrag zur Soziologie des hel-
lenistischen Urchristentums », *Zeitschrift für die neutestamentliche
Wissenschaft*, LXV, 1974, p. 232-272.

2. Vaste problème. Citons seulement le *Digeste*, L, 5, 2, 8 : « Ceux
qui enseignent aux enfants la lecture..., les magisters qui enseignent

le profil social d'une communauté chrétienne était assez comparable à celui de la société environnante[1]. Œuvre de clercs, toute une littérature de piété, mais aussi de divertissement romanesque (elle est « voluptueusement chaste », dit Renan) était à leur disposition ; je ne priverai pas mes lecteurs, pas plus que saint Jérôme n'en a privé les siens, du supplice de ce martyr qui fut livré ligoté, non aux lions, mais à une belle courtisane[2].

---

la lecture, soit dans les cités, soit dans les bourgs (*vici*). » Il semble que les filles allaient à l'école (Martial, IX, 69, 2). Il demeure que l'étude des inhumations antiques et des squelettes a prouvé que, tout jeunes, les enfants étaient mis au travail, comme dans le tiers-monde actuel.

1. G. SCHÖLLGEN, « *Ecclesia sordida* : zur Frage der sozialen Schichtung frühchristlicher Gemeinden am Beispiel Karthagos zur Zeit Tertullians », *Jahrbuch für Antike und Christentum*, Ergänzungsband XII, 1984. C'était déjà le cas des disciples de saint Paul à Corinthe : W. A. MEEKS, *The First Urban Christians, op. cit.*

2. Le *Pasteur* d'Hermas et une bonne partie des textes « apocryphes » chrétiens, *Actes des apôtres* et *évangiles apocryphes, évangiles de l'enfance, Actes apocryphes des martyrs* appartiennent à cette littérature, dont il ne reste que de rares exemples païens (tels que la *Vie d'Apollonius roi de Tyr*). Comme toute littérature à succès, les livres édifiants ont çà et là quelques touches de *sex, sadism and snobism*, par exemple les *Actes d'André* grecs, 17-24, ou la légende de sainte Thècle et surtout de Nérée et Achillée (ou plus tard, au début de la *Vie de l'ascète Paul de Thèbes* par saint Jérôme, l'histoire du martyr livré à une courtisane) ; le *Pasteur* commence en première page par une évocation fugitive de nudité féminine sur une plage, ce qui ne peut qu'inciter le lecteur à poursuivre sa lecture vers des pages plus édifiantes. Cf. RENAN, *Origines du christianisme*, édition L. Rétat, Paris, Laffont, coll. Bouquins, vol. II, p. 889-890. Le hasard m'a fait tomber chez MIGNE, *Patrologia Graeca* [PG], 1857-., vol. CXVI, col. 93-108, sur un impayable petit roman d'amour, de chasteté et

C'est tout un milieu urbain, héréditairement chrétien de père en fils, que peint avec sympathie Clément d'Alexandrie, et même un très bon milieu ; un marxiste parlerait de « littérature de classe[1] ». Les vertus chrétiennes s'y distinguent mal des conseils de savoir-vivre et de bienséance ; à table, quand vient le moment de boire, il faut imiter le Seigneur qui, lors de l'ultime Cène, lorsqu'il a dit : « Ceci est mon sang », a bu le vin avec dignité, convenance, bonne éducation[2]. Clément destine son œuvre à la classe dirigeante des riches notables qui ont besoin de conseils de bon goût, de modestie, de retenue pour leurs toilettes et dans leurs rapports avec leur domesticité. Leur niveau spirituel est assez bas[3] ; pendant les pieuses assemblées, ils arborent un air modeste et bienveillant ; à peine l'assemblée a-t-elle pris fin que leur visage redevient celui de leurs frères « de classe[4] ».

Loin de former encore une secte à prophétisme[5],

---

de martyre, évidemment inspiré de *Leucippe et Clitophon* d'Achille Tatius et dont les héros se nomment Clitophon et Gleucippe (*sic*).

1. Le même milieu élevé que celui de l'*Introduction à la vie dévote* de saint François de Sales, dont la spiritualité, malgré les efforts de Marrou en faveur de son auteur, l'emporte de très haut sur celle de Clément d'Alexandrie.

2. *Pédagogue*, II, 32, 2, pour ceux qui n'y croiraient pas.

3. Introduction de H.-I. Marrou et M. Harl au *Pédagogue*, vol. I, p. 62-63, 66-67 (coll. Sources chrétiennes, vol. 70, Le Cerf, 1960).

4. *Pédagogue*, III, 80, 1-3.

5. A. VON HARNACK, *Die Mission und Ausbreitung des Christentums in den drei ersten Jahrhunderten*, Leipzig, Hinrichs, 1906, rééd. 1924 et 1966, p. 513 (*Mission et expansion du christianisme aux trois premiers siècles*, trad. fr. J. Hoffmann, Paris, Le Cerf, 2004), p. 322-323.

illuminisme et glossolalie qui attendait le Règne imminent du Christ sur cette terre, ils vivaient en communautés de familles soumises à leurs évêques, étrangères aux hérésies savantes ou extrémistes, respectueuses envers l'Empire et les pouvoirs établis. La conversion du père de famille comportait souvent celle de toute la famille, esclaves compris[1]. Ils menaient une « vie calme et paisible, en toute piété et gravité » (comme le prescrivent la Première Épître à Timothée ou les Constitutions apostoliques), qui tenait plus de place que les sublimités de l'Épître aux Romains et que la dévotion à la personne du Christ. Être un bon chrétien, c'était d'abord être vertueux, si bien que, par contraste, le paganisme semblait avoir tous les vices : à en croire l'Épître aux Romains ou Hermas, le monde païen n'était que vices. Les chrétiens étaient des gens normaux et même louables. Loin des sectes apocalyptiques qui espèrent la destruction de Rome, cette Grande Prostituée, cette Babylone, ils se considèrent comme des membres de l'Empire, des sujets des empereurs pour la conservation desquels (*pro incolumitate imperatorum*) ils prient longuement[2] le Seigneur chaque semaine.

---

1. SAINT CYPRIEN, *Lettres*, LV, 13, 2 ; EUSÈBE, *Histoire ecclésiastique*, V, 21. Autres références chez Adolf VON HARNACK, *Die Mission und Ausbreitung, op. cit.*, p. 193, n. 1 et 3, *ad finem*. Une fois converti, l'empereur Constantin consacra au vrai Dieu toute sa maisonnée : épouse, enfants, esclaves domestiques (EUSÈBE, *Vie de Constantin*, I, 17, 3).

2. Voir la longue prière par laquelle ils demandent au Seigneur d'obéir à Son nom et à leurs « souverains et supérieurs » (*Première Épître de Clément Romain*, 60, 3-61, 2). Les mots *pro incolumitate*

Plus que l'esprit évangélique, que la culture de
la spiritualité ou que l'exaltation encore à venir du
Christ souffrant et de la Vierge mère (Byzance et
saint Bernard ne sont pas encore là), d'autres attraits,
inconnus du paganisme, ont suffi à susciter la plupart
des conversions : la piété aimante que respirait cette
religion d'amour, les ferveurs collectives pendant les
longues synaxes hebdomadaires d'un culte communautaire, ecclésial, l'espérance et la joie[1] d'une destination surnaturelle, la paix de l'âme, bien différente
de l'ataraxie stoïcienne, mais avant tout le moralisme
« bourgeois » dont parlent les historiens allemands[2] ;

---

imperatorum se retrouvent aussi bien dans les *Actes des Arvales*
que chez saint Cyprien, qui demande à un chrétien de se souvenir
de l'empire dont il est citoyen (chez LACTANCE, *De opificio Dei*, I,
9). Sur les prières pour l'empereur et pour l'Empire, massivement
attestées, cf. Hans U. INSTINSKY, *Die alte Kirche und das Heil des
Staates*, Munich, Kössel, 1963. À lire les Pères apostoliques, les Apo-
logètes ou les Apocryphes du Nouveau Testament, l'impression est
la même : sauf les fanatiques de l'apocalypse, les chrétiens se sentent
des Romains comme les autres ; c'est sans y penser, la chose allant
de soi, que Commodien parle d' « obéir aux ordres de César » (*De
duobus populis*, 81) et dit même que le soldat du Christ obéit au
Seigneur comme les soldats obéissent à César (*Instructiones*, II,
7, 4) : tous les chrétiens n'étaient pas comme Tertullien et ne
condamnaient pas tous l'armée...
    1. « Ayez la joie que donne l'espérance » (PAUL, *Épître aux
Romains*, XII, 12, XV, 13, etc.).
    2. La « christliche Bürgerlichkeit » ; cf. *Introduction au Nouveau
Testament* sous la direction de Daniel Marguerat, Labor et Fides,
2000, p. 324, n. 12. Les chrétiens forment un échantillon de la
société « moyenne », avec sa quotidienneté, ses vertus, ses faiblesses,
sa « normalité » en un mot. En cas de persécution, il y a beaucoup
plus de *lapsi* que de martyrs (A. VON HARNACK, *Mission und Aus-*

il existait, peut-on croire, un puritanisme de la petite bourgeoisie (*plebs media*) respectable. Tout cela ne pouvait que rassurer les représentants de l'autorité publique, s'ils daignaient s'en enquérir.

Le christianisme pratiquait toutes les vertus qui étaient renommées chez les païens, si bien qu'après la conversion de Constantin il est vain de se demander si l'atroce législation de cet empereur contre les errements sexuels était ou non d'inspiration chrétienne[1] : c'était une législation vertueuse et la vertu était indistinctement païenne et chrétienne. La moralité publique était inscrite dans la législation depuis Auguste, Domitien ou les Sévères ; chez les païens, le puritanisme appartenait à la moralité élevée et les chrétiens n'ont pas eu à l'inventer. L'ordre public l'emporte parfois sur le christianisme. Vers 220, l'évêque de Rome, Calliste, avait autorisé les femmes de la haute noblesse à contracter un concubinat même avec un esclave, si celui-ci était chrétien ; Constantin en revient aux saines doctrines : si une dame noble fait cela, elle sera réduite en esclavage, ainsi que les enfants nés de cette union[2].

---

breitung, p. 509). Malgré l'interdit jeté par les évêques sur tous les spectacles, certains voudraient aller au théâtre et aux courses du Cirque ; ils allèguent que David avait dansé devant l'arche et que le prophète Élie conduisait un char (NOVATIEN, *De spectaculis*, 1-2).

1. Yann RIVIÈRE, « Constantin, le crime et le christianisme, contribution à l'étude des lois et des mœurs de l'Antiquité tardive », dans *Antiquité tardive*, 10, 2002.

2. *Code Théod.*, IV, 12, 3 ; Ch. PIETRI dans *Histoire du christianisme*, vol. II, *op. cit.*, p. 217 et n. 174.

Secte pour virtuoses
ou religion pour tous ?

La faiblesse du christianisme était, il est vrai, sa supériorité même, dont l'originalité n'était comprise que d'une élite de « virtuoses », pour reprendre l'expression de Max Weber et de Jean-Marie Salamito[1]. Sans le choix despotique de Constantin, il n'aurait jamais pu devenir la religion coutumière de toute une population ; et il ne l'est devenu qu'au prix d'une dégradation, de ce que les huguenots appelaient paganisme papiste, de ce que les historiens actuels appellent christianisme populaire ou polythéisme chrétien (à cause du culte des saints) et de ce que les théologiens appellent la « foi implicite » des illettrés.

Paulo minora canamus : une superstition a aussi contribué au succès de la secte. On était généralement convaincu que ce monde est en proie à de trompeuses puissances démoniaques contre lesquelles la Vérité apporte le salut et auxquelles on croyait autant que nous croyons à l'existence des microbes et virus ; les convulsions des bébés non moins que les émeutes de la plèbe urbaine étaient l'œuvre des démons ; on pouvait être possédé par un démon, voire par toute une légion de ces êtres. Or le Nouveau Testament est plein de récits de miracles où le Seigneur chasse

---

1. Jean-Marie Salamito, *Les Virtuoses et la multitude. Aspects sociaux de la controverse entre Augustin et les Pélagiens*, Grenoble, Millon, 2005.

les démons (c'est le thème favori de l'évangile selon saint Marc). Les chrétiens avaient auprès des païens la réputation d'être d'habiles exorcistes « et l'exorcisme fut un moyen très important de mission et de propagande[1] ».

Tant que le régime impérial ne serait pas officiellement chrétien, la nouvelle religion était condamnée à rester une secte. Malgré les persécutions[2], elle attirait, dans toutes les classes de la société, une élite spirituelle, dont des intellectuels au talent reconnu, Tertullien ou Origène. « Au temps de Plotin, il y avait beaucoup de chrétiens » parmi les lettrés[3]. Dès le début, avec l'évangéliste saint Luc, elle avait eu un lettré parmi ses fondateurs ; au IIe siècle, Justin déjà, Tatien ou le héros des *Reconnaissances* pseudo-clémentines étaient venus au christianisme après avoir traversé les diverses philosophies. La rencontre entre le christianisme et la philosophie grecque a été un événement décisif. Cette religion doctrinaire reven-

---

1. A. VON HARNACK, *Mission und Ausbreitung, op. cit.*, p. 156 ; R. MACMULLEN, *Christianizing the Roman Empire, op. cit.*, p. 108.

2. Lorsque Tertullien écrit que « le sang des martyrs est la semence de (nouveaux) chrétiens », il veut dire rhétoriquement que les chrétiens continuent à se multiplier malgré les persécutions, et non pas à cause d'elles ; ce spectacle horrible et entêté ne pouvait attirer que des caractères bien particuliers. En revanche, lorsque Lactance écrit que la grande persécution sous Dioclétien éveilla de la sympathie et fit réfléchir (*Inst. divines*, V, 23), il dit vrai : un siècle avait passé et la violence impuissante de la persécution systématique troublait tyranniquement la paix publique, même aux yeux de l'opinion païenne.

3. PORPHYRE, *Vie de Plotin*, 16.

diquait une dignité égale à celle des sectes philosophiques du temps[1], au sens qu'avait le mot de philosophie dans l'Antiquité, à savoir, non seulement
une théorie, mais une règle de vie, une doctrine qui
devait être mise en pratique.

Au IIᵉ siècle, on se moquait des chrétiens ou on
haussait hargneusement les épaules ; au IIIᵉ, on tonne
contre eux ou on discute sérieusement. Celse ou Porphyre ne s'aventuraient à polémiquer contre cette
religion philosophique qu'après en avoir étudié de
près les Écritures. Ses adversaires la critiquaient à la
manière dont on critique les pensées d'avant-garde :
c'était une invention toute récente, c'était la dernière
mode, cela n'avait pas de passé, pas de racines natio-
nales (alors que même la bizarre religion des Juifs en
avait), c'était fait de sophismes puérils, appuyés sur
des textes anachroniques. Pire encore, cette religion
impliquait une métaphysique et un style de vie et se
prenait donc pour une philosophie ; or une religion
est ouverte à tous, grands ou petits, tandis que seule
une élite sociale lettrée doit accéder à la philosophie.
Le christianisme livrait donc aux gens de peu ce qui
devrait rester le privilège de l'élite ; aux yeux de cet
esprit de caste[2], le christianisme était une outrecui-

---

1. Exposé d'ensemble par K. ROSEN dans *Rom und das himmlische
Jerusalem : die frühen Christen zwischen Anpassung und Ablehnung*,
éd. R. von Haehling, Darmstadt, Wiss. Buchges, 2000, p. 124-151.

2. PLOTIN, III, 2, 11 et II, 9, 9 : une cité bien organisée est inéga-
litaire et les gens de rien permettent aux gens de bien ou aux sages
de vivre de loisir. – Ce n'est pas que l'esprit de caste ait été inconnu
des chrétiens, loin de là ; mais les chrétiens avaient une référence de

dante religion de pauvres et d'esclaves. Un très haut
seigneur, Symmaque, disait qu'il ne voulait pas se
faire chrétien pour ne pas ressembler à sa concierge
(*ostiaria*)[1] ; il oubliait qu'il aurait ressemblé aussi à
son contemporain saint Jérôme, dont la verve et la
fécondité faisaient l'actualité littéraire tant auprès
des chrétiens que des païens que réjouissaient ses
méchancetés contre les siens. Ou à son autre contemporain le très aristocratique saint Ambroise, qui
connaissait mieux que Symmaque son Plotin.

La question chrétienne se posait d'autant plus
que, dans la classe lettrée, le paganisme était en crise
depuis six ou sept siècles. Il comportait trop de fables
et de naïvetés ; tout païen pieux et lettré ne savait
plus ce qu'il devait et pouvait croire. Quelle idée
fallait-il se faire des dieux ? Quels rapports entre une
divinité philosophiquement acceptable et les « dieux
de la cité », ceux de la religion établie ? Incertain sur
lui-même, le paganisme n'existait plus que sur le
mode interrogatif. Dans la foule des simples gens,
il était coutumier et donc solidement enraciné ; il
aurait pu durer indéfiniment. Auprès des lettrés, il
était respecté à titre de tradition nationale, mais sans

---

plus, que les païens n'avaient pas : l'appartenance à la religion vraie,
la solidarité et l'égalité de tous en Christ, indépendamment de la
condition sociale qui n'en était modifiée en rien (les esclaves doivent
continuer à obéir à leur maître, écrit saint Paul). Car une religion
s'occupe du Ciel et n'est pas un plan politico-social, lequel, de son
côté, ne s'occupe pas du Ciel ni de l'au-delà.

1. Rapporté par saint Augustin dans le sermon Dolbeau XXVI,
28, comme me le signale amicalement Cl. Lepelley.

cesse se posait pour eux une question lancinante :
« Qu'y a-t-il au juste de vrai là-dedans ? » Les tenta-
tives d'apologie ou de renouvellement se bornaient
à ce respect global d'un passé, gage de stabilité en
tous les domaines, se sophistiquaient en allégories
et théurgies mystico-magiques ou se sublimaient en
une haute technicité philosophique.

Sauf à la rigueur chez de rares « virtuoses » religieux païens tels qu'Aelius Aristide, le paganisme
n'offrait rien de comparable au christianisme, même
de loin[1], non plus que les célèbres « religions orientales dans l'Empire romain ». Exception faite du
seul judaïsme, qui, de Rome à l'Asie, avait alors un
grand succès. Le christianisme doit une partie de son
propre succès à celui du judaïsme, religion originale
comme lui et qui avait un sens sublime et pathétique des rapports entre la divinité et les hommes.
En somme, il a été une innovation, une invention,
une création, toutes choses dont l'histoire est faite,
bien que certains historiens ne puissent l'admettre,
sans doute à cause d'une fausse conception du déter-
minisme historique et du rôle des conditions anté-
rieures[2].

---

1. Certes, on trouve de la ferveur dans l'antiquité païenne, mais
non dans la religion : c'étaient les sectes philosophiques, platonisme
et stoïcisme en tête, qui suscitaient celle-ci, au moyen de leurs règles
de vie et de leurs exercices spirituels dont Pierre Hadot a si bien
parlé. Le christianisme a supplanté ces sectes dans ce rôle parce que
cette religion était aussi une philosophie.

2. Voir Notes complémentaires, p. 276.

Oui, en ces années 200-300, chez les païens lettrés, le christianisme, par son originalité, son pathétique, son dynamisme et son sens de l'organisation, ne laissait personne indifférent ; il suscitait un vif intérêt ou un violent rejet. Non que son triomphe fût inévitable ; au contraire, seule la conversion de Constantin en a décidé[1]. Ce vif intérêt explique cette conversion, comme il explique toutes les autres ; pour Constantin comme pour tous les convertis, ce fut une question de foi personnelle, de conviction sincère et désintéressée. Ce ne fut pas un calcul d'idéologue : seul un préjugé sociologiste pourrait faire croire que l'empereur cherchait dans la nouvelle religion « les assises métaphysiques de l'unité et de la stabilité intérieure de l'Empire[2] ».

---

1. Puisque j'ai commencé à parler de TROTSKI, continuons : dans son *Histoire de la Révolution russe* (trad. fr. M. Parijanine, Paris, Seuil, 1950, vol. I, p. 300), Trotski explique longuement que, sans Lénine et ses « thèses d'avril » 1917, jamais les bolcheviks n'auraient pris le pouvoir, et ce marxiste conclut : « Le rôle de l'individualité se manifeste ici à nous dans des proportions véritablement gigantesques. »

2. Comme le suppose, avec bien d'autres, F. VITTINGHOFF, « Staat, Kirche und Dynastie beim Tode Konstantins », dans *Entretiens sur l'Antiquité classique* (Fondation Hardt), XXXIV, 1989, p. 19. L'auteur ajoute que Constantin avait mal calculé : les valeurs chrétiennes, l'ascétisme, le refus de ce bas monde et l'égocentrisme de l'Église n'étaient guère propres à assurer stabilité et unité. On reconnaît ici la pensée de Gibbon : la chute de l'Empire romain est due à l'influence du christianisme.

IV

Le rêve du Pont Milvius,
la foi de Constantin, sa conversion

Quel homme fut donc Constantin ? Un militaire et un politique brutal et efficace qui ne se fit chrétien que par calcul ? Depuis le grand Burckhardt, de 1850 à 1930 environ, on l'a souvent affirmé, par esprit de parti ou par refus de l'hagiographie. Mais on voit mal ce que sa conversion pouvait lui rapporter politiquement. Ce cerveau politique ne recherchait pas l'approbation et l'appui d'une minorité chrétienne dépourvue d'influence, sans importance politique et majoritairement détestée. Il ne pouvait méconnaître qu'adorer une autre divinité que la majorité de ses sujets et de la classe dirigeante et gouvernante n'était pas le meilleur moyen de gagner les cœurs.

LA SUBLIME MISSION DE CONSTANTIN

On a supposé aussi que c'était un syncrétiste à l'esprit confus, « un pauvre homme qui tâtonnait » (disait André Piganiol) et qui confondait le Christ et le Soleil Invincible, dieu impérial, dit-on. En réalité, cette confusion, ce « syncrétisme » prétendus viennent d'une fausse interprétation du monnayage impérial[1] et méconnaissent aussi, comme on verra, l'abîme qui sépare la piété païenne de la piété chrétienne. Constantin a beaucoup écrit et les textes issus de sa main, ses lois, ses sermons, ses édits, ses lettres avec leurs aveux personnels sont des documents césariens comme seuls Marc Aurèle et Julien en ont laissés ; ils prouvent, écrit Dörries, la conviction qu'il avait de sa mission[2] et ils témoignent à chaque ligne du plus orthodoxe des christianismes : Dieu, le Christ, le Logos, l'Incarnation[3]. Sa théologie est parfois naïve, mais elle n'est jamais confuse. Ce n'est certes pas un grand théologien, les querelles christologiques lui semblent « byzantines » avant la lettre et ne font à ses yeux que diviser inutilement le peuple chrétien[4]. Mais il faudrait ne l'avoir pas lu pour voir en lui un « syncrétiste » qui mêlait le Christ avec

---

1. Voir Notes complémentaires, p. 277.
2. Hermann DÖRRIES, *Das Selbstzeugnis Kaiser Konstantins*, Abhandlungen der Akademie der Wissenschaften in Göttingen, philol.-hist. Klasse. Dritte Folge, n° 34, 1954.
3. Dans le long chapitre XI de son *Oratio ad Sanctos*.
4. R. MACMULLEN, *Voting about God in Early Church Councils*, Yale University Press, 2006, p. 28.

Apollon ou le Soleil, dont il ne prononce jamais le nom, sauf pour dire que le soleil, la lune, les astres et les éléments sont gouvernés par le Dieu tout-puissant[1].

Confessionnels ou incroyants, les historiens sont aujourd'hui d'accord pour voir en Constantin un croyant sincère. Faut-il répéter, après Lucien Febvre, que la religion, où des intérêts fort temporels se mêlent presque toujours, n'en est pas moins une passion spécifique qui peut, à elle seule, faire l'enjeu de luttes politiques ? En quoi la conversion de Constantin est-elle plus suspecte que celle de l'empereur indien Asoka se déclarant hautement bouddhiste ? Fuyons le tout-politique non moins que le tout-social[2].

Mais d'abord, pour donner l'échelle de ce chrétien peu banal, prenons loin de Rome et de l'année 312 un terme de comparaison délibérément saugrenu.

La scène se passe à Saint-Pétersbourg, le soir du 25 octobre 1917. Sous la direction de Lénine et de Trotski, le Parti communiste bolchevik vient de s'emparer de ce qui était encore l'Empire des tsars neuf mois auparavant. Ainsi donc, ce soir-là, pour

---

1. Constantin cité par Eusèbe, *Vie de Constantin*, II, 28, 2 et 58, 1.

2. Quand on allègue une causalité, mieux vaut savoir sous quelle modalité on la prend. Est-elle unilatérale (la société est la cause de tout, religion comprise), holistique (tout est social, même la religion s'y ramène), plurielle (la société importe, la religion aussi), naturaliste (l'homme est un animal religieux) ou historique (à telle époque, la religion importait grandement) ?

la première fois dans l'histoire du monde, une révolution sociale, la seule révolution qui soit digne de ce nom, venait d'en finir avec la vieille société. Le comité central bolchevik s'était installé à l'Institut Smolny. La nuit était tombée. On jeta dans une chambre isolée deux matelas côte à côte, sur lesquels, au lieu de dormir, Lénine et Trotski passèrent la nuit à causer à voix basse. Ce qu'ils se dirent, nous l'ignorons, mais nous pouvons deviner ce qu'il y avait dans la tête de Trotski : que la journée qui venait de s'écouler était la plus importante dans l'histoire depuis les origines de l'humanité. En effet, jusqu'alors l'évolution de l'humanité, que nous appelons histoire, n'avait été qu'une préhistoire interminable, injuste et absurde. C'était seulement en ce 25 octobre, avec les prodromes d'une société sans classes sociales et d'une organisation cohérente de l'humanité, que commença l'histoire digne de ce nom. Le prolétariat bolchevik venait d'être rédempteur de l'humanité.

La suite des événements allait être moins radieuse, mais là n'est pas mon affaire. Comme on sait, il arrive qu'un homme se croie appelé à changer la face du monde. Lénine et Trotski ont pu se croire les instruments du changement décisif de l'histoire universelle ; en effet, guidé par le Parti, le prolétariat, « classe universelle », venait de commencer à se libérer concrètement de son oppression, dialectiquement condamnée d'avance, et, par là, à libérer aussi de son lourd passé l'humanité tout entière ; restait à établir effectivement le communisme. Au temps de Constantin, les chrétiens considéraient que l'Incarnation coupait en deux l'histoire de l'humanité : depuis la Résurrection, la toute-puissance des dieux païens, ces démons, était mystiquement déjà brisée[1], restait à établir le règne terrestre du Christ, à faciliter la foi pour tous les hommes, ce que Constantin estime avoir fait.

Toute comparaison « cloche » sur un point ou même sur presque tous : la « révolution » constantinienne, le « tournant constantinien » ou *Wende*, dont parlent les historiens allemands, fut religieux et le fut exclusivement : Constantin a installé l'Église dans l'Empire, il a donné au gouvernement central une fonction nouvelle, celle d'aider la vraie religion et, par là, il a permis au christianisme de pouvoir devenir un jour une des grandes religions du monde. Il n'a ni changé la société ni christianisé le droit et il serait trop optimiste d'espérer que la christianisation ait amélioré les mœurs. Mais, à ses propres yeux et à ceux de ses contemporains chrétiens, Constantin a fait infiniment plus : grâce à la piété de Dieu envers les hommes, il a pu ouvrir, à une humanité qui continuait à errer dans les ténèbres, la voie du salut (*iter salutare*) qu'éclaire l'incomparable lumière divine[2].

La comparaison avec Lénine me semble donc justifiée sur un point décisif : la révolution bolchevik et le « tournant » constantinien reposent l'un et l'autre sur une « rationalité » du sens de l'histoire, matéria-

---

1. Peter BROWN dans la nouvelle *Cambridge Ancient History*, vol. XIII, *op. cit.*, 1998, p. 644.

2. Lettre au concile d'Arles, citée note 1, p. 20.

liste pour l'un, divine pour l'autre. Non, Constantin
ne s'est pas adressé au dieu chrétien par superstition,
parce qu'il se serait imaginé, on ne sait pourquoi,
que, mieux que d'autres dieux, celui des chrétiens
lui donnerait la victoire ; non, le chrisme peint sur les
boucliers de ses soldats n'était pas un signe magique,
comme on l'a parfois dit, mais une profession de foi :
la victoire de Constantin serait celle du vrai Dieu.
Non, il n'a pas cru non plus qu'en promettant à Dieu
de le servir il obtiendrait la victoire en échange, il n'a
pas fait appel au Christ à la façon d'un païen passant
un contrat de vœu avec quelque dieu, ni des prêtres
impériaux adressant au nom de l'État des vœux en
faveur de l'empereur. Constantin s'est converti parce
qu'il a cru en Dieu et à la Rédemption, tel fut son
point de départ, et cette foi impliquait à ses yeux que
la Providence préparait l'humanité à la voie du salut
(il l'écrira lui-même bientôt en ces propres termes) ;
et qu'en conséquence Dieu donnerait la victoire
à son champion, ou plutôt, comme il l'écrira plus
humblement, au serviteur qu'Il avait choisi.

Par là, l'importance de Constantin dans le cours
de l'histoire humaine se révèle gigantesque, c'est
lui-même qui l'a dit et qui l'a publié dans un texte
authentique qu'on ne cite jamais, qu'il faut citer tout
au long et qui se lit chez Gélase[1] : il est la créature

---

1. GÉLASE DE CYZIQUE, *Histoire ecclésiastique*, II, 7, 38 (MIGNE,
PG, vol. LXXXV, col. 1239). Les arguments de C. T. H. R. EBER-
HARDT contre l'authenticité (« Constantinian documents in Gelasius
of Cyzicus », dans *Jahrbuch für Antike und Christentum*, 23, 1980,
p. 48) ne m'ont pas convaincu. Un faussaire aurait besoin de beau-

humaine qui a joué le plus grand rôle dans l'histoire depuis Adam et Ève, depuis qu'il y a un monde et des âmes, et les victoires de 312-324 font partie de l'éternel Décret divin. Lors de l'ouverture du concile de Nicée, l'empereur se tint d'abord modestement devant la porte encore close de l'église où allait se réunir le concile et il pria les évêques de bien vouloir l'admettre dans leurs débats christologiques. Il leur exposa à quel titre personnel il le demandait :

> « Depuis ce moment-là où ces deux êtres-là, créés à l'origine, n'ont pas observé le Décret (*prostagma*) saint et divin aussi scrupuleusement qu'il aurait convenu, la (mauvaise) herbe (de l'ignorance de Dieu) que je viens

---

coup d'imagination pour forger un texte aussi étrange. On voit mal à qui ce faux serait utile : ni aux païens, ni aux panégyristes, ni aux ennemis de Constantin (qui auraient trouvé des griefs moins subtils et moins personnels), ni aux orthodoxes, ni aux ariens. Aucun mot ne fait épigramme contre qui que ce soit, or un faussaire résiste rarement à la tentation de faire épigramme aux dépens de sa victime. Et les statistiques de vocabulaire méconnaissent que ce texte n'est qu'une traduction et témoignent du vocabulaire du traducteur, non de celui de l'empereur (au témoignage d'Eusèbe, Constantin, par inculture ou en bon empereur romain, n'utilisait que le latin dans les occasions officielles et le faisait traduire en grec). Ce latin césarien, celui des préambules de lois, était très ampoulé (déjà un édit de Nerva cité chez Pline le Jeune est peu compréhensible) et le traducteur, embarrassé, a rendu ce latin ampoulé en un grec très maladroit, ce qui témoigne de l'authenticité : un faussaire aurait écrit un meilleur grec. Heinz KRAFT, *Kaiser Konstantins religiöse Entwicklung* (Beiträge zur historischen Forschung, n° 20), Tübingen, 1955, p. 268, croit à l'authenticité, ainsi que V. KEIL, *Quellensammlung, op. cit.*, p. 182, et que Hans LIETZMANN, *Histoire de l'Église ancienne*, trad. fr. A. Jundt, Paris, Payot, 1962, vol. III, p. 155.

de dire est née ; elle s'est maintenue, s'est multipliée
depuis que le couple que j'ai dit a été expulsé sur un
ordre de Dieu. Cette (mauvaise) matière est allée si loin,
avec la perversité humaine, que, du levant aux régions
du couchant, les fondations (de l'humanité) ont été
condamnées ; la domination du Pouvoir Ennemi s'était
emparé des pensées des hommes et les avait étouffées.
Mais le Décret (divin) comporte aussi, sainte et immortelle, l'infatigable commisération du Dieu tout-puissant.
En effet, alors que, au long de toutes les années, de
toutes les journées passées, des masses innombrables
de peuples avaient été réduites en esclavage, Dieu les
a libérées de ce fardeau par moi, son serviteur, et les
mènera à l'éclat complet de la lumière éternelle. Voilà
pourquoi, mes très chers frères, je crois (*pepoitha*), avec
une très pure confiance (*pistis*) en Dieu, être désormais
particulièrement distingué (*episêmoteros*, au comparatif) par une décision spéciale (*oikeiotera*, au comparatif également) de la Providence et par des bienfaits
éclatants de notre Dieu éternel. »

Avec une fausse humilité, il se dit et redit simple
serviteur de Dieu, *famulus Dei* ou encore *tou Theou
therapôn*, reprenant lui-même le titre que portait
Moïse[1] ; il parle de « mon office, mon service *[hê
emê hypêresia]*[2] ». Aux yeux de son historien et
panégyriste Eusèbe, il est bien le nouveau Moïse du

---

1. Références chez Ch. PIETRI dans *Histoire du christianisme*,
vol. II, *op. cit.*, p. 206, n. 90.

2. Dans la lettre au synode d'Arles, citée n. 1, p. 20, chez ATHA-
NASE, II, 98, cité n. 2, p. 221, chez GÉLASE, II, 7, 38, cité n. 1, p. 84,
et chez EUSÈBE, *Vie de Constantin*, II, 28, 2.

nouvel Israël[1]. Il ne prétend pas, comme tout empereur byzantin, être sur terre ce que Dieu est au ciel,
mais être personnellement inspiré et aidé par Dieu.
Lorsque, dès 314, il écrit au gouverneur d'Afrique
que « la volonté divine (lui) a confié le gouvernement
de l'univers[2] » (dont, du reste, il ne disposera entièrement que dix ans plus tard), il ne lui rappelle pas
que tout pouvoir vient de Dieu selon l'Apôtre, mais
lui suggère déjà qu'il a reçu de Dieu une mission
personnelle, comme il le redira un jour[3] plus fortement encore. Laissant à Eusèbe le soin de légitimer
la monarchie chrétienne en général, lui-même croit
et dit être un cas exceptionnel, car, comme on vient
de le lire, une grâce « toute personnelle » (*oikeiotera*,
au comparatif) de la Providence lui a permis de réunifier l'Empire pour en chasser les persécuteurs.

L'histoire politique et religieuse reprenait ainsi
son droit chemin : Licinius, le rival en Orient, venait
d'être écrasé, cependant qu'un concile œcuménique
allait bientôt rétablir à Nicée, en 325, l'unité et l'autorité de la vraie foi. C'est à l'ouverture de ce concile
que Constantin prononça l'allocution qu'on vient de
lire. L'empereur est au sommet de sa gloire : il vient
de réunifier l'Empire sous le Christ et va réunifier

---

1. EUSÈBE, *Histoire ecclésiastique*, IX, 9, 5 ; Ch. PIETRI dans *Histoire du christianisme*, vol. II, *op. cit.*, p. 206.

2. H. VON SODEN, *Urkunden zur Geschichte des Donatismus*,
nos 8, 9, 14.

3. Par exemple dans son « Discours du Vendredi Saint », XXV, 5
(p. 161, 28 Heikel) et dans le texte, cité par Gélase, que nous citons
tout au long.

la foi en réunissant le concile qui entraînera, écrit-il, « la rénovation (*ananeôsis*) du monde[1] ». En mettant fin aux persécutions, en établissant l'Église dans tout l'Empire, cette partie principale de l'humanité, il a ouvert à tous les hommes la possibilité matérielle du Salut, la voie de la connaissance du vrai Dieu et de la vraie Foi. L'allocution citée par Gélase montre qu'en 325 Constantin estimait avoir changé le sort de l'humanité.

Tous les textes issus de la plume impériale montrent un Constantin assuré de son élection personnelle[2]. « Les preuves les plus lumineuses et évidentes », écrivit-il au même moment à ses nouveaux sujets palestiniens[3], « ont montré que, par les inspirations et les secours qu'il daigne multiplier en ma faveur, Dieu a expulsé de la terre entière la méchanceté (des persécuteurs) qui opprimait auparavant l'humanité tout entière ». Ses victoires, redira-t-il deux ans avant sa mort aux évêques réunis à Tyr, ont été si éclatantes que la paix règne partout ; l'intervention de la Providence en sa faveur est si évidente que les Barbares se convertissent à leur tour à la crainte de Dieu[4]. Ayant ainsi allumé son auréole, Constantin

---

1. Lettre de Constantin à l'Église de Nicomédie, citée par Athanase, chez H.-G. Opitz (éd.), *Urkunden zur Geschichte der arianischen Streites*, Berlin, Gruyter, 1934-1940, chez Athanase, *Werke*, III, 1, 27 ; ou chez V. Keil, *Quellensammlung, op. cit.*, p. 112. Cf. H. A. Drake, *Constantine and the Bishops, op. cit.*, p. 258 : « *Constantine at Nicaea was at the top of his form.* »

2. H. Kraft, *Kaiser Konstantins, op. cit.*, p. 22.

3. Eusèbe, *Vie de Constantin*, II, 42.

4. « Grâce à mon adoration au service de Dieu, partout c'est la paix, et le nom de Dieu est vénéré comme il doit l'être par les Bar-

promet au synode qu'il saura appliquer sans faiblesse les décisions théologiques de leur assemblée.

S'étant fait le premier prédicateur de son Empire, il réunissait chaque semaine ses courtisans en son palais et « il leur expliquait systématiquement la Providence, tant en général que dans des cas particuliers[1] », en particulier le sien. Il nous reste un de ces sermons, l'*Oratio ad Sanctos* ou *Sermon du Vendredi Saint* ; en toutes choses, Dieu lui-même a été son seul guide, y affirmait-il[2].

---

bares eux-mêmes, qui ignoraient jusqu'à présent la Vérité... Oui, aujourd'hui les Barbares eux-mêmes ont connu Dieu grâce à moi, vrai serviteur de Dieu ; ils ont appris à le craindre, car ils ont éprouvé par les faits que Dieu était partout mon bouclier et c'est surtout ainsi qu'ils connaissent Dieu et le redoutent : c'est parce qu'ils nous redoutent » (ATHANASE, *Apol.*, II, 86, 97, cité par V. KEIL, *Quellensammlung*, *op. cit.*, p. 144). Constantin fait allusion à ses récents succès sur le Danube, qui allaient assurer en effet trente ans de paix sur le fleuve. Ce qu'il dit de la christianisation des Barbares fait allusion, je suppose, à des faits dont le souvenir n'est pas parvenu jusqu'à nous, à moins qu'il ne s'agisse de la conversion des Ibères de Géorgie. Dans la liste des évêques du concile de Nicée, figure un certain Théophile, évêque de « Gothie » (de Crimée ?). Dès qu'un territoire avait été touché par une mission chrétienne, il était censé avoir connu l'Évangile. Sur la date de la conversion des Goths, A. CHAUVOT dans *Histoire du christianisme*, vol. II, *op. cit.*, p. 863.

1. EUSÈBE, *Vie de Constantin*, IV, 29, 3.
2. Au début du chapitre XXVI de l'*Oratio ad Sanctos*, (MIGNE, *PG*, vol. XX, col. 1260 AB ; *Eusebius Werke*, éd. Heikel, vol. I, p. 166, dans les *Griechische christliche Schriftsteller*, 7, Leipzig, 1902, réed. 1990), il déclare : « Lorsqu'on me loue d'être au service (*hypêresian*) de Dieu – ce qui a eu pour origine une inspiration (*epipnoias*) du Dieu du ciel –, on ne fait que confirmer que Dieu est la cause de ma valeur (*andragathia*). Oui, car il appartient à Dieu d'être l'auteur de tout ce qui est bon, et il revient aux hommes de lui obéir. »

Les bolcheviks ont été vainqueurs en 1917 parce qu'ils allaient dans le sens de l'histoire ; Constantin a vaincu en 312 et en 324 parce qu'il allait dans le sens du Dieu qui le guidait. Le rôle de Constantin ressortait d'autant plus fortement qu'il prenait place dans une histoire universelle dont la durée devait être très brève : le monde et l'homme n'avaient été créés que depuis quatre ou cinq millénaires et la fin du monde ne se ferait plus longtemps attendre ; à cette époque, un événement métaphysique pouvait avoir fait récemment l'actualité. Hercule avait réellement existé, mais il y avait longtemps de cela ; le Christ, lui, était un personnage historique dont la vie et la mort faisaient partie de l'histoire impériale ; l'Incarnation, la Crucifixion, la Résurrection étaient des faits récents dont on parlait comme de faits merveilleux (comme il s'en produisait à cette époque) et non comme de mythes, réputés sans naïveté comme tels[1].

UN RÊVE BANAL, UN CONVERTI QUI NOUS SEMBLE PARADOXAL

La conversion de Constantin fut, elle aussi, un événement providentiel, ainsi que sa victoire au Pont

---

1. Voir la note de Marrou à son édition du *Pédagogue* de CLÉMENT D'ALEXANDRIE, vol. I (coll. Sources chrétiennes, n° 70), p. 27, n. 3 ; et ici même, ci-dessus, la n. 1, p. 40, avec l'allusion à Apollonios de Tyane.

Milvius, à en juger d'après leurs conséquences : les chrétiens n'ont pu que s'en persuader. Du même coup, le rêve fameux qui, dans la nuit précédant la bataille, avait ordonné à Constantin d'arborer un symbole chrétien avait été, à coup sûr, envoyé par Dieu ; Constantin fut le premier à le croire. Maintenant qu'il nous faut passer à l'étude de sa conversion, qui nous retiendra longtemps, commençons par la moindre des choses et la plus amusante : ce fameux songe.

Le lecteur se souvient que, la veille du Pont Milvius, un songe avait apporté à Constantin la révélation du chrisme, signe et promesse de victoire. Certes, rien n'était plus ordinaire, à cette époque, que de prendre une décision à la suite d'un songe, considéré comme un message venu du Ciel. C'est pour nous, modernes, que ce songe est une étrangeté historique qui a les couleurs du temps et sur laquelle les historiens ne cessent de disserter.

Oserai-je insinuer que ce chrisme vu en rêve se réduit à la plus simplette des curiosités psychologiques ? Comme il nous arrive à nous-mêmes plus d'une fois au cours de notre vie, Constantin n'a fait que voir en rêve, sous la forme allégorique et imagée qui est celle du langage onirique, sa propre décision de se convertir au dieu des chrétiens pour remporter la victoire, décision soudaine, prise dans la vie nocturne de sa pensée. Ou encore, si sa conversion est plus ancienne (ce que nous ignorons)[1], il a vu en

---

1. Nous n'avons que le témoignage d'Eusèbe dans l'*Histoire ecclésiastique*, IX, 9, 2, qui ignore encore le rêve du chrisme et dit

songe, dans les pensées de son sommeil, sa propre
conviction que Dieu lui donnerait la victoire, qui
serait celle du Christ, vrai chef de ses armées. Deux
ou trois anecdotes en convaincraient le lecteur sceptique, mais renvoyons cela en note[1]. Le chrisme, produit de la symbolisation onirique, et les mots « tu
vaincras par ce signe », étaient la forme imagée sous
laquelle cette décision ou cette conviction se sont
peintes sur l'écran du rêve. Imagerie onirique que le
rêveur crédule a prise au pied de la lettre et arborée
sur son casque[2], sur les boucliers de ses soldats et

---

simplement qu'*en partant* en campagne contre Maxence Constantin
demanda leur alliance à Dieu et à son Logos Jésus Christ.

1. Une personne rêve qu'elle se trouve au sommet d'une montagne, devant une arête de glace qu'il lui faudrait franchir d'un saut,
et n'ose ; quelqu'un ou quelque chose lui dit d'oser, elle saute et en
effet retombe de l'autre côté sans aucun dommage. Elle se réveille
et, appliquant la résolution qu'elle a prise en rêve, demande le
divorce. – Je me couche sans avoir pu trouver les phrases de conclusion d'un article d'histoire romaine. Je rêve que j'erre indéfiniment
dans les rues de Rome (une Rome insipide qui ne ressemble pas à la
vraie), sans trouver l'issue (quelle issue ?), avec embarras, mais sans
angoisse. J'arrive tout à coup au pied des escaliers du Capitole et j'y
aperçois les Trophées de Marius, qui ont la forme... de deux belles
et grandes palmes symétriques. Je me réveille en sursaut et trouve
dans mon esprit, toutes rédigées, les deux phrases de conclusion
qu'il fallait à mon article. – Ces rêves d'errance embarrassée, mais
non angoissée, dans les rues d'une ville sont fréquents. Ils sont évidemment la manière dont se peint, sur l'écran du rêve, les réflexions
de l'inconscient qui cherche la solution d'une difficulté. Ce sont
des rêves proches du réveil (c'est pourquoi leur souvenir ne s'efface
pas), moment où l'esprit encore endormi a déjà repris son activité
d'état de veille.

2. Constantin portait le chrisme dès le début, d'après un médaillon de 317.

sur son propre étendard, comme profession de foi et initiales du nom du vrai Seigneur des armées. C'est ainsi que Constantin a inventé en rêve un symbole chrétien transparent, mais jusqu'alors inconnu et qu'on appellera le chrisme. De même, six siècles avant lui, un roi grec d'Égypte avait inventé en rêve un dieu égyptien promis à un grand avenir, ainsi que le nom de ce dieu, « Sérapis », qui n'avait aucun sens en langue égyptienne, mais sonnait comme un mot égyptien pour des oreilles grecques[1].

Constantin était un décideur lucide. Ne nous laissons pas abuser par des prodiges qui, à son époque, étaient banals. Oui, en 310, Constantin a « vu » Apollon lui annoncer un très long règne. Oui, en 312, il a reçu en un rêve ou une vision la révélation du « signe » chrétien qui lui procurerait la victoire. Oui, cette victoire fut miraculeuse. Mais, à cette époque, il était normal, chez tout le monde, tant chrétiens que païens, de recevoir l'ordre d'un dieu en un rêve[2] qui

----

1. C'est du moins l'interprétation que je me permets de suggérer pour l'origine de ce dieu : Ptolémée Ier souhaitait avoir un dieu égyptien à l'usage des Grecs d'Égypte, afin que ces Grecs aient sur place un protecteur indigène, et il avait dans l'oreille les syllabes de noms de divinités égyptiennes telles qu'Osiris, Apis, Anubis, Isis, Satis. Et Sésostris ! Il a fabriqué à coup de syllabes un faux mot égyptien, mais en donnant au dieu, dans son rêve, un aspect humain qui pût convenir aux Grecs, réfractaires aux dieux zoomorphes de l'Égypte.

2. Voir par exemple Arthur D. NOCK, *Conversion, the Old and the New in Religion from Alexander to Augustine*, Oxford, Clarendon Press, 1933 (1963), index s. v. *dreams* ; A. ALFÖLDI, *The Conversion of Constantine, op. cit.*, p. 125, n. 6 ; E. R. DODDS, *Pagan and Christian, op. cit.* (*Païens et chrétiens*, trad. cit., p. 62-63) ; P. VEYNE

était donc une vraie vision[1] ; il n'était pas rare non plus qu'une victoire fût due à l'intervention d'une divinité[2]. Ramené à son contenu latent, le songe de 312 n'a pas déterminé la conversion de Constantin, mais prouve au contraire qu'il venait de décider lui-même de se convertir ou, s'il s'était déjà converti depuis quelques mois, d'arborer publiquement les signes de sa conversion.

Oui, un beau jour de l'année 312, Constantin a décidé qu'il était chrétien. On a peine à imaginer qu'un homme comme lui ait demandé à l'Église d'en décider pour lui. On imagine plus aisément que, dès sa conversion, une vision d'avenir, encore imprécise et virtuelle, mais vaste, s'est emparée de lui : pour un homme comme lui, à quoi bon se convertir, si ce n'est pour faire de grandes choses ?

Toutefois, après sa conversion, il ne s'est pas fait

---

dans *Poikilia, Études offertes à J.-P. Vernant*, Paris, EHESS, 1987, p. 384-388.

1. En effet, si nous voyons Mickey Mouse à la télévision, nous savons que c'est une fiction ; si nous apercevons le président de la République ou un ministre, nous savons que c'est une réalité, celle des « Actualités » ou *news*, et non un « vain songe ». De même, puisque les dieux existent réellement, si on en voit un en rêve, c'est donc que le « canal » du rêve a apporté une information réelle (*Poikilia*, p. 388).

2. Un bel exemple est le miracle de l'armée de Marc Aurèle, sauvée de la soif par une pluie envoyée par Jupiter Pluvius. Le paganisme achèvera son agonie sur un rêve et un miracle : dans cette « première des guerres de religion » que sera en 394 le pronunciamiento du païen Eugène, Théodose sera vainqueur à la suite d'un songe et grâce au miracle d'une tempête (SAINT AUGUSTIN, *Cité de Dieu*, V, 26).

baptiser (à cette époque ce retard était usuel, le baptême étant un pas de plus dans l'engagement, plutôt
que le seuil même de la foi)[1] ; à l'exemple de bien
d'autres[2], il reculera jusqu'à l'approche de sa mort,
vingt-cinq ans après le Pont Milvius, le moment de le
faire ; « car il était assuré que les eaux du salut lave-
raient tous les péchés que son sort de mortel lui avait
fait commettre », écrit son panégyriste[3]. Il n'en était
pas moins devenu chrétien, que dis-je, il est frère des
évêques, puisque eux et lui aiment Dieu et sont tous
ensemble serviteurs de Dieu[4]. Mais les conséquences
en sont surprenantes à nos yeux : ce champion du
christianisme n'avait jamais pu de sa vie participer à
une synaxe, assister à une messe, n'avait jamais reçu
l'eucharistie, jamais communié. « Maintenant je fais
partie du peuple de Dieu et je peux me joindre à lui
dans ses prières », pourra-t-il dire sur son lit de mort,
une fois baptisé[5].

---

1. En 392, l'empereur Valentinien II, âgé de dix-sept ans, est
assassiné ; saint Ambroise eut la charité d'affirmer à ses sœurs que,
bien que non baptisé, il pouvait aller au Paradis. À cette époque
coexistait déjà, à côté du baptême des adultes, celui des nouveau-
nés ; les parents s'engageaient pour leur bébé (HIPPOLYTE, *Trad.
apostol.*, 46). Des lettrés se faisaient baptiser s'ils renonçaient à faire
carrière pour mener une vie ascétique ou pour devenir évêque ; ce
fut le cas de deux baptisés trentenaires, saint Augustin et saint Grégoire de Nazianze.
2. Références aux textes chez A. H. M. JONES, *The Later Roman
Empire*, vol. II, p. 980-981 et n. 91-92.
3. EUSÈBE, *Vie de Constantin*, IV, 61, 2.
4. Lettre de Constantin à l'Église de Nicomédie, 6, citée par Athanase (OPITZ, *Urk.*, 27 ; V. KEIL, *Quellensammlung, op. cit.*, p. 112).
5. EUSÈBE, IV, 62, 3.

Le baptême effaçant tous les péchés antérieurs, on a pu supposer que Constantin l'avait retardé parce qu'il avait sur la conscience les meurtres de sa femme Fausta et de son talentueux bâtard Crispus. Si du moins ces meurtres, dont nous ignorons la raison, ont été des péchés à ses yeux, ce dont on peut douter : depuis six siècles au moins, il était admis (« comme on admet les postulats des géomètres », écrit Plutarque)[1] que dans une famille régnante le meurtre des proches parents était licite pour assurer les intérêts du trône ; on verra pire encore à la mort de Constantin lui-même[2].

Les vraies raisons du retard doivent être politiques : les fonctions militaires et judiciaires d'un empereur, qui est sans cesse obligé de tirer l'épée, étaient peu compatibles avec une charité chrétienne qui était souvent, à cette époque, une doctrine de la non-violence[3] (à la grande indignation du païen

---

1. PLUTARQUE, *Démétrios Poliorcète*, III, 5 ; meurtres d'Agrippa Postumus par Tibère ; de Tibérius Gémellus par Caligula ; de Silanus, de Rubellius Plautus et de Cornélius Sulla (tous trois apparentés à la *gens Julia* et, donc, usurpateurs potentiels) par Néron. Claude n'avait eu personne à tuer : il était le dernier des Claudiens et, de son défunt frère Germanicus, ne survivaient que trois femmes (dont Agrippine).

2. Dans sa prudence, pour prévenir des guerres civiles, l'armée, en un *promiscuous massacre* (Gibbon), mit à mort, entre autres, les frères et presque tous les neveux de Constantin ; un des rares neveux survivants fut un inoffensif bambin qui ne s'intéressait qu'à ses livres et qui était... le futur Julien l'Apostat.

3. A. CAMERON et S. G. HALL, édition commentée de la *Vie de Constantin* (*Eusebius, Life of Constantine*, Oxford, Clarendon Press, 1999, p. 342). Vers 390 encore, le « pape » Sirice interdira l'accès à

Libanius, certains gouverneurs de province n'osaient plus, parce qu'ils étaient chrétiens, condamner à mort des brigands de grand chemin[1]). Les « péchés que son sort de mortel lui avait fait commettre », pour reprendre les termes de son biographe, sont, je suppose, ceux qu'un souverain ne peut pas ne pas commettre.

Le fils et successeur de Constantin, le très pieux Constance II, élevé chrétiennement par son père, l'imitera et ne recevra le baptême que sur son lit de mort. Être baptisé était astreignant[2]. En 380, peu après son avènement[3], l'empereur Théodose, issu d'une famille chrétienne, fut baptisé à l'âge de trente-trois ans pour cause de grave maladie, me dit Hervé Inglebert ; si bien qu'au cours des quinze années qu'il lui restait à régner il tomba sous les griffes du redoutable évêque de la résidence impériale, saint Ambroise de Milan, qui put lui refuser la communion et le faire plier.

---

l'épiscopat aux fonctionnaires qui ont dû « appliquer des lois fatalement sévères », user du glaive, mettre à la torture (A. H. M. JONES, *The Later Roman Empire*, vol. II, p. 1386, n. 135).

1. LIBANIUS, discours XXX, *Oratio pro templis*, 20. Dans une épigramme, le poète païen Claudien souhaite ironiquement à un général chrétien que son épée ne soit jamais rougie du sang d'un Barbare.

2. « De par son baptême, un prince chrétien n'était plus libre d'agir contre les principes chrétiens », écrit Bruno DUMÉZIL, *Les Racines chrétiennes de l'Europe*, p. 70.

3. Pour la date, A. PIGANIOL, *L'Empire chrétien* (coll. Histoire générale Glotz), Paris, Presses Universitaires de France, 1947, p. 212, n. 80.

Ce n'est plus le baptême tardif, mais la conversion même de Constantin que des païens ont per-
fidement expliquée par ses remords supposés pour
les meurtres de Fausta et de Crispus, tués en 326 ;
l'évêque Hosius aurait fait croire à l'empereur que
« les infidèles qui se convertissaient étaient aussitôt
lavés de tout crime[1] ». Explication chronologique-
ment impossible.

---

1. ZOSIME, *Histoire nouvelle*, II, 29, 3, traduite et commentée
par Fr. Paschoud, Paris, Les Belles Lettres, 1971, vol. I, p. 102,
cf. p. 220.

V

Petits et grands mobiles
de la conversion de Constantin

Cette conversion, dont la date est connue à deux ans près, est postérieure à 310, où on voit Constantin vénérant au passage un temple d'Apollon[1]. Le jeune prince n'avait jamais été un persécuteur (la tolérance était établie en fait depuis 306, du moins en Occident) ; était-il déjà converti lorsqu'il fit le rêve fatidique d'octobre 312 ? S'était-il converti en partant en

---

1. *Panégyriste de 310* dans *Panégyriques latins*, VII, 21, 3-7. On affirme que cet Apollon n'était autre que *Sol Invictus*, mais c'est là une affirmation *a priori*, fondée sur le préjugé selon lequel ce dieu païen jouait le même rôle « légitimateur » du régime impérial que jouera plus tard le Dieu chrétien (nous y reviendrons). En réalité l'Apollon dont parle le Panégyriste n'a aucun trait solaire, c'est au contraire le beau jeune homme et le dieu guérisseur qu'est l'Apollon immémorial du paganisme. – Panégyriste et hagiographe de Constantin, Eusèbe étend un flou artistique sur la date de la conversion, qui est donc une date peu flatteusement tardive (*Vie de Constantin*, I, 17, 2).

campagne contre Maxence[1] ou bien l'a-t-il fait cette
nuit-là, en une de ces révélations soudaines comme il
en est d'autres, telle l'extase de foudre qui renversa le
futur saint Paul sur le chemin de Damas ? À la suite,
assurément, d'une longue maturation inconsciente.
De fait, il lui échappera un jour de raconter dans un
message public un souvenir vieux de plus de vingt
ans qui semble l'avoir marqué[2] : il avait entendu dire,
en 303, qu'Apollon venait de faire savoir à Delphes
qu'il ne pouvait plus rendre d'oracles véridiques
parce que la présence de Justes sur terre l'en empêchait ; l'empereur Dioclétien demandant autour de
lui qui pouvaient être ces Justes, un officier de sa
garde répondit : « les Chrétiens, probablement ».
C'est alors que Dioclétien décida la Grande et, écrit
Constantin, la cruelle Persécution de 303.

« Boîte noire » de la conversion

Quant à la raison profonde de cette conversion,
nous l'ignorerons toujours. Il serait vain de spéculer
sur l'attitude de son co-empereur de père, qui sut
éviter de faire des martyrs, ou sur ses origines mater-
nelles (une sœur de Constantin avait reçu un nom

---

1. Comme le prétend Eusèbe dans la première des deux versions
qu'il donne de cette conversion (*Histoire ecclésiastique*, IX, IX, 2).

2. Message de Constantin à ses sujets orientaux, en 325, rapporté par Eusèbe, *Vie de Constantin*, II, 50-52. Cf. A. Cameron et
S. G. Hall (éd.), *Eusebius, Life of Constantine, op. cit.*, pp. 112 et
245-246.

chrétien) : les mobiles ultimes de toute conversion sont impénétrables, ils se trouvent dans l'inouvrable « boîte noire » dont parlent les psychologues (ou, si l'on est croyant, dans une Grâce actuelle). Éprouver des sentiments religieux est un affect, croire au fait brut de l'existence d'un être, d'un dieu est une représentation qui reste inexplicable ; elle fait éprouver ces sentiments, loin de s'expliquer par ceux-ci, qu'un incroyant peut entrevoir sans qu'en lui la croyance se déclenche.

Nous ne spéculerons donc pas sur la conversion de Constantin, car la croyance est un état de fait dont la causalité nous échappe ; elle ne peut être l'objet d'une décision, ne peut faire appel à aucune preuve et, du reste, ne s'en soucie guère. Tel individu intelligent et sensible a la foi, tel autre, qui l'est aussi, ne l'a pas (et doit s'abstenir de faire des objections au premier : « on n'interroge pas un homme ému », dit René Char). Nous ne saurions dire la raison de cette différence, et c'est pourquoi on emploie le mot de croyance. La foi et la raison ont peut-être quelques rapports, mais insuffisants ou partiels. Sans la foi gratuite et sans une Révélation, pas de vraie croyance. *Praestet fides supplementum sensuum defectui*, chantera-t-on avec saint Thomas d'Aquin : la connaissance empirique ne saurait mener à croire. La foi convainc les convaincus, Dieu est sensible au cœur des croyants. Pour paraphraser Alain Besançon, Abraham, saint Jean ou Mahomet ne savent pas : ils croient, tandis que Lénine croit qu'il sait.

LE PETIT BOUT DE LA LORGNETTE

La nouvelle religion présentait par ailleurs plusieurs « bénéfices secondaires » à l'impérial converti ; je les énumère en désordre. Elle fascinait par sa supériorité sur le paganisme et par son dynamisme d'avant-garde ; par là, elle était la seule religion qui fût digne du trône ; elle lui était permise au nom du droit, reconnu à tout César, d'avoir quelque caprice ; elle était une occasion politique et militaire à saisir, celle de devenir le protégé et le héros de la Providence et de jouer un grand rôle dans l'histoire du Salut (une grande ambition n'était pas rare chez les Césars). Intérêt politique ou zèle pieux et désintéressé ? Une âme pure ou une pure intelligence ferait cette distinction, mais, pour un homme d'action comme Constantin, le dynamisme d'une doctrine et la chance surnaturelle qu'elle lui offrait en politique ne se distinguaient pas de la vérité même de cette doctrine.

Commençons par les conditions les moins importantes. La dignité souveraine ne pouvant se cantonner dans des limites trop mesquines, les rois de France ne se privaient pas d'étaler leurs maîtresses ; de même, un empereur romain pouvait avoir d'impériaux caprices, proposer à ses sujets le culte de son mignon Antinoüs ou élire à titre personnel un dieu favori et lui élever un temple. La conversion de Constantin a été un caprice personnel.

Secundo, la dignité du trône impérial valait bien une messe. Comme souverain, Constantin a estimé qu'il ne lui suffisait pas d'être tacitement chrétien (comme l'avait été, prétendait-on, Philippe l'Arabe, soixante-dix ans auparavant) : il était digne de l'éclat de son trône d'y associer la religion vraie, seule digne de rehausser celui-ci et de montrer la haute inspiration du souverain. Bruno Dumézil vient de montrer qu'après ce qu'on appelle les Grandes Invasions les souverains germains arboreront le christianisme comme marque de leur haut degré de civilisation. La même chose se passera en Russie et en Asie centrale autour de l'An Mil : des princes se convertiront pour leur prestige religieux, pour être modernes. Car être moderne peut être une question de faste pour un potentat.

L'idée de faste monarchique et de dignité supérieure du trône fut très importante jadis ; notre âge démocratique ou dictatorial a oublié que, dans les vieilles monarchies, la politique et la guerre n'étaient pas tout. Pour beaucoup d'historiens actuels, ce faste était de la « propagande » ; ce mot est pourtant anachronique, il sonne faux, de même que sonneraient faux, pour notre époque, ceux de craindre, d'aimer et de respecter le maître, de lui souhaiter longue vie. On fait de la propagande pour devenir ou rester le maître, en convainquant des citoyens qui ne sont pas acquis d'avance, tandis qu'on déployait du faste parce qu'on était le maître légitime, chose dont chaque loyal sujet du roi était présumé être convaincu d'avance. Le faste était une affaire de dilatation du moi royal, pour se montrer digne de cette dévotion.

La dignité souveraine voulait que le trône fût entouré et décoré des choses les plus belles et les plus nobles. Or, aux yeux de Constantin, le christianisme était la seule religion qui, par sa vérité et son caractère élevé, fût digne d'un souverain. Pour tirer mon exemple d'animaux plus petits, dans cette espèce de religion de la culture dont se rehaussent les États actuels, il est brillant, il est digne d'un gouvernement moderne et de son ministre de la Culture de soutenir l'art d'avant-garde plutôt que l'académisme vieillot qui a les préférences de la majorité de la population. Or le paganisme était majoritaire, mais vieillot, tandis que, même aux yeux de ses critiques, le christianisme était d'avant-garde ; donc il rehausserait le trône à une époque de haute culture où la modernité importait. Cette raison fastueuse (qui ne semblera légère qu'à nous, modernes, pour qui il n'est de grande histoire qu'économique, sociale ou idéologique) est une des grandes raisons qui expliquent un fait dont on devrait être surpris : malgré trois changements dynastiques en un siècle, tous les successeurs de Constantin ont été chrétiens comme lui, à moins d'être des ennemis déclarés de cette religion (Julien, peut-être Arbogast) ; mais jamais des neutres, des indifférents.

Comme on voit, je ne prétends pas faire de Constantin un pur spirituel, mais les historiens qui ne voient en Constantin qu'un politicien calculateur ne vont pas assez loin. Selon eux, il aurait recherché l'appui d'un parti chrétien contre ses ennemis, Maxence ou Licinius ; c'est prêter à Constantin une psychologie trop courte. Il y a bien eu chez lui une motivation intéressée, mais plus subtile ; comme me l'écrit Lucien Jerphagnon, Constantin « a dû se dire que, pour s'être pareillement implanté malgré tant d'oppositions, le christianisme devait avoir quelque chose de plus que les vieux cultes ».

Dans ces conditions, Constantin n'a pas adopté le christianisme en vertu d'un calcul réaliste, mais, sans calculer ses chances, il a senti dans la nouvelle religion, rejetée par les neuf dixièmes de ses sujets, un dynamisme apparenté à sa puissante personnalité. Ce n'est pas là une vaine subtilité, l'expérience le prouve : souvent un ambitieux, s'il voit plus grand que les simples arrivistes, calcule moins les rapports de force et les chances de succès d'un parti qu'il ne se sent attiré par le dynamisme d'une avant-garde, sa puissante machinerie, son organisation[1]. Constantin ne se disait pas que l'avenir était aux chrétiens, mais

---

1. Deux petits faits exemplaires : 1° En France, à la Libération, en 1945, de jeunes ambitieux fort intelligents (je n'en étais pas) s'inscrivirent au Parti communiste. Ce n'était pas de leur part un pari sur l'avenir, ils ne s'attendaient pas vraiment au prochain triomphe de la Révolution : ils n'y pensaient guère ou n'y croyaient que théoriquement et par profession de foi, mais ils étaient sensibles au dynamisme, au prestige et au rayonnement qu'avait alors le bolchevisme et son organisation puissante. Ils quitteront le Parti moins par ambition déçue que par une déception de l'imagination, la haute doctrine ayant laissé apparaître sa médiocrité et ses mensonges auxquels on avait renoncé à croire, et l'organisation étant devenue impuissante en Russie et en France. 2° Nietzsche écrit quelque part que la jeunesse des écoles s'enthousiasme toujours pour les philosophes vivants, pour les philosophes de son époque, parce que cette époque est celle de son propre dynamisme et de son ambition.

sentait dans le catholicisme une énergie et un sens du pouvoir et de l'organisation qui étaient parents des siens. Pour prendre un exemple, la correspondance épiscopale de saint Cyprien ne donne pas une idée très attirante du gouvernement sévère et pointilleux de l'Église, à moins que le lecteur ait la foi ou qu'il ait lui-même ce sens de l'autorité et de l'unité dont fait preuve Cyprien et dont Constantin ne cessera de faire preuve pour ou contre Arius et contre les dona-tistes.

BONNE FOI DE CONSTANTIN

Mais venons-en à l'essentiel : la bonne ou la mauvaise foi de cette conversion. Comme on l'a vu, l'épopée de Constantin fut une croisade non moins temporelle que spirituelle ; elle aboutit en deux étapes à établir la tolérance et à installer l'Église dans tout l'Empire, mais aussi à réunifier cet Empire sous le sceptre du seul Constantin, qui se disait le libérateur spirituel du monde à travers ses conquêtes[1] ; en les étendant, il étendait la royauté du Christ. Toutefois, écrit Konrad Kraft, chacun sait que la sincérité religieuse et les intérêts les plus mondains font souvent bon ménage[2]. Quoi de plus quotidien que

---

1. Lettre de Constantin à Arius, en 324, chez EUSÈBE, *Vie de Constantin*, II, 65, 2 : « J'ai conçu le dessein de restaurer et d'harmoniser le corps de notre monde, qui avait reçu une grave blessure ; j'ai entrepris de réparer cela par la force des armes. »
2. H. KRAFT, « Das Silbermedaillon Constantins des Grossen

de faire d'une pierre deux coups ? Il serait même souvent difficile de ne pas le faire. Que fais-je d'autre en rédigeant ce petit livre ? Je crois servir la vérité historique et j'espère servir mes intérêts. N'allons pas pour autant parler de mauvaise foi ; Constantin a une foi épaisse, mais bonne, et une chose le prouve : il n'avait aucun besoin de l'Église pour ses conquêtes et il aurait pu réunifier l'Empire sans se faire chrétien. Donc, sans être désintéressé pour autant, Constantin peut être considéré comme un idéaliste, puisque son intérêt n'en demandait pas tant. Sa chance est de ne s'être jamais trouvé devant la nécessité de choisir entre sa foi et son pouvoir.

Cherchait-il du moins à allier le trône et l'autel ? Non, politique et religion font deux, et la politique est l'art d'arriver là où l'on veut en venir, par exemple à un but authentiquement religieux. Constantin n'a pas mis l'autel au service du trône, mais son trône au service de l'autel ; il a considéré les affaires et les progrès de l'Église comme une mission essentielle de l'État[1] : là est la nouveauté, c'est du christianisme que date la grande entrée systématisée du sacré dans la politique et le pouvoir, que la « mentalité primitive » ne faisait que saupoudrer d'une poussière de superstitions.

---

mit dem Christusmonogramm auf dem Helm », dans *Jahrbuch für Numismatik und Geldgeschichte*, 5/6, 1954-1955, partic. p. 169.

1. Je paraphrase le regretté Charles Pietri dans *Histoire du christianisme*, vol. II, *op. cit.*, p. 222.

CALCUL SUPERSTITIEUX OU NORMALITÉ
DE LA RELIGION ?

On a estimé parfois que Constantin ne faisait que
continuer la politique religieuse de ses prédécesseurs
païens : il se serait tenu pour responsable de main-
tenir l'Empire en bons termes avec la divinité (*pax
deorum*, la paix avec le Ciel)[1] ; le motif de ses relations
avec l'Église aurait été de faire rendre un culte au
vrai Dieu, « pour ne pas attirer sa colère sur l'espèce
humaine ni sur l'empereur lui-même, à qui Dieu a
commis le gouvernement des choses terrestres »,
comme il l'écrit dès 314 à un gouverneur d'Afrique[2].
Sans doute, mais il faut préciser. D'abord, l'idée
que la colère de Dieu, et celle des dieux, épargne
les sociétés pieuses est un impératif de normalité :
une société saine est une société qui a de la religion.
Les païens ne persécutaient pas les chrétiens comme
rebelles à l'empereur et à ses dieux, mais comme religieusement anormaux, et Constantin estimera que le

---

1. A. H. M. JONES, *The Later Roman Empire*, vol. II, p. 934, cf. I,
p. 82.
2. Lettre de Constantin à Aelafius, vicaire d'Afrique, à propos
du schisme donatiste chez OPTAT DE MILEV, *Contra Parmenianum*,
append. 3 ; texte et trad. chez Ch. M. ODAHL, *Constantine, op. cit.*,
p. 135 et p. 331, n. 30. De même, dans une autre lettre à un autre
gouverneur d'Afrique, on lit que le culte rendu au Ciel met en dan-
ger les affaires publiques, s'il est négligé, tandis que, s'il est rendu,
il apporte la prospérité à tout ce qui porte le nom de Rome et à
toutes les affaires humaines ; en vertu de quoi Constantin dispense
les prêtres chrétiens de toute charge publique (EUSÈBE, *Histoire
ecclésiastique*, X, VII, 1-2).

devoir du prince n'est pas étroitement politique, mais est de veiller au salut de ses peuples et même du genre humain. Ensuite, entre la relation d'un empereur païen aux dieux et celle de Constantin à son Dieu, la différence est grande : la religion païenne n'était qu'une partie de la vie, la plus importante peut-être, mais elle ne recouvrait pas tout, tandis que la religion du Christ domine toutes les choses de la vie.

Tout empereur païen, premier magistrat de la République, était aussi ministre des affaires religieuses (*pontifex maximus*) et gérait les cultes publics, qui n'étaient pas autre chose que les cultes particuliers à la République romaine (ses cultes privés, si l'on ose dire) et qui ne s'imposaient nullement aux simples particuliers, ces derniers ayant leur propre culte privé dans leur maisonnée. La religion publique ou privée était peu exigeante et ne sortait pas de sa place. Les dieux antiques se souciaient plus d'eux-mêmes que de servir de fondement transcendant au pouvoir, de donner la Loi aux hommes ou de piloter royaumes et empires ; auprès de leurs concitoyens, les empereurs païens n'avaient pas de transcendance sacrée, ne tiraient pas leur légitimité de la grâce des dieux ; ces magistrats suprêmes de la République étaient censés gouverner de par la volonté civique ou plutôt le consensus supposé de tous les citoyens[1].

---

1. Sur ce fait capital, l'étude fondamentale est celle d'Egon FLAIG, *Den Kaiser herausfordern*, Francfort, Campus Verlag, 1992, p. 196-201 et 559-560. Je le résume dans mon *Empire gréco-romain*, p. 22-25.

Certains dieux les protégeaient, s'il leur avait adressé un vœu ou parce que, par une sorte d'abonnement, les prêtres de l'État renouvelaient chaque année les vœux publics pour son salut. Chaque simple particulier pouvait en faire autant pour son propre avantage. À ces pactes conclus au coup par coup ou par abonnement, le christianisme a substitué une relation fondamentale : le pouvoir vient de Dieu et le souverain règne par la grâce de Dieu ; et, loin de s'en tenir à être le ministre des cultes, il doit être au service de la religion.

Il arrivait cependant aux dieux païens de faire inopinément accéder au pouvoir un prétendant, mais ils opéraient toujours « au coup par coup », irrégulièrement ; c'est pourquoi l'heureux succès de ce prétendant apparaissait comme providentiel : les dieux avaient pris pour lui la peine de sortir de leur Olympe. La Providence chrétienne, au contraire, agit en permanence et assure l'ordre du monde pour la gloire de Dieu. Il faut toutefois distinguer (avec saint Thomas d'Aquin) une Providence « naturelle » qui veille sur le bon ordre de toutes choses, dont l'institution monarchique, et une Providence « extraordinaire » qui vise « des fins particulières ». C'est cette dernière qui a mis au pouvoir Constantin, à titre personnel et non institutionnel, aux fins de faire triompher la vraie religion. Telle était maintenant la conviction de Lactance[1], selon qui Dieu,

---

1. Dans ses *Institutions divines*, VII, 26, 11-17, Lactance dit à Constantin : « C'est toi que la providence du Dieu suprême a élevé

pour ses desseins, avait fait choix de Constantin de préférence à tout autre, et tel devait être l'avis de Constantin lui-même, qui ne se tenait probablement pas pour un vulgaire « roi par la grâce de Dieu », comme ils le sont tous.

Il demeure que Constantin n'a cesse de répéter que sa piété lui a assuré la protection de la Providence et la victoire sur ses ennemis ; il a vaincu, tandis que Dieu écrase toujours les princes persécuteurs ; sa foi chrétienne, qu'il doit à une inspiration céleste, a assuré « sa sécurité individuelle et l'état heureux des affaires publiques[1] ». L'Empire ne pourra être prospère que si un culte est rendu au vrai Dieu. L'unité de tous dans l'orthodoxie est non moins nécessaire ; « si je parviens à rétablir par mes prières l'unanimité de foi entre tous les serviteurs de Dieu », écrit-il au futur hérésiarque Arius, « je sais que le bien des affaires publiques bénéficiera d'un heureux change-

---

au faîte du pouvoir impérial... C'est à juste titre que le Seigneur et recteur du monde t'a choisi de préférence à tout autre (*te potissimum elegit*) pour restaurer sa sainte religion », etc. Ce passage, si différent de la discrétion du *De la mort des persécuteurs*, semble être une addition postérieure à la première édition des *Institutions* (références chez Ch. M. ODAHL, *Constantine, op. cit.*, 2004, p. 328, n. 10), ou bien s'explique par les relations personnelles que Lactance avait à Trèves avec Constantin en 314.

1. Dans un des sermons qu'il adressait à ses courtisans (comme il avait coutume de faire) et où il allègue aussi que le paganisme mène à la défaite et à la mort des princes persécuteurs (que lui-même a vaincus) (*Oratio ad Sanctos*, appelée aussi *Discours du Vendredi Saint*, 22-25, qui forme l'appendice de la *Vie de Constantin* d'Eusèbe, *Werke*, éd. Heikel, coll. Die griech. christ. Schriftsteller der ersten Jahrhunderte, vol. 7, Leipzig, 1902).

ment[1] ». C'est aussi le bien de l'Empire qu'il allègue en 314 au vicaire d'Afrique, pour lui expliquer les mesures qu'à peine monté sur le trône il a prises contre le schisme donatiste[2].

Doctrine constante chez lui : dès l'hiver 313-314, il écrit au proconsul de cette Afrique qui vient, comme Rome, de tomber dans son escarcelle, que « le culte rendu à la sublimité du Ciel expose les affaires publiques à de nombreux périls, s'il est négligé[3] ». C'est une croyance, tant païenne que chrétienne, qui a duré jusqu'au XVIIIe siècle et qui est moins une espérance ou une crainte que la rationalisation d'une exigence de normalité : une société sans religion serait monstrueuse et donc non viable ; on ne sait trop ce qu'il faut craindre, mais on craint tout ; en revanche, on espère tout pour une société pieuse, mais sans en être très sûr[4]. Ce qui vient d'abord n'est pas l'espoir ou la crainte, mais l'impératif de normalité.

On en a parfois conclu que le mobile profond de la conversion de Constantin avait été étroit, superstitieux et intéressé ; « Dieu m'a partout protégé et veille sur moi », dit-il lui-même à la fin de sa vie[5].

---

1. Lettre citée par EUSÈBE, *Vie de Constantin*, II, 65, 2.

2. Voir Notes complémentaires, p. 277.

3. Lettre à Anullius, citée par EUSÈBE, *Histoire ecclésiastique*, X, 7, 1.

4. Galère justifiait de mettre fin à la Grande Persécution par la raison que les chrétiens qui avaient renié leur religion ne revenaient pas pour autant au paganisme. – Au siècle des Lumières, des penseurs se demanderont si une société d'athées serait possible.

5. Lettre au concile de Tyr en 335 (Constantin n'a plus que deux

Le Dieu de ce conquérant, a-t-on écrit, était avant tout un protecteur tout-puissant. Certes, mais c'est moins de la superstition que de la mégalomanie : comme Napoléon, Constantin croyait à son étoile et le christianisme a moins été son amulette que son épopée personnelle. Il n'en est pas moins chrétien pour autant ; il ne place ses espoirs en une Providence que parce qu'il croit en Dieu. La lecture d'Henri Bremond m'apprend qu'il a toujours coexisté une piété théocentrique, où l'on aime et adore Dieu pour lui-même, et une piété plus anthropocentrique, où le fidèle place aussi ses espoirs personnels en Dieu.

Cela dit, l'espoir temporel que Constantin met en Dieu est pieux et touchant. Plus d'un simple chrétien s'est recommandé comme lui à la Providence en des heures de doute ou d'angoisse. Au lendemain de sa campagne victorieuse sur son rival oriental en 324, Constantin écrit au gouverneur de Palestine que ceux qui craignent Dieu sont moins anxieux des revers momentanés qu'il leur arrive de subir qu'ils ne continuent à espérer ; ils savent que leur gloire n'en sortira que plus grande[1]. Comment ne pas voir là un témoignage personnel ? Constantin évoque ici ses anxiétés durant les guerres de 324 ou de 312.

---

ans à vivre) ; c'est un des nombreux documents authentiques réunis par Athanase dans le dossier de son *Apologie contre les Ariens*. Je l'ai connue par V. KEIL, *Quellensammlung, op. cit.*, p. 144.

1. Cité par EUSÈBE, *Vie de Constantin*, II, 26, 1.

C'est une de ces confidences autobiographiques comme il n'était pas indigne d'en faire en cette époque de vie intérieure, se nommât-on saint Augustin ou Julien. D'autres fois, il confesse humblement à des évêques rassemblés en synode qu'il n'a pas toujours connu cette Vérité et qu'il l'a méconnue en ses jeunes années. Dans un des sermons qu'il prononçait chaque semaine devant ses courtisans, il avoue qu'il aimerait avoir possédé de la vertu et la science de Dieu dès sa petite enfance, mais, ajoute-t-il, Dieu accueille aussi ceux qui ne l'ont eue que plus tard[1]. En mes jeunes années, avoue-t-il au synode d'Arles, il m'est arrivé de manquer à la justice divine et j'ignorais qu'un Dieu pénétrait les secrets de mon cœur[2]. C'est déjà le *Sero te cognovi* de saint Augustin. Chrétien parmi les chrétiens, Constantin écrit à un futur hérétique, Arius, de ne plus diviser le peuple des fidèles et de rendre ainsi à son empereur des jours sereins, des nuits paisibles, à la place de ses larmes et de son actuel découragement[3]. Dans ses édits, le style autoritaire, menaçant, voire fanfaron de Constantin est moins larmoyant.

Cessons de ne voir Constantin que par le petit bout de la lorgnette. Ce prince chrétien d'une

---

1. Le passage en question se lit au début du chapitre XI de cette *Oratio ad Sanctos* ou *Discours du Vendredi Saint* dont nous reparlerons bientôt.

2. Texte de Constantin chez Optat de Milev, cité par H. VON SODEN, *Urkunden zur Geschichte des Donatismus, op. cit.*, n° 18 ; ou chez V. KEIL, *Quellensammlung, op. cit.*, p. 78.

3. EUSÈBE, *Vie de Constantin*, II, 72, 1.

stature exceptionnelle avait dans l'esprit un vaste
projet où se confondaient piété et pouvoir : faire
qu'existe un vaste ensemble qui soit tout entier chrétien et, donc, qui soit un, politiquement et religieusement ; cet idéal millénaire de l'Empire chrétien
fera encore rêver au siècle de Dante. Constantin l'a
réalisé délibérément, par piété, non par intérêt ni
distraitement. Dans un mandement adressé en 325
à ses nouveaux sujets orientaux, dont le préambule
est une longue prière personnelle, Constantin dit
à son Dieu : « Je prends sur mes épaules la tâche
de restaurer Ta très sainte Demeure », c'est-à-dire
l'Église universelle[1]. Revenons à mon parallèle d'un
goût douteux avec Lénine et Trotski : eux aussi
ont voulu le pouvoir et l'ont pris, mais malheureusement leur désintéressement est indubitable :
comme Constantin, ils voulaient faire le salut de
l'humanité.

Preuve du messianisme de Constantin, son rêve
dépassait l'Empire, était universel, « internationa-
liste » ! Déjà la conversion du reste de l'humanité
a commencé. Car, « à partir des rives de l'Océan »
qui borde son empire, Constantin « a éveillé à l'espérance du Salut sur la suite des terres qui forment le
vaste monde » : c'est ce qu'en un message diplomatique extravagant[2] il a osé écrire, comme de conscience à conscience, à son rival le shah de Perse ; il
lui confesse son horreur pour les sacrifices sanglants

---

1. *Ibid.*, II, 55, 2.
2. Eusèbe, *Vie de Constantin*, IV, 8-13.

et le supplie, au nom de ce Dieu « qui aime les doux, les cléments », de ne pas persécuter les chrétiens qui se trouvent déjà dans l'empire iranien. Et il lui assène l'argument usuel : la Providence punit les princes persécuteurs. Le christianisme prenait une dimension diplomatique.

Bénéfices secondaires

Ce que s'était proposé Constantin avec sa piété visionnaire était d'établir partout la religion qu'il aimait et croyait vraie. Toutefois, écrit Harnack[1], c'était aussi tout bénéfice politique pour l'État de gagner à lui la solide organisation qu'était l'Église. Oui, peut-on objecter au grand historien, mais pour se rallier un dixième au plus de la population et en s'éloignant des neuf autres. Et l'Église serait-elle un soutien de l'Empire ou sa rivale ? Si Constantin avait cherché à appuyer son autorité sur l'Église, il aurait fait un mauvais choix, car il favorisait une corporation qui se considérait comme la référence ultime et qui se souciait d'elle-même plus que du pouvoir impérial. Avec le christianisme commence le problème millénaire des rapports du trône et de l'autel, que le paganisme avait ignoré, ainsi que le problème du christianisme comme Église.

Cette Église aura quelquefois une imagination

---

1. *Die Mission und Ausbreitung des Christentums*, p. 512-513.

charitable et prophétique qu'on dirait vraiment chrétienne, mais, comme toute corporation, institution ou syndicat, son souci principal sera de se conserver précieusement et prudemment, même en temps de génocide nazi, et de déployer un faste en rapport avec sa puissance ; dès le IVᵉ siècle, le luxe d'un évêque de Rome, l'orgueilleux Damase, scandalisera les païens[1] et les humbles chrétiens[2]. Dans toute organisation, il y a des conflits de pouvoir ; l'élection du même Damase étant contestée, ses partisans donnèrent l'assaut à ses adversaires et on releva 137 cadavres. Ce sont les mœurs de tous les puissants de cette époque.

Voici, malgré tout, ce que le froid calculateur qu'il y avait aussi en Constantin a fort bien pu se dire, durant l'année où mûrissait dans son subconscient la ferveur de se convertir : 1° Il fallait de quelque manière en finir avec le problème chrétien, car on allait droit au mur. Depuis trois quarts de siècle, l'autorité publique hésitait : persécuter ou laisser faire ? Au cours de la décennie qui précéda 312, les persécutions s'étaient révélées impuissantes et

---

1. AMMIEN MARCELLIN, XXVII, 3, 15.

2. On se croirait déjà au siècle de saint François d'Assise et des hérésies des pauvres, lorsqu'on lit ces lignes où de simples prêtres s'en prennent en 383 à l'orgueilleux pape Damase : « Qu'ils conservent leurs basiliques où l'or scintille, revêtues de prétentieux marbres précieux et élevées sur de magnifiques colonnes ; qu'ils possèdent aussi de vastes domaines terriens : nous autres ne demandons qu'une crèche, comme celle où est né le Christ » (*Libellus precum*, chez MIGNE, *Patrologia latina [PL]*, vol. XIII, col. 83).

n'avaient fait que troubler la paix publique. 2° Il n'y avait aucun inconvénient (rien de plus, rien de moins) à autoriser une religion qui, avec son sérieux, sa morale, avait fait pratiquer à des pères de famille toutes les vertus, y compris le respect des autorités et l'obéissance aux empereurs, même persécuteurs. 3° Faire coexister pacifiquement paganisme et christianisme, en restant soi-même en dehors du débat ? Neutralité difficile à observer, tant la nouvelle religion était exclusive, exigeante, intolérante ; le chrétien Constantin le savait d'autant mieux qu'il se sentait lui-même pareillement exclusif, exigeant pour sa religion...

4° S'il favorisait les chrétiens, il y gagnerait la faveur d'un petit groupe organisé et convaincu, ce qui ne lui apporterait pas grand-chose, et il se mettrait sur les bras une secte dont chacun connaissait[1] les incessantes querelles internes ; schismes et hérésies deviendraient autant d'affaires d'État. Mais précisément, était-ce fait pour déplaire à un Constantin ? Ce chrétien féru d'autorité et d'unité aurait le plaisir de trancher des problèmes de discipline et de dogme, d'ordonner, de réprimer ; outre le gouvernement de l'Empire, il aurait la « présidence » d'une deuxième organisation qui le passionnait, l'Église, et il réglerait les rapports de l'État avec cette rivale. Un an à peine après sa victoire d'octobre 312, il était intervenu dans un conflit interne à l'Église,

---

1. Au témoignage du païen Celse chez ORIGÈNE, *Contre Celse*, V, 61 *sqq.*

la querelle donatiste. Un caractère comme le sien ne pouvait devenir chrétien sans devenir le chef des Chrétiens ; la preuve, c'est qu'il est devenu l'un et l'autre.

VI

Constantin
« président » de l'Église

Le lendemain de sa victoire au Pont Milvius, soit le 29 octobre 312, Constantin fit son entrée dans Rome à la tête de troupes qui portaient sur leur bouclier un symbole encore inconnu, le chrisme. Ce qui ne signifiait pas que ces hommes étaient tous devenus chrétiens[1], mais que cette armée était l'instrument d'un chef qui l'était devenu et que sa victoire était celle du Christ ; le chrisme était la profession de la foi de Constantin. Nous aimerions bien savoir si ce chef chrétien s'est conformé à la coutume ancestrale des généraux vainqueurs et si, montant au Capitole

---

1. R. MacMullen, *Christianizing the Roman Empire, op. cit.*, p. 45. Par ailleurs, ce jour-là, Constantin accepta-t-il de monter au Capitole sacrifier à ce Jupiter qui protégeait depuis toujours l'Empire et les empereurs, ou s'y refusa-t-il ? On en discute... Ce refus de sacrifier se lit tardivement chez le païen ZOSIME, *Histoire nouvelle*, XXIX, 5, éd. Fr. Paschoud, Les Belles Lettres, vol. I, 1971 ; mais la date de ce refus est discutable – voir la note de la savante édition Paschoud, p. 223-224.

avec ses soldats, il y a célébré le sacrifice traditionnel à Jupiter, mais nous ne le savons pas[1].

DES DÉBUTS ÉQUIVOQUES

En tout cas, le chrisme et sans doute aussi les récits de bouche à oreille auront suffi à révéler aux Romains que leur nouveau maître était passé dans le camp des chrétiens, ces « athées », ces ennemis des dieux, des hommes et de l'ordre romain. Mais on s'en tint à cette stupéfaction indignée, car l'année suivante Constantin et Licinius, réunis à Milan, proclamaient solennellement que le culte païen et le culte chrétien étaient libres tous deux et admis à égalité.

Ainsi donc le christianisme n'était la religion du prince qu'à titre privé et nul ne pouvait encore prévoir si Constantin y donnerait des suites publiques. L'Empire reste païen, les cultes publics continuent et Constantin en demeure le Grand Pontife. Mais, par ailleurs, Constantin se comporta tout de suite comme on devait s'attendre à le voir se comporter si le célèbre récit de sa conversion et de son rêve était véridique[2]. Dès l'hiver qui suit sa victoire, il fait

---

1. K. M. GIRARDET discute habilement la question, que lui-même a eu la bonne idée de poser, dans *Die konstantinische Wende*, *op. cit.*, p. 60-70, et conclut avec vraisemblance que Constantin s'est refusé à sacrifier. Les conclusions de Fr. Paschoud sont différentes, dans son édition de Zosime aux Belles Lettres, 1971, vol. I, p. 224.

2. N. H. BAYNES dans l'ancienne *Cambridge Ancient History* (1939), vol. XII, p. 685. L'époque est bien loin où Henri Grégoire

restituer aux chrétiens les biens confisqués lors des persécutions, sans indemniser les nouveaux détenteurs, il commence à privilégier le clergé : il envoie de l'argent à l'Église d'Afrique (mais pas aux donatistes, précise-t-il : il est déjà au courant des conflits internes) et il dispense les clercs de toute charge et obligation publique, afin qu'ils puissent se consacrer au seul service divin, pour le plus grand bonheur de l'Empire et des humains[1].

Dès le même hiver 312-313, la tradition veut[2] qu'il ait fait construire pour l'évêque de Rome une grande église de plan officiel, basilical (elle est devenue l'actuel Saint-Jean-de-Latran). On voyait bien que l'empereur était personnellement chrétien, qu'il faisait bâtir des églises et qu'il favorisait le clergé chrétien. Mais quoi ? Bâtir était une activité normale de tout empereur ; normale de la part d'un souverain qui avait un dieu d'élection (Élagabal avait établi un temple, un culte et un clergé du Soleil syrien et Aurélien un temple du Soleil impérial). Encore plus normale de la part d'un vainqueur, tenu de remercier le

pouvait contester (fort arbitrairement) ce récit et ce rêve (peut-être par hostilité envers l'hagiographie, ou par crainte d'en être dupe). Il y a eu visiblement, dans l'historiographie du christianisme ancien, une période d'hypercritique (c'était l'époque où certains mettaient en doute l'historicité de Jésus de Nazareth), et aussi d'hostilité « anticléricale » envers la religion et envers ce chrétien que fut Constantin ; ou du moins on espérait qu'il n'avait pas été sincèrement chrétien.

1. Eusèbe, *Histoire ecclésiastique*, X, 6 et 7.
2. Krautheimer, Corbett, Frankl, Frazer, *Corpus basilicarum Christianarum Romae*, vol. V, p. 70

dieu auquel il devait son succès ; Auguste avait fondé des temples et même une fête d'Apollon pour sa victoire d'Actium.

Auguste, précisément : il s'était réclamé d'Apollon à titre de général vainqueur et reconnaissant ; il ne prétendait pas imposer ce dieu à ses sujets. Après sa propre victoire, Constantin n'en fait pas plus ni pas moins : il se fait statufier sur le Forum romain en guerrier tenant en guise de trophée son étendard (le célèbre *labarum*) marqué du chrisme, c'est-à-dire des initiales du nom de son dieu ; l'inscription disait que, « grâce à ce signe, porteur de salut et preuve de courage, Constantin avait libéré d'un tyran et restauré en leur antique grandeur le Sénat et le peuple romains[1] ». Ce n'était pourtant pas la coutume des généraux de tenir dans leur armée le rôle de porte-drapeau[2], mais ce vainqueur exhibait sa propre bannière, laquelle était chrétienne. À bon entendeur salut : la population païenne n'avait rien à craindre de ce qui n'était que la glorification d'une victoire, mais les ambitieux savaient désormais quelle religion plaisait personnellement au maître.

Chef militaire et politique aussi efficace que hardi, Constantin était aussi un homme prudent, politique, rusé. Au lendemain de sa victoire, il lui fallait ne pas

---

1. Eusèbe, *Vie de Constantin*, I, 40 ; *Histoire ecclésiastique*, IX, 9, 10-11 et X, 4, 16.

2. A. Alföldi, *The Conversion of Constantine, op. cit.*, p. 42 : ce type de statuaire était inédit. J. Vogt, article « Constantinus der Grosse » du *Reallexikon für Antike und Christentum*, vol. III, p. 326.

inquiéter sa majorité païenne et laisser supposer que sa foi chrétienne n'était que son domaine privé ; personne ne devait soupçonner quels étaient les desseins messianiques de Constantin en faveur du Christ.

Il parvint si bien à faire croire à sa modération qu'il eut pour dupe (ou pour complice ?) un écrivain chrétien proche de la cour, Lactance, qui publia un pamphlet sur les terribles châtiments que Dieu a infligés aux princes persécuteurs, un des derniers de ceux-ci étant Maxence. Voilà un écrivain chrétien qui écrit pour un ami chrétien, sans dire un mot sur la divine surprise d'avoir un chrétien pour empereur ; il honore à égalité les deux co-empereurs légitimes, Constantin et le païen Licinius qui, selon lui, ont été l'un et l'autre les instruments de Dieu pour la paix de l'Église et ont chacun reçu du ciel un rêve ; mieux encore, Lactance relate brièvement le rêve de Constantin et les initiales du Christ inscrites sur les boucliers, sans dire que Constantin est chrétien[1]. Lactance se risque seulement à souhaiter, pour finir, que l'Église vive à jamais en paix.

Les autres dupes volontaires de la modération impériale furent les aristocrates et lettrés païens, qui purent ainsi se permettre d'ignorer le plus longtemps possible quelle était la vraie religion du souverain[2]. Sur l'arc de triomphe fameux qui flanque le Colisée et que le Sénat, ce repaire de païens, éleva en 315 à

---

1. LACTANCE, *De la mort des persécuteurs*, XXIV, 9 ; A. ALFÖLDI, *The Conversion of Constantine, op. cit.*, p. 24 et 43-45.

2. A. ALFÖLDI, *The Conversion of Constantine, op. cit.*, p. 69.

Constantin pour célébrer sa victoire[1] et ses dix ans de règne, nous pouvons encore lire en caractères géants que ce libérateur de Rome a agi « sous l'aiguillon de la divinité », *instinctu divinitatis*, une divinité passe-partout que chacun pouvait entendre à sa façon, tout en ignorant obstinément comment Constantin l'entendait. Deux ans plus tôt, un panégyriste était venu remercier face à face Constantin d'avoir libéré Rome de la tyrannie de Maxence : une entreprise aussi chevaleresque et risquée, dit-il, lui avait été sûrement inspirée par « la puissance divine ». Huit ans passent et un autre panégyriste se présente : la victoire du Pont Milvius a été due assurément « à cette divinité qui seconde toutes les entreprises » du souverain[2].

Cette vague « divinité » peint bien ce qu'était le paganisme tardif. Comme on ne savait pas trop ce qu'étaient les dieux, comment ils étaient faits et combien il y en avait, on recourait prudemment à un mot vague, « la divinité », « le divin (*to theion*) » ou même « le dieu », qui pouvait passer pour un singulier monothéiste aussi bien que pour un collectif polythéiste, comme lorsque nous disons « l'homme » pour désigner « les hommes ». Certains historiens

---

1. Sur cet arc, les reliefs représentent la campagne contre Maxence comme menée sous la protection de *Sol Invictus*. Cet arc n'a pas été érigé par Constantin, mais par le Sénat et reproduit en conséquence une conception païenne du miracle dont on avait été témoin en 312.

2. *Panégyriques latins*, IX, 2, 4 (*quisnam deus*) ; IX, 2, 5 (*illa mente divina*) ; 4, 1 et X, 13, 5.

parlent ici de « syncrétisme » ; je ne suis pas sûr que
ce syncrétisme ait beaucoup existé, que les contemporains aient mélangé plusieurs dieux autant que le
prétend ce mot et je suis même persuadé que Constantin n'a jamais pris Apollon et Jésus pour un seul
et même dieu. Pourquoi ne pas voir ici, tout simplement, « une sorte de monothéisme neutre[1] », comme
dit le regretté Charles Pietri, un vocable déiste
adroitement vague ? Vocable prudent qui permettait de ménager les opinions religieuses de chacun,
y compris celles du locuteur païen lui-même, qui ne
défiait ni ne reculait.

UN MAÎTRE ÉQUIVOQUE

Ce ménagement neutre était de rigueur quand on
s'adressait à l'empereur : la conversion de Constantin
étant son affaire personnelle, on avait beau le savoir
chrétien, on n'était pas tenu d'en faire état. On n'en
avait pas davantage le droit. Constantin lui-même en
faisait état quand il s'adressait à un autre chrétien, à
des évêques, à un gouverneur de province converti[2],

---

1. Dans l'*Histoire du christianisme* vol. II, *op. cit.*, p. 201.
2. Lettre aux évêques réunis à Arles (voir plus haut, n. 1, p. 20) ;
lettre à Ablabius ou Aelafius, vicaire d'Afrique, « toi que je sais être,
toi aussi, adorateur du grand Dieu » ; voir plus haut, n. 2, p. 108.
Cet Aelafius, qui devint un confident de Constantin, était un des
très rares hauts personnages qui fussent déjà chrétiens en 314. Constantin est beaucoup plus réservé et impersonnel avec le proconsul
d'Afrique Anullius (EUSÈBE, *Histoire ecclésiastique*, X, 7).

mais la réciproque n'était pas vraie : un chrétien
amené à s'adresser au prince se gardait de faire appel
à leur foi commune[1].

Mais la grande raison de tant de réserve est, je
crois, que, si Constantin est et se dit hautement
chrétien, il s'est fait chrétien de son propre chef, il
n'a pas été reçu par les siens comme un des leurs.
À la différence d'un saint Augustin (qui avait alors
trente-deux ans, presque autant que Constantin) et
des autres aspirants (*competentes)* à être admis dans
l'Église, il n'a pas passé de longues journées à être
« catéchisé, exorcisé, examiné[2] ». Peut-on imaginer
qu'un souverain qui vient d'offrir à l'Église le plus
inattendu des triomphes se retrouve simple catéchu-
mène, novice, apprenti ?

Il a dû avoir vers 311 ou 312 de longues conver-
sations avec des évêques (prononçons le nom
d'Hosius, faute de connaître d'autres noms) où
l'impérial élève, par science infuse, en savait autant
que ses maîtres ; en effet, dans l'*Oratio ad Sanctos,*
ce sermon qu'il avait prononcé devant sa cour, le
chapitre XI commence ainsi : « Quant à nous, nous
n'avons jamais eu l'aide de quelque leçon venue des
hommes ; il est vrai (ajoute-t-il avec componction)
que toutes choses qui, aux yeux des sages, sont louables dans la vie et les actions des hommes sont autant

---

1. Fr. Stähelin, cité par A. Alföldi *The Conversion of Constantine, op. cit.*, p. 24, n. 1, constate que, lorsque les chrétiens que sont
les Donatistes font appel à l'équité de Constantin, ils se réclament de
ses vertus ancestrales et non de sa foi chrétienne.

2. Saint Augustin, *De fide et operibus*, VI, 9.

de dons, de faveurs de Dieu[1]. » Si je ne m'abuse, cela veut dire qu'il ne doit sa conversion à personne, qu'il n'a pas eu d'autre maître que Dieu.

Faute d'être baptisé (il ne le sera qu'un quart de siècle après sa conversion), il n'a pas eu à confesser publiquement sa foi à cette occasion. Il se tenait aux côtés de l'Église plus qu'il ne lui appartenait et, comme dit Alföldi, « l'Église n'avait pas d'ordres à lui donner, elle pouvait seulement lever vers lui un regard plein de gratitude[2] ». Qu'a-t-il donc fait vers 312 pour être chrétien ? Eh bien, il a décidé qu'il l'était : il ne croyait plus aux faux dieux, il ne leur offrait plus de sacrifices, et cela suffisait[3] ; il s'est fait chrétien tout seul. Il n'en est pas moins chrétien, aurait dit saint Cyprien, puisqu'il avait renoncé à l'erreur pour bénéficier de la Vérité et de la Foi[4].

À quoi voyait-on donc qu'il était chrétien ? Mais à toutes ses actions publiques, à ses guerres, à ses lois ! En outre, il avait sans cesse le nom du Christ à la bouche, il faisait souvent le signe de croix sur son front[5], il adressait une prière à Dieu dans le pré-

---

1. *Oratio ad Sanctos*, XI, 2 (MIGNE, *PG*, vol. XX, col. 1260 AB).

2. A. ALFÖLDI, *The Conversion of Constantine, op. cit.*, p. 28.

3. LACTANCE, *De ira dei*, II, 2, cité par K. M. GIRARDET, *Die konstantinische Wende, op. cit.*, p. 59 : « Le premier degré d'être chrétien est de comprendre la fausseté du paganisme et de rejeter les cultes impies. »

4. Comparer le langage de SAINT CYPRIEN, *Correspondance*, LXXV, 21, 1.

5. EUSÈBE, *Vie de Constantin*, III, 2, 2. En ce temps-là, on se signait sur le front.

ambule de ses édits[1], il avait fait placer une grande image du chrisme à l'entrée de son palais : son biographe Eusèbe ne connaît pas de meilleures preuves. A-t-il seulement jamais assisté à une synaxe, à une réunion de la communauté ? N'étant pas baptisé, il aurait dû s'y tenir au bas bout. En revanche, lui-même réunissait dans son palais ses courtisans pour leur faire écouter les sermons qu'il leur faisait et leur enseigner le christianisme. Il occupait une position inédite qui ne pouvait être que celle du souverain, il se conduira bientôt comme une sorte de « président » de l'Église, avec laquelle il a des rapports d'égal à égale : il veut bien appeler les évêques « mes chers frères[2] », mais il n'est pas leur fils.

ÉTABLIR L'ÉGLISE

Ce Président de l'Église renoncera à convertir les esprits attardés et à éradiquer le paganisme pour se consacrer à la tâche la plus urgente : faire que le vrai Dieu soit adoré sur le territoire de l'Empire et, pour cela, favoriser l'Église en la laissant s'établir librement

---

1. Dans son message de tolérance à ses sujets orientaux en 325, Constantin, « dans l'amour et la crainte », s'adresse au « Dieu créateur du ciel et de la terre, du soleil et de la lune, dont la providence a toujours favorisé les croisades des armées impériales, faites sous son Signe (le chrisme), et qui nous a envoyé son Fils pour que celui-ci élevât bien haut le flambeau de la Vérité et ramenât tous les hommes autour de son Père » (cité par Eusèbe, *Vie de Constantin*, II, 55-59).

2. Voir plus haut, n. 1, p. 20.

et largement, en l'enrichissant, en la dirigeant lui-même dans le bon sens et en donnant le bon exemple par sa propre foi et par les nombreuses églises qu'il fait bâtir. On peut penser qu'au fil des décennies les conversions intéressées se sont multipliées et que les empereurs ont pu mettre en place un bon nombre de chrétiens comme hauts fonctionnaires, gouverneurs des provinces ou même chefs militaires[1].

Dans l'Empire et à côté de lui se dresse maintenant l'Église. Quoi qu'on dise, le christianisme n'a pas eu à nous apprendre à séparer Dieu et César, car ils étaient distincts originellement et ce fut le César qui tendit une main à l'Église, pour l'aider et pour la guider. Constantin a vu en elle, non une puissance sur laquelle appuyer son autorité, mais un corps sur lequel exercer cette autorité ; il lui était inconcevable qu'en son Empire une force, quelle qu'elle fût, ne fût pas sous sa coupe. Il ne s'ensuit pas que cette *serva* ne soit pas aussi *padrona* : la vraie religion est nécessaire au salut de l'Empire, que dis-je, elle est la fin suprême de toutes choses, mais qui peut mieux qu'un Constantin la guider vers cette fin ? Ses successeurs romains, puis byzantins n'auront pas cette prétention césaropapiste.

Constantin distribue des sommes énormes à l'Église, à titre personnel (l'empereur, comme tout aristocrate, avait le droit et le devoir de se conduire en « évergète », en mécène). Mais, pour le reste, en

---

1. Références chez R. MacMullen, *Christianizing the Roman Empire, op. cit.*, p. 55 et n. 25 et 26.

vertu du principe d'égalité entre les deux religions, il ne fait que donner au christianisme les mêmes privilèges qu'avait déjà le paganisme. Il dispense le clergé des obligations fiscales et militaires[1], mais les prêtres païens en étaient déjà dispensés[2] et lui-même en dispense aussi le clergé juif[3] ; il donne aux églises le droit de recevoir des héritages, mais les grands temples l'avaient déjà[4]. En revanche, on ne sait pas trop dans quelle mesure il a accordé aux évêques le droit d'être choisis par les chrétiens comme juges ou arbitres dans des procès civils[5], ce qui ferait présager la future concurrence entre tribunaux civils et tribunaux ecclésiastiques. L'Église des persécutions devient une Église riche, privilégiée et prestigieuse, qui exalte dans le culte de ses martyrs ce qui est devenu maintenant son passé[6].

Chose lourde de conséquences, Constantin avait tout de suite intériorisé l'exclusivisme de l'Église : l'unité, c'est-à-dire l'exclusivité de la vérité, est une fin en soi ; toute divergence d'opinion et tout refus de l'autorité ecclésiale seront réprimés par le souverain comme hérésie ou schisme ; ce qui annonce le « bras séculier » médiéval, de sinistre mémoire. Il

---

1. *Code Théod.*, XVI, 2, 1 ; 8, 2, 4.

2. G. WISSOWA, *Religion und Kultus der Römer*, p. 500, n. 3.

3. *Code Théod.*, XVI, 8, 2 ; 8, 4, etc.

4. G. WISSOWA, *Religion und Kultus der Römer*, p. 407, n. 1.

5. Max KASER, *Das römische Zivilprozessrecht*, Munich, 1956, p. 527-529.

6. R. MARKUS, *The End of Ancient Christianity*, Cambridge, 1990, p. 24.

fait régler dès 314 le problème donatiste par les évêques. Il rend exécutoires les décisions théologiques
des conciles, exile les évêques insoumis, fulmine un
édit contre les hérétiques. Il réprimande Arius par
lettre personnelle, lui dicte de sa main la vraie doctrine et se justifie auprès des évêques de sa conduite
peu déférente envers Athanase : il était à cheval, pensait à autre chose et n'a pas reconnu au passage ce
vénérable et insupportable patriarche[1].

CHEF CHRÉTIEN
ET EMPEREUR ROMAIN

Il respecte l'abîme qui sépare le clergé du laïcat.
Il réunit synodes et grands conciles et leur délègue
la tâche de définir la christologie, à la façon d'un
magistrat romain qui « donne des juges » dans un
procès civil ; à Nicée, il préside les débats sur les rapports du Père et du Fils, sans prendre part au vote.
Mais il avait suggéré dans les coulisses la solution
qu'Hosius sans doute lui avait suggérée, à savoir le
dogme sur ces rapports qui est encore aujourd'hui
celui des catholiques.

À quel titre faisait-il tout cela ? Par matière de
plaisanterie[2], au cours d'un banquet donné aux

---

1. V. KEIL, *Quellensammlung, op. cit.*, p. 142, reproduisant
ATHANASE, *Apologie*, II, 86, 95.
2. T. D. BARNES, *Constantine and Eusebius*, Cambridge (Mass.),
1981, p. 270.

évêques, il avait déclaré être « évêque du dehors »,
episcopos tôn ectos. Qu'entendait-il précisément par
ces mots ? On en discute[1]. Évêque au moyen d'un
comme si, puisqu'il n'appartenait pas au clergé ?
Sorte d'évêque de ceux du dehors, les païens ?
Évêque laïc, si l'on ose dire, qui veille (*episcopeï*) sur
les choses du dehors, sur les intérêts temporels de
l'Empire ? À mon humble avis, cette plaisanterie était
d'abord une affectation de modestie : en disant qu'il
n'est lui-même qu'une espèce d'évêque, Constantin
reconnaît implicitement qu'il n'est pas supérieur aux
autres évêques.

Mais quelle espèce d'évêque était-il ? Aucune
espèce précise et, donc, virtuellement, toutes celles
qu'il voudra. Président de l'Église, pourrait-on dire,
ou gardien, ou haut protecteur. Ce laïc non baptisé
prétendait à des droits indéfinis, informels et étendus
sur l'Église. Quant à celle-ci, elle reste soumise à ce
prince bienveillant qui a pour elle des égards, qui est
protecteur et propagateur de la foi et qui affecte de
faire preuve de réserve. Voilà qu'en 314 c'est à lui
que des chrétiens rebelles à l'Église demandent de
juger leur cas : « On me demande mon jugement, à
moi qui attends le jugement du Christ[2] ! » Et puis il
jugea ou donna lui-même des juges, ce qui revient au

---

1. G. DAGRON, *Empereur et prêtre, étude sur le « césaropapisme »
byzantin*, Paris, Gallimard, 1996, chapitre IV, sur Constantin ;
p. 147, Dragon ramène ingénieusement cette formule osée à son éty-
mologie : cet *episcopos* veille (*episkopei*) sur l'Empire.

2. Lettre de Constantin au synode d'Arles, 32 A (voir n. 1,
p. 20).

même. Comme le note Bruno Dumézil[1], jusqu'à la
fin du siècle toutes les décisions de Constantin et de
ses successeurs chrétiens en matière d'orthodoxie ou
de discipline ont été le fait du prince ; le clergé n'a
joué, au mieux, qu'un rôle consultatif intermittent. Il
n'en sera pas toujours ainsi.

Constantin avait « mis » l'Église dans l'Empire,
l'avait ajoutée à tout ce que l'Empire comportait,
mais, toute foi mise à part, il reste un chef d'État
bien romain. On a vu que sa législation féroce en
matière sexuelle ne faisait que se conformer à la
tradition « répressive » des Césars. Il se garde bien
d'abolir les spectacles et, à son exemple, ses successeurs, par lois expresses[2], laisseront subsister courses
du Cirque, théâtres, strip-tease[3], chasses dans l'arène
et même gladiateurs[4] ; toutes choses que les évêques
avaient jalousées, vomies et interdites à leurs ouailles
pendant les trois siècles précédents, mais qui repré-

---

1. *Les Racines chrétiennes de l'Europe : conversion et liberté dans
les royaumes barbares, Vᵉ-VIIIᵉ siècle*, Paris, Fayard, 2005, p. 43 et
p. 48, n. 109.
2. Constance II, par exemple, qui venait par ailleurs d'interdire
« la démence que sont les sacrifices » (*Code Théod.*, XVI, 10, 2 et 3,
en 341 et 342).
3. Nul n'ignore que la future impératrice Théodora, qui régnera
de 527 à 548, fut d'abord comédienne et interprétait en scène avec
tout le réalisme désirable l'union charnelle de Léda avec le cygne.
4. Les derniers combats de gladiateurs connus ont eu lieu vers
418, à Rome même, forteresse du paganisme, il est vrai. Révisant
l'œuvre de son père, Mme Alföldi a reconnu sur un médaillon,
non des chasseurs de l'arène, mais bien des gladiateurs. Voir A. et
E. ALFÖLDI, *Die Kontorniat-Medaillons*, 2, Text, p. 215-216, édition
nouvelle parue en 1990 au Deutsches Archölogisches Institut.

sentaient pour la foule la prospérité, la consensua-
lité, la civilisation, le *welfare State*. On devine que
les mœurs ne devinrent guère chrétiennes ; un seul
détail : en 566, le divorce par consentement mutuel
sera rétabli.

VII

Un siècle double : l'Empire païen et chrétien

Jusqu'au-delà des années 380, sous les successeurs de Constantin, on continuera à pouvoir distinguer entre la foi personnelle des empereurs et leur action comme souverains qui règnent à la fois sur des païens et sur des chrétiens[1]. L'Empire était bipolaire, comptait deux religions[2], celle des empereurs n'étant pas celle de la majorité de leurs sujets ni même celle des apparences institutionnelles, qui resteront longtemps païennes, du moins à Rome même. On ne pourra parler d'Empire chrétien qu'à l'extrême fin du siècle et il aura fallu en 394, pour en finir une bonne fois

---

1. N. H. BAYNES dans le *Journal of Roman Studies*, 25, 1935, p. 86.

2. Et même trois en comptant le judaïsme, qui avait le malheur d'être considéré moins comme une autre religion, comme un autre paganisme, que comme un refus du christianisme. Aucune loi ne l'interdisait (*Code Théod.*, XVI, 8, 8, en 393), mais l'antijudaïsme chrétien était vif et brutal.

avec la bipolarité, une guerre qu'on a qualifiée de première des guerres de religion.

Un siècle bien romain,
voire païen

Constantin fut un empereur bien romain, disions-nous. Multiplier les constructions était un acte impérial par excellence ; Constantin couvre d'églises Rome, Jérusalem et tout l'Empire ; en Algérie, la vieille capitale, Cirta, reçoit une église et même deux et prend à cette occasion le nom de Constantine. Avec la construction de Saint-Pierre au Vatican, pour la première fois la foule chrétienne de Rome possède une église où se réunir autour de son évêque. Mais, au nom de la bipolarité, Constantin dote aussi Rome de grands thermes qui portent son nom et achève la gigantesque basilique civile de Maxence. On ne lui connaît pas de constructions charitables ou hospitalières.

Fonder une cité était non moins impérial. On sait qu'une des grandes actions de son règne a été en 330 la fondation de Constantinople, c'est-à-dire la transformation en grande ville et en résidence impériale de l'antique cité grecque de Byzance. L'empereur entendait-il par là créer une seconde Rome, opposer une Rome chrétienne à la vieille capitale païenne ? Gilbert Dagron a montré qu'il n'en était rien : Constantin a voulu simplement se doter d'une résidence à son goût et fonder une cité. En ce temps-là, l'Empire était parsemé de villes devenues résidences plus ou moins durables de tel ou tel empereur : Nicomédie, Thessalonique, Serdica (Sofia), Sirmium (à l'ouest de Belgrade), Trèves (où Constantin lui-même avait résidé), Milan... Dans deux ou trois générations, il est vrai, Constantinople sera devenue la Rome chrétienne, la capitale de l'empire d'Orient.

Et puisque les sujets de l'empereur restent païens en grande majorité, Constantin, qui ne veut pas perdre une seule miette de son pouvoir sur rien ni sur personne, est resté Grand Pontife des cultes païens, publics et privés, comme le resteront ses successeurs chrétiens jusqu'au dernier quart du siècle[1]. D'où le maintien d'une façade païenne de l'Empire. Qui l'eût cru ? À sa mort, en 337, Constantin sera, selon la règle ancestrale, mis par décret au rang des dieux (*divus*) par le Sénat de Rome, cette forteresse du paganisme[2] ; tandis que le corps de ce pieux mégalomane était enseveli dans l'église des Saints-Apôtres à Constantinople, entouré par les monuments des douze apôtres (ses funérailles, écrit Gilbert Dagron, « furent une apothéose impériale chrétienne »). Le dernier empereur chrétien à être décrété dieu à sa mort, tout en étant enseveli chrétiennement, sera Valentinien[3], en 375.

La preuve que Constantin voulait garder une façade

---

1. Peut-être jusqu'en 383 (A. CAMERON dans le *Journal of Roman Studies*, 58, 1968, p. 96). Mais sans doute laissaient-ils l'exercice effectif de cette magistrature aux autres pontifes.

2. EUTROPE, X, 8, 2 ; A. ALFÖLDI, *op. cit.*, p. 117 et n. 2-4.

3. AUSONE, *Gratiarum actio*, IX.

païenne est son monnayage[1], où tout semble d'abord
continuer comme avant. Jusqu'en 322, les revers
des monnaies constantiniennes mêlent des divinités
païennes, dont le Soleil, aux figures allégoriques ou
militaires qui étaient les hôtes du monnayage impérial depuis trois siècles. Après 322, tous les dieux
s'effacent, mais les revers monétaires ne se mettent

---

1. Le monnayage constantinien est si réservé en matière religieuse
qu'il prouve l'absence d'une politique concertée de propagande religieuse par la voie monétaire ; il exhibe moins de symboles chrétiens
que de symboles païens. Voir le bilan numismatique que dresse
H. LIETZMANN, *Histoire de l'Église ancienne, op. cit.*, vol. III, p. 152-
154. Celles des monnaies qui, dès 315, portent un discret symbole
chrétien (croix, monogramme sur le casque de Constantin et une
seule fois, en 326, le *labarum*) prouvent quelle était la religion personnelle et avouée de l'empereur : ALFÖLDI l'a bien dit (*The Conversion of Constantine, op. cit.*, p. 27). Mais Constantin n'en a pas pour
autant utilisé les émissions monétaires pour publier ou promouvoir
sa religion, il ne semble pas avoir fait la campagne de propagande
numismatique dont parle Alföldi. Alors qu'Aurélien, par exemple,
célébrait abondamment sur ses monnaies *Sol dominus imperi Romani*
(ou encore, si la doctrine de Strack est vraie, commémorait l'événement qu'était la fondation du temple et du culte de ce dieu). Si l'on
résiste à la tentation de « sur-interroger » les documents, les faits
constantiniens sont surtout négatifs. Le médaillon de Ticinum avec
le *labarum*, en 315, est, comme on l'a dit, une sorte d'ex-voto pour
la victoire du Pont Milvius. Après 321, les images de dieux païens
disparaissent du monnayage constantinien, ainsi que la légende
Sol Invictus après 322. À mon avis, quelques apparitions isolées de
symboles chrétiens sont dues à des « excès de zèle » de fonctionnaires monétaires, sans doute chrétiens. Claude Lepelley m'en cite
un exemple épigraphique : une certaine année, quelques milliaires
africains récemment découverts portent un chrisme au-dessus de
l'habituelle dédicace à Constantin, puis ce signe chrétien disparaît
des milliaires ; son apparition momentanée avait été due à l'initiative
isolée de quelque haut fonctionnaire qui était chrétien.

pas pour autant à faire de la propagande chrétienne : ils restent muets sur l'un et l'autre camp. Des symboles chrétiens n'apparaissent dans le monnayage qu'à titre d'attributs personnels du prince : comme de juste, c'est souvent l'empereur en personne, chef des armées, qui figure au revers des monnaies et il y porte quelquefois les symboles de sa foi personnelle : le chrisme tracé sur son casque et l'étendard de sa victoire, frappé du chrisme, qu'il dresse bien haut. Bref, les symboles chrétiens sont sur l'empereur ou entre ses mains et non sur la monnaie elle-même.

C'est à cause de la bipolarité. Le monnayage est une institution publique et l'Empire garde des apparences païennes. Or, sur le monnayage des empereurs païens, que signifiaient les images de divinités qui figurent quelquefois au revers de leurs monnaies ? Non pas que le souverain imposait l'adoration de ce dieu à ses sujets ni qu'il se proclamait empereur par la grâce de ce dieu ni même qu'il lui vouait un culte : la légende des monnaies dit simplement, avec une désinvolture, une fierté toute païenne, que le dieu est le « compagnon de route » (*comes*) de l'empereur. En somme, une représentation divine sur les revers était moins une image pieuse qu'elle ne symbolisait, à travers la personnalité du dieu, une valeur politique dont se réclamait l'empereur, ce premier magistrat de son empire. Sur les monnaies de la dynastie sévérienne, l'image de Sérapis ne signifiait pas que les Sévères étaient les fervents de ce dieu égyptien si bienfaisant, mais elle suggérait que leur gouvernement était aussi bienfaisant que ce dieu.

Sur d'autres revers, c'étaient des figures allégoriques qui jouaient ce rôle : la Liberté, l'Abondance, la Félicité. Si le Soleil invincible est le « compagnon » d'un empereur, l'empereur est invincible comme son compagnon ; tels sont leurs rapports : l'un est le reflet de l'autre ou plutôt ils se reflètent l'un l'autre.

Dans ces conditions, que peut faire Constantin sur son monnayage ? Il ne peut pas y placer l'image du Christ à titre de simple allégorie, car cette image est trop vénérable ; ni la proposer à la vénération de ses sujets, car le monnayage est une institution publique, tandis que le christianisme n'est que sa religion privée. Il ne reste plus à Constantin, sur ses monnaies, qu'à porter le Christ sur sa personne même, sur son casque, comme il le portait en effet quand il apparaissait en public.

Les successeurs chrétiens de Constantin conserveront au moins une apparence de façade païenne, afin de ne pas trop fâcher la noblesse. Son fils, le très pieux Constance II, « n'a rien enlevé aux privilèges des Vestales, a rempli de nobles les sacerdoces publics (païens), n'a pas empêché le Sénat d'allouer aux cérémonies romaines (païennes) les crédits[1] » qui leur seront versés jusqu'en 382. Les autorisait-il aussi à offrir des sacrifices ? Je ne sais. De même, le culte municipal et provincial des empereurs subsistera jusqu'au temps de saint Augustin, notamment en Afrique, mais à la condition de ne pas comporter de sacrifices ; ce qui permettra à maints chrétiens, par

---

1. Symmaque, *Relatio*, 7.

goût des honneurs, de revêtir cette prêtrise païenne sans trop se renier[1].

Subsistait donc un paganisme élégant dont témoigne le distingué et talentueux chrétien Ausone. Il n'hésite pas à nous montrer l'empereur chrétien Gratien en train de présider à Rome une cérémonie à titre de Grand Pontife (du paganisme), « en participant à la divinité » (laquelle ?) avec « les prêtres » (païens)[2]. Cette touche de paganisme rendait le christianisme de son auteur présentable pour un milieu très culturel[3], tel que l'aristocratie sénatoriale païenne en ses palais romains sur le Célius.

Ce paganisme officiel et cultivé, celui du Sénat romain, était concentré à Rome même, qui était depuis toujours le siège des grands cultes publics. Une foi sincère et le calendrier religieux chrétien y coexistaient pacifiquement, sans « syncrétisme », avec le culte païen toujours officiel et ses jours de fête[4]. Stigmates païens par excellence, les derniers combats de gladiateurs ont eu lieu à Rome, au Colisée[5]. Comme dit Peter Brown, la ville de Rome était

---

1. C'est le fait bien connu des *sacerdotes provinciae* et des flamines municipaux chrétiens. Voir Cl. LEPELLEY, *Aspects de l'Afrique romaine : les cités, la vie rurale, le christianisme*, Bari, Edipuglia, 2001, p. 94 et 399.

2. AUSONE, *Gratiarum actio*, XIV. Mais, dans le même discours officiel, il compare à la Trinité Valentinien, Valens et Gratien, les trois co-empereurs étroitement unis.

3. Bruno DUMÉZIL, *Les Racines chrétiennes de l'Europe*, p. 104.

4. Henri STERN, *Le Calendrier de 354, étude sur son texte et ses illustrations*, Paris, Geuthner, 1953, p. 115.

5. C'est au Colisée que s'est déroulée en 388 la scène fameuse

au IVe siècle le Vatican du paganisme. Et ce dernier se faisait fondamentaliste : le Préfet de Rome, un païen, voulait faire enterrer vive une Vestale qui avait rompu son vœu de chasteté, châtiment considéré déjà comme barbare trois siècles auparavant. C'est de Rome même que partira en 394 cette « première des guerres de religion » dont nous parlions et qui sonnera la fin du paganisme.

PAS DE TOTALITARISME

Constantin était à la tête d'un empire pagano-chrétien. Son grand dessein n'en restait pas moins d'achever concrètement le triomphe mystique du Christ et de mettre fin au règne des faux dieux. Pourquoi ? Par piété, pour le salut de ses sujets et même du genre humain, et non pas en vertu d'une doctrine de docilité politique.

Les historiens se méfient des idées générales, on l'a dit. Ni Constantin ni l'Église n'ont cherché à homo-généiser les sujets de l'Empire autour de la religion de l'empereur, comme le feront douze siècles plus tard des monarchies d'Ancien Régime qui, par doctrine politique ou par fantasmagorie de pureté, ne tolère-

---

qu'on lit dans les *Confessions* de saint Augustin : son ami, le raffiné Alypius, s'était laissé traîner au Colisée, à son corps défendant. Il tint d'abord les yeux fermés, mais les ouvrit par surprise quand la chute d'un combattant souleva un cri dans tout le public ; hélas, « à peine avait-il vu le sang qu'il en but d'un trait la férocité ; au lieu de détourner son regard, il le fixa, s'enivrant de sanglantes voluptés ».

ront qu'une seule religion dans le royaume. Pareille doctrine n'avait pas plus été païenne que constantinienne ; au temps des persécutions, on ne demandait pas aux chrétiens d'offrir un sacrifice à la divinité des empereurs, mais aux dieux[1] des gens normaux, aux dieux des habitants de l'Empire : la conformité religieuse n'était pas une question de loyauté politique, mais de normalité civique et humaine.

Jusqu'aux années 390, la règle sera de tolérer partiellement le paganisme et plus encore les païens. Si ces derniers n'avaient été qu'une minorité, les empereurs du IVe siècle auraient pu leur faire suivre quelques années ou semaines d'enseignement religieux, puis les supposer convaincus et les baptiser de gré ou de force ; c'est ce que Justinien et plusieurs rois germaniques feront deux ou trois siècles plus tard avec leurs minorités juives. Mais cette douce violence était inapplicable aux neuf dixièmes de la population de l'Empire. Les raisins étant trop verts, il ne restait plus qu'à professer vertueusement qu'il n'est de vraie conversion que libre et sincère et que les païens n'étaient que des sots.

« C'est une chose que d'aller volontairement à la lutte pour son salut éternel, c'en est une autre que d'y être contraint sous sanction pénale », écrit-il[2].

---

1. Fergus MILLAR dans les *Entretiens de la Fondation Hardt*, XIX, *Le Culte des souverains*.

2. Lettre de Constantin à ses nouveaux sujets orientaux, après sa victoire en 324, pour leur promettre la tolérance, chez EUSÈBE, *Vie de Constantin*, II, 60, 1. C'est un des textes de Constantin dont Charles Pietri a prouvé l'authenticité.

Tout le IVe siècle répétera qu'on ne saurait brusquer les consciences, faire croire de force[1]. Tolérance par impuissance et par une indifférence accompagnée d'un dédain affiché. Comme dit Barnes, Constantin fait preuve d'une tolérance expresse, associée à une réprobation de principe[2]. « Il ne faut pas forcer les païens », écrit-il dédaigneusement en donnant en exemple sa propre foi, « chacun d'eux doit garder et pratiquer la croyance qu'il préfère : qu'ils conservent leurs sanctuaires mensongers[3] ». Une page était tournée, même si la foule myope ne le voyait pas ; aux termes d'une loi de 321, le paganisme était « une pratique dépassée », *praeterita usurpatio*[4]. Lorsque

---

1. Ainsi Eusèbe, *Préparation évangélique*, VI, 10, 5. C'était faire bénéficier les païens du principe libéral dont, dans son *Ad Scapulam*, II, 2, Tertullien avait vainement demandé en 212 le bénéfice à un gouverneur persécuteur : *religionis non est cogere religionem*, « il est étranger à la religion de contraindre à la religion ».

2. Timothy D. Barnes, *Constantine and Eusebius*, Cambridge (Mass.), 1982, p. 211-212. Les « exemples » que fait Constantin sont entre autres la destruction en Cilicie d'un grand sanctuaire d'Asclépios qui était devenu un foyer d'agitation religieuse, la destruction de deux sanctuaires d'Aphrodite en Phénicie, où il y avait des courtisanes sacrées, et la suppression des groupes de prêtres homosexuels de l'Égypte (Eusèbe, *Vie de Constantin*, III, 55, 56 et 58).

3. Eusèbe, *Vie de Constantin*, II, 60, 1 : « Que nul (chrétien) ne prenne prétexte de sa conviction intime pour tourmenter son prochain. » Cf. *Code Théod.*, IX, 16, 1 et 2 : « Allez aux autels et aux sanctuaires publics et accomplissez les rites dont vous avez l'habitude » (en 319). Sur cette forme primitive de tolérance, enseignée par Lactance, cf. E. Depalma Digeser, « Lactantius, Porphyry and the Debate over Religious Toleration », dans *JRS*, 88, 1998, partic. p. 146.

4. *Code Théod.*, IX, 16, 2. C'est la traduction de H. Lietzmann,

Constantin parle du paganisme, serait-ce pour l'autoriser, il le qualifie de *superstitio* dans le texte de sa loi[1].

Constantin veut avant tout faire rendre un culte au vrai Dieu, plutôt que de chercher en vain à convertir les païens pour leur épargner charitablement la damnation et l'enfer. L'époque n'était pas aux pêcheurs d'âmes, la tâche prioritaire était d'établir fortement l'Église, de poser cette pierre sur le sable des multitudes païennes. Faute d'oser l'abolir, il fallait concurrencer ce culte païen qui prétendait avoir assuré les victoires et le salut de l'Empire (Symmaque et les derniers païens l'objecteront aux empereurs chrétiens). Le temporel avait besoin du spirituel, car, disait-on, si l'on ne rendait pas à la divinité le culte convenable, l'avenir politique de l'Empire n'était pas assuré[2]. C'était là l'expression naïve d'un plus profond malaise qu'on ne savait pas exprimer, le malaise devant l'idée d'une société sans religion.

---

de H. Dörries, de J. Vogt, de V. Keil. Toutefois A. ALFÖLDI traduit ces mots par « l'usurpation précédente », c'est-à-dire l'usurpateur Maxence (*The Conversion of Constantine, op. cit.*, p. 77).

1. Ainsi *Code Théod.*, IX, 16, 1 : « Ceux qui désirent obéir à leur superstition pourront pratiquer leur rite, mais en public (*publice*). »

2. Constantin l'écrit en ces propres termes au gouverneur d'Afrique (lettre à Anullinus dès 313, chez EUSÈBE, *Histoire ecclésiastique*, X, 7, 1-2).

TOUJOURS LE DIMANCHE

Avant d'en venir à la grandissime et difficilissime réforme, l'interdiction des sacrifices aux démons, un coup plus indolore et bien joué fut en 321 l'institution légale du repos dominical par Constantin. En faisant preuve pour cela de quelque roublarde complication d'esprit, l'empereur imposa le rythme temporel de la semaine, qui est encore le nôtre, au monde antique dont le calendrier était différent ; il glissait par ce biais un peu de calendrier religieux chrétien dans le cours de l'année civile, mais sans attenter à la liberté religieuse de chacun.

Admirons. *Primo,* on sait ou ne sait pas que notre semaine doit autant à l'astrologie populaire païenne qu'au judéo-christianisme, ce qui a permis à Constantin de contenter les chrétiens sans fâcher les païens. Par une pure coïncidence avec la semaine juive, la doctrine astrologique[1] enseignait que chaque jour était placé sous le signe d'une planète dont il prenait le nom ; et puisqu'il y avait sept planètes (dont le soleil, qui tournait autour de la terre à cette époque), on aboutissait à un rythme de sept jours, l'un de ceux-ci (*Sunday, Sonntag*) étant sous le signe astrologique du soleil. Doctrine qui avait eu un tel succès que les païens, sans adopter pour autant le rythme hebdomadaire, connaissaient les noms astrologiques des sept jours ; ils savaient ainsi si le jour était de

---

1. F. BOLL, article *Hebdomas* du Pauly-Wissowa ; M. NILSSON, *Geschichte der griech. Religion,* 2ᵉ éd., vol. II p. 487.

bon ou de mauvais augure[1]. *Secundo*, une antique institution romaine était le *justitium*[2] : si, une certaine année, il survenait quelque événement (déclaration de guerre, mort d'un membre de la famille impériale, funérailles publiques d'un notable municipal), les pouvoirs publics décrétaient un *justitium*, c'est-à-dire fixaient une journée où, cette année-là, toute activité étatique et judiciaire serait exceptionnellement suspendue : le Sénat ne se réunirait pas, les tribunaux chômeraient, même les boutiques de la ville resteraient closes. Un usage un peu analogue existait dans le monde grec[3].

Constantin décida que désormais il y aurait à perpétuité un *justitium* (il employait le mot dans sa loi) un jour sur sept, le jour du soleil (*dies solis*, écrivait-il aussi), dont le nom était connu de tous, païens et chrétiens. Sa loi[4] ne disait rien de plus. Soit dit en passant, c'est la seule fois où ce potentat ait fait mention de ce soleil dont il aurait été l'adorateur, s'il

---

1. TIBULLE, I, 3, 18 : le poète retarde son départ parce que c'est le jour de Saturne, dieu cruel (rien à voir ici avec le sabbat, quoi qu'on écrive parfois).

2. Th. MOMMSEN, *Römisches Staatsrecht* (1871-1888), 1960, vol. I, p. 263.

3. C'est l'*ekecheiria*, qui marque la solennité d'un jour de fête ; ce jour-là, entre autres dispositions, « les enfants ne vont pas en classe et les esclaves des deux sexes ne travaillent pas » (O. KERN, *Die Inschriften von Magnesia am Mäander*, 1900 [1967], p. 86, n° 100, ligne 30). Dans sa loi, en revanche, Constantin a soin de préciser que les paysans pourront travailler le dimanche, car le beau temps n'attend pas.

4. *Code Justinien*, III, 12, 3 ; cf. *Code Théod.*, II, 8, 1, et EUSÈBE, *Vie de Constantin*, IV, 14, 18, 2.

fallait en croire certains historiens, dont Geffcken et Henri Grégoire, et on voit en quel sens il prononce son nom.

Tertio, le Christ avait ressuscité le septième jour de la semaine juive et les chrétiens se réunissaient en leur synaxe le dernier jour de chaque semaine, pour commémorer par l'eucharistie la Résurrection ; le jour du soleil devint ainsi, pour les chrétiens, le jour du Seigneur (*dimanche, domenica, domingo),* jour de la messe. *Quarto*, Constantin fit une deuxième loi, par laquelle il accordait du temps libre chaque dimanche à l'armée ou du moins à sa garde personnelle[1] : les soldats chrétiens se rendraient à l'église et les soldats païens iraient hors de la ville prononcer une prière en latin (langue des armées romaines, même en pays grec) pour remercier le dieu, roi du ciel, et lui demander la victoire et la santé pour l'empereur et ses fils. Nous connaissons ce dieu sans nom, ce dieu passe-partout : c'est celui dont parlaient les païens lorsqu'ils ne voulaient pas savoir quel était précisément le dieu de Constantin ; ici Constantin les paie dans la même monnaie.

Quinto, vers la fin du siècle, un jour viendra où commencera l'ennui des dimanches pieux. Afin que la foule aille écouter le sermon, les courses de char et les spectacles théâtraux seront interdits le dimanche,

---

1. EUSÈBE, *Vie de Constantin*, IV, 14, 18, 3 et IV, 14, 19-20. Cf. l'édition et le commentaire de A. CAMERON et S. M. HALL, *Eusebius, Life of Constantine, op. cit.*, p. 318.

en vertu de lois plusieurs fois renouvelées[1], car peu respectées ; saint Jean Chrysostome, prédicateur à Constantinople, et saint Augustin, dans son Afrique, gémissent de la concurrence victorieuse que leur font les spectacles.

CONVERTIR LES PAÏENS
OU ABOLIR LEURS CULTES ?

Toutefois, Constantin et les chrétiens se souciaient moins de respect du dimanche et de prosélytisme que d'éradiquer le culte des démons, et avant tout abolir le rite principal de leur culte, le sacrifice d'animaux ou sacrifice sanglant, cette pollution[2] qui suscitait chez les chrétiens une répugnance physique[3] et les faisait

---

1. De 392 à 425 (*Code Théod.*, II, 8, 20 et 23). Cl. LEPERLLEY, *Les Cités de l'Afrique romaine au Bas-Empire*, Études augustiniennes, 1981, vol. II, p. 46 ; G. DAGRON, « Jamais le dimanche », dans *Eupsychia, Mélanges offerts à Hélène Ahrweiler*, Paris, 1988, p. 167. En 425, les spectacles sont interdits les dimanches et fêtes (*Code Théod.*, XV, 5, 5).

2. Peter BROWN parle de pollution, de contagion par les sacrifices dans la nouvelle *Cambridge Ancient History*, vol. XIII, p. 644-645. Andreas Alföldi, à propos du rescrit d'Hispellum, parle d'un culte impérial, conservé, mais « désinfecté » par la suppression du sacrifice aux dieux qui en faisait partie (*The Conversion of Constantine*, *op. cit.*, p. 106).

3. Le sang des animaux sacrifiés aux idoles causait une répulsion physique qui s'exprime par exemple chez Martianus Capella devenu chrétien, chez Constantin lui-même dans sa lettre au roi de Perse (EUSÈBE, *Vie de Constantin*, IV, 10, 1) ou chez Prudence dans sa description des tauroboles (*Peristephanon*, X, 1006-1050). Les animaux

frissonner d'horreur sacrée. Pour eux, le « sacrifice sanglant » était, dans le culte païen, une chose à part. Ce qui les choquait n'était pas de rencontrer des païens (il n'y avait presque que cela autour d'eux), mais de tomber sur les restes d'un sacrifice. On les comprend : des deux grandes formes de toute piété, l'adoration-sacrifice et l'adoration-cantique (ou adoration du fond du cœur), c'est le sacrifice qui aura été partout, jusqu'au christianisme, l'acte cultuel par excellence.

C'était aussi le plus coûteux. Dans le monde gréco-romain, il était plus fréquent dans les cultes publics que dans le culte domestique ou villageois où il n'était célébré que lors de banquets ou de fêtes : réception offerte à ses hôtes par un riche amphitryon, fête folklorique où des paysans se cotisaient pour l'achat d'un bœuf dont le prix équivalait au prix actuel d'une automobile. Il est vrai que le sacrifice était suivi d'un banquet où les participants mangeaient joyeusement la chair de la victime[1], en ne laissant aux dieux que la

---

innocents ne méritent pas d'être tués (Arnobe, VII, 17). En 391, la loi interdit définitivement « la mise à mort d'innocentes victimes » animales (*Code Théod.*, XVI, 10, 10). – Je ne crois guère à une continuité historique entre cette horreur chrétienne des sacrifices, causée par leur efficacité auprès des démons, et la condamnation de ces mêmes sacrifices chez les païens cultivés, de Théophraste à Porphyre, condamnation fondée au contraire sur l'inutilité d'un acte cultuel trop matériel, alors que le vrai culte doit être en esprit. Le christianisme est trop original pour avoir été historiquement préparé au sein du paganisme, même oriental.

1. Le sacrifice était donc une prétexte à débauche selon Constantin, *Oratio ad Sanctos*, XXV.

fumée, les os et la fressure. Après l'interdiction des sacrifices en 342 et 392, les paysans continueront à manger de la viande une fois par an en leurs banquets folkloriques, tout en se gardant désormais d'immoler rituellement l'animal[1].

Il demeure que seul le sacrifice perçait efficacement la frontière entre l'humain et le surnaturel[2]. On ne peut aimer, adorer sans y sacrifier quelque chose de précieux. Comme me le dit John Scheid, offrir aux dieux du sang, une vie, faisait l'efficacité du sacrifice, qui touchait ainsi au fin fond des choses (comme chez nous les modifications génétiques ou la fission atomique, qui peuvent faire frissonner d'horreur). Aussi toute opération magique ou divinatoire comportait-elle un sacrifice, célébré de nuit pour renforcer l'effet. Constantin ne parviendra pas, comme on verra, à interdire les sacrifices sanglants ; son fils le fera, mais lui aura dû se borner à quelques mesures partielles ou hypocrites.

Lorsqu'un édifice public ou le palais impérial était touché par un coup de foudre, la religion voulait que l'on consultât ces spécialistes officiels qu'étaient les haruspices (d'État) ; dans les entrailles d'un animal sacrifié aux dieux, ils discernaient ce qu'annonçait le signe céleste. Or, en 320, l'empereur chrétien décrète qu'il faut continuer à le faire et à lui

---

1. Libanius, discours XXX, *Sur les temples*, 17.

2. C'est pourquoi « la présence parmi les assistants d'un homme portant sur le front le signe de la Croix suffit à ôter au sacrifice son efficacité surnaturelle, à obtenir des dieux des présages heureux (*litare*) », selon Lactance, *Inst. divines*, IV, 27.

transmettre les conclusions des haruspices. Quel respect inattendu pour le paganisme ! Ou plutôt quel sérieux politique ! Car il s'agissait bien plus que de religion ici : les coups de foudre sur les édifices publics étaient une menace politico-cosmique. Constantin agit en chef d'État qui a le sens de ses responsabilités.

Mieux encore, Constantin ajoute que les simples particuliers victimes de la foudre sur leur propre demeure étaient autorisés à consulter des haruspices (privés, je crois), mais à la condition d'offrir hors de leur maison le sacrifice indispensable[1]. Ainsi donc l'empereur n'interdit nullement de sacrifier aux dieux du paganisme, mais il y met une condition : que cela se passe sur quelque autel des rues ou devant un temple, ce qui serait difficile à faire sans être vu ou dans l'obscurité. Restriction dont la raison officielle est celle-ci : les particuliers ne doivent pas être soupçonnables de faire dans leur maison, sous le faux prétexte de foudre, un sacrifice nocturne de magie noire, pour faire mourir leur rival, par exemple ; ou, crime encore plus grave, un sacrifice nocturne de magie divinatoire, pour savoir si l'empereur

---

1. *Code Théod.*, XVI, 10, 1. Il faut distinguer, je pense, entre les honorables haruspices publics (cf. Th. MOMMSEN, *Römisches Staatsrecht, op. cit.*, vol. I, p. 367) et ces charlatans qu'étaient les haruspices privés. Sur un problème difficile, à propos des haruspices, A. ALFÖLDI, *Conversion of Constantine, op. cit.*, p. 76-79 et p. 133, n. 26 *ad finem*. – Les païens peuvent continuer à faire des sacrifices, mais hors de chez eux (*Code Théod.*, IX, 16, 2).

mourra bientôt ou si un coup d'État qu'ils méditent réussira[1].

Les empereurs païens punissaient déjà de mort ces mêmes crimes[2]. Mais le but de Constantin est aussi de commencer à jeter la suspicion sur tout sacrifice païen. En voici les effets : sous le fils et successeur de Constantin, le pieux Constance II, un lettré doué d'une forte personnalité avait gardé l'habitude d'offrir chez lui des sacrifices aux dieux ; il fut accusé de divination et c'était évidemment à lui de prouver son innocence. Comme il eut la chance de ne pas mourir sous la torture et de ne pas avouer, il fut finalement relâché[3].

Constantin lui-même avait-il fini par aller jusqu'au bout ? S'était-il finalement décidé à prohiber légalement les sacrifices ? Il semble que non, bien qu'Eusèbe affirme le contraire en termes vagues[4] et que son fils Constant, dans une de ses lois, affirme

---

1. ZOSIME, II, 29, 4, explique bien cela. – Aggravant subitement sa propre législation, Constantin décrète ensuite que tout haruspice (privé) qui, sous couleur de liens amicaux, pénétrera dans une demeure privée sera brûlé vif (*Code Théod.*, IX, 16, 1).

2. Th. MOMMSEN, *Römisches Strafrecht* (1899), 1965, p. 639-643.

3. AMMIEN MARCELLIN, XIX, 12, 12. La divination (suspecte de s'interroger sur l'avenir de l'empereur) était un crime de haute trahison (*majestas*), le seul, dans cette société de castes, pour lequel un membre de la classe des « gens de bien » (*honestiores*) pouvait être mis à la torture.

4. *Vie de Constantin*, II, 45, 1 : « Deux lois furent publiées à la fois [...], personne ne devait plus oser élever des images sacrées ni pratiquer la divination et autres arts occultes, *ni même* sacrifier du tout (*mête mên thuein katholou mêdena*). » Eusèbe le répète en IV, 25, 1, en ajoutant cette fois l'interdiction des combats de gladiateurs.

renouveler une interdiction paternelle[1]. Sans entrer dans les détails[2], Constantin n'a très probablement fait qu'énoncer un principe, proclamer hautement son horreur des sacrifices, dans le préambule plus éthique que juridique (selon la mode du temps) d'une loi qui ne comportait ni sanction ni précisions d'application, ou encore un domaine d'application plus étroit que le principe. Si bien que le *Code Théodosien* n'a pas retenu le texte de cette loi peu utile. Le même Constantin a proclamé dans une autre loi son horreur des gladiateurs et l'interdiction de leurs combats, qui ont duré encore un siècle.

Pour étroit domaine d'application, la loi susdite a pu avoir, par exemple, la très réelle interdiction de sacrifier, faite en 323 à tous les hauts fonctionnaires : ils ne devaient plus offrir de sacrifices publics dans le cadre de leurs fonctions[3]. Si l'on fait le compte, cette interdiction concernait une centaine de gouverneurs de provinces, une douzaine de leurs supérieurs les

---

1. *Code Théod.*, XVI, 10, 2 (après la mort de Constantin, en 341).

2. Voir A. CAMERON et S. G. HALL (éd.), *Eusebius, Life of Constantine, op. cit.*, p. 243. A. ALFÖLDI, *Conversion of Constantine, op. cit.*, p. 109 et p. 135-136 (n. 34 et 35). K. M. GIRARDET, *Die konstantinische Wende, op. cit.*, p. 128-129. LIBANIUS, XXX, 6-7, affirme formellement que l'interdiction des sacrifices n'est pas l'œuvre de Constantin lui-même, mais de ses fils, mal conseillés. Zosime est non moins révélateur : il parle de la suppression des rites divinatoires et ne souffle mot d'une interdiction générale (II, 29, 4). Le silence de Julien est encore plus probant : il ne blâme nulle part Constantin d'avoir interdit les sacrifices. En faveur d'une véritable interdiction, références chez Ch. M. ODAHL, *Constantine, op. cit.*, p. 345, n. 38.

3. *Code Théod.*, XVI, 2, 5.

vicaires et une poignée de préfets du prétoire. Ce sont les successeurs de Constantin qui finiront par accorder aux évêques une interdiction générale. Voici l'histoire d'un païen pieux à la fin du règne de Constance II, entre 356 et 360 sans doute : « Il se rendit dans ce qui restait de nos sanctuaires, sans y apporter ni encens, ni victime, ni feu, ni libation, car ce n'était pas permis. Il y apporta seulement une âme endeuillée, une voix douloureuse et larmoyante et des larmes au bord de ses paupières, en baissant les yeux vers la terre, car il était dangereux de les élever vers le ciel[1]. »

En dépit de l'interdiction « écologique » des seuls sacrifices, les successeurs chrétiens de Constantin affecteront de respecter un équilibre entre christianisme et paganisme. Trente ans après la mort de Constantin, l'empereur Valentinien, au début de son règne, accordera solennellement « à chacun de pratiquer le culte dont il est pénétré[2] » ; on pouvait toujours être païen, le dire, parler de ses dieux, à condition de ne pas pratiquer, de ne pas sacrifier (ou de le faire à ses risques et périls). Les lettrés païens, Symmaque, Libanius, Thémistius, ne

---

1. LIBANIUS, discours XIV, 41. En effet, lever les yeux au ciel, par exemple vers une statue de divinité sur son socle, c'était l'adorer, en latin *suspicere* ; or, en 356, Constance II venait d'interdire d'adorer les idoles (*colere simulacra*), d'après le *Code Théod.*, XVI, 10, 6. Ce païen, qui est un notable, se sait probablement suivi par un espion de police et contrôle son attitude.

2. *Code Théod.*, IX, 16, 9. Valentinien, officiellement chrétien, semble avoir intimement été religieusement froid.

seront pas privés de la parole, ils évoqueront leurs dieux, même en s'adressant à l'empereur, prendront auprès de lui la défense, en vain, du paganisme et de la tolérance. Les empereurs ne défavoriseront pas systématiquement les fonctionnaires et militaires païens dans leur carrière, tout en leur préférant des fonctionnaires chrétiens[1] ; en 416 seulement il sera interdit aux païens de revêtir des fonctions publiques[2].

---

1. C'est ce qui semble ressortir des conclusions parfois divergentes de R. von Haehling, *Die Religionszugehörigkeit der hohen Amtsträger des röm. Reiches seit Constantin bis zum Ende der Theodosianischen Dynastie*, Bonn, 1978 ; de T. D. Barnes, « Statistics on the Conversion of Roman Aristocracy », dans le *Journal of Roman Studies*, 85, 1995, p. 135 ; et, la même année, de J.-M. Salamito dans l'*Histoire du christianisme*, vol. II, *op. cit.*, p. 678-680.

2. *Code Théod.*, XVI, 5, 57 s. ; 10, 21.

VIII

Le christianisme vacille,
puis triomphe

Il en résultera la formation de deux clans dans l'administration et l'armée, l'un païen ou attentiste et l'autre, chrétien, qui auront aussi bien d'autres intérêts, motifs et mobiles, plus importants pour eux que la religion. Or, à mon sens, ce résultat prévisible et banal aura en 363-364, après la mort de Julien, une conséquence millénaire : la perpétuation du christianisme, qui n'était nullement assurée. Car enfin, il est une question qu'il faudrait se poser. La christianisation de l'Empire avait été un *diktat* personnel de Constantin ; va-t-il de soi qu'après sa mort ce *diktat* se soit perpétué auprès de ses successeurs ? Ne faudrait-il pas s'en étonner ?

LA PARENTHÈSE CHRÉTIENNE
VA-T-ELLE SE REFERMER ?

Et de fait, en cette fatidique année 363 qui est celle
d'un changement de dynastie, rien n'était encore
acquis[1] ; seule une illusion rétrospective nous fait
croire qu'il avait suffi au christianisme de se présenter sur la scène de l'histoire pour avoir partie
gagnée. Julien l'Apostat arracha en 361 le pouvoir à
son pieux souverain Constance II et tenta de rendre
au paganisme, réformé par lui, la supériorité sur le
christianisme ; Julien n'était pas un esprit chimé-
rique, un rêveur : le christianisme pouvait n'être
encore qu'une parenthèse historique qui, ouverte par
Constantin en 312, allait se refermer à jamais. Elle ne
s'est pas refermée parce qu'à la mort de Julien, en
363, les clans dont nous parlions, maîtres du choix
des empereurs[2], ont finalement élu empereur, après
quelques flottements, des chrétiens et non des païens,
Jovien qui mourut bientôt, puis Valentinien[3]. Il s'en

---

1. Nous en croirons Peter Brown ; Julien, écrit le grand historien, avait autant de pouvoir pour favoriser le paganisme et inverser
la pendule de l'histoire que Constantin en avait eu pour favoriser
le christianisme (*Society and the Holy in Late Antiquity, op. cit.*,
p. 99).

2. Cette création des empereurs par l'armée allait de soi, si bien
que saint Jérôme la compare à l'ordination de l'évêque par les dia-
cres (*Lettres*, 146, 1, cité par Angela PABST, *Comitia imperii, ideelle
Grundlagen des röm. Kaisertums*, Darmstadt, 1997, p. 17). La phrase
de Jérôme a soulevé du reste de grandes discussions de droit canon
(V. SAXER dans *Histoire du christianisme*, vol. II, *op. cit.*, p. 47-48).

3. Ainsi AMMIEN MARCELLIN, XXV, 5 et XXVI, 1. Pour l'élection

était fallu de peu, ce fut comme la longueur du nez de Cléopâtre : les clans s'étaient d'abord accordés sur le païen Sallustius, éminent collaborateur de Julien, qui refusa le trône.

Ils avaient fait un choix qui engageait les siècles à venir. Durant les trente années précédentes, ils avaient été témoins de deux politiques opposées, mais possibles l'une et l'autre : à Constantin avait succédé en 337 son fils, le dévot Constance II, qui avait interdit les sacrifices, puis son neveu, Julien, qui était retourné au paganisme sans rencontrer d'opposition, sans qu'il y ait eu la moindre tentative d'usurper son trône. Qui allait leur succéder, un chrétien ou un païen ? Sans pressentir les conséquences historiques de leur décision, les deux clans militaires se mirent d'accord en 364 sur le chrétien Valentinien, pour mille raisons où la religion n'entrait guère[1], mais plutôt l'opportunité, l'urgence, l'intérêt personnel ou corporatif, le talent ou la maniabilité des candidats.

Or Valentinien aura pour successeur un autre chrétien, son fils Gratien, qui cooptera le pieux

---

de Jovien, les officiers de l'armée de Constance voulaient que le nouvel empereur fût pris dans leurs rangs, tandis que ceux de l'armée gauloise de Julien voulaient qu'il fût pris dans les leurs. Constance avait été chrétien, Julien, païen, mais l'esprit de corps a été probablement plus décisif en cette affaire que la religion ; du reste, les soldats de Julien se rallièrent finalement au chrétien Jovien, selon le récit de Théodoret. Voir R. MacMullen, *Christianizing the Roman Empire, op. cit.*, p. 44-47.

1. R. Laqueur chez R. Laqueur, H. Koch et W. Weber, *Probleme der Spätantike*, Stuttgart, Kohlhammer, 1930, p. 27.

Théodose, auquel succéderont en 395 ses chrétiens de fils, et ainsi de suite. Le temps avait fait son œuvre, le christianisme était devenu la religion traditionnelle du trône. Par tradition dynastique et par conviction religieuse, sans aucun doute, mais aussi parce que les deux religions étaient dissymétriques : le paganisme se suffisait, le christianisme était prosélyte, exclusif, exigeant dès qu'il détenait une parcelle de pouvoir. Pour vivre en paix, mieux valait être du côté des évêques plutôt que de celui des païens ; le froid Valentinien a pu raisonner ainsi, qui « garda un juste milieu entre les religions opposées[1] », mais en étant chrétien.

Il demeure que la parenthèse chrétienne a failli se refermer en 364 et que, cette année-là, s'est déroulé un phénomène moins rare qu'on ne croirait : un grand événement qui est passé inaperçu parce qu'il n'a pas eu lieu. Qui ne peut se poser ce genre de question ? Je suis français, né en 1930 ; quel être serais-je devenu, quelles seraient aujourd'hui mes opinions si les nazis avaient gagné ? Mais, objectera-t-on, comment imaginer le monde actuel sans le christianisme ? Comment aurait-il pu disparaître, puisqu'il existe encore ? Cela ne peut avoir tenu à un hasard, il doit y avoir quelque nécessité là-dedans, quelque dynamisme ! Je ne suis pourtant pas en train de mettre Paris en bouteille avec des *si*, ni de prendre des désirs antichrétiens qui ne sont pas les miens pour une réalité qui fut un instant pos-

---

1. Ammien Marcellin, XXX, 9, 5.

sible : je n'ai fait que suivre le fil des événements de 363-364 et mesurer jusqu'où va la contingence historique. L'avenir du christianisme a dépendu à ce moment de la décision d'une camarilla qui avait d'autres soucis.

Du reste, un empereur païen n'aurait pas jeté les chrétiens aux lions (la mode en était passée). Les masses étant païennes ou indifférentes et le christianisme n'étant pas encore la religion coutumière de l'Empire, cet empereur n'aurait pas eu à imiter les excès de zèle d'un Julien : il lui aurait suffi de s'abstenir, de ne plus interdire les sacrifices et de ne plus soutenir financièrement l'Église, cependant que les ambitieux auraient cessé de se convertir. Alors le christianisme serait retombé au niveau d'une secte non illicite. Un pareil effacement serait impensable ? Une aussi vaste nef serait insubmersible ? Mais, dans trois ou quatre siècles, les provinces d'Asie et d'Afrique, les plus anciennement et largement christianisées de l'Empire, seront englouties sous une autre religion, l'islam[1].

---

1. Nous en croirons Ernst STEIN : « Il y a bien des arguments à opposer à l'opinion courante sur le peu de chances qu'avait la réaction païenne. L'on ne doit pas oublier que trois siècles plus tard le christianisme s'est soumis presque sans résistance à la domination de l'Islam, dans les pays où il avait ses racines les plus anciennes et les plus solides » (*Geschichte des spätrömischen Reiches*, vol. I, Vienne, 1928 ; *Histoire du Bas-Empire*, édition Palanque, Amsterdam, 1968, vol. I, p. 213).

APRÈS LE PONT MILVIUS,
LA RIVIÈRE FROIDE

Tenons-nous en à ce qui va être, à l'extrême fin du siècle de Constantin, le triomphe complet et définitif du christianisme sur le paganisme, au prix d'une victoire militaire, le 6 septembre 394, qui fait pendant à la victoire remportée par Constantin le 28 octobre 312. On a parlé à ce sujet de « la première des guerres de religion » ; en réalité, on va avoir sous les yeux un échantillon de l'étoffe dont est tissée l'histoire impériale et où le zèle religieux n'est qu'un fil parmi d'autres.

Le lecteur a pu le constater plus d'une fois, les pronunciamientos et usurpations du trône étaient le sport national romain. Or donc, en 391, l'empereur régnant était Théodose, installé en Orient, qui avait confié le gouvernement de l'Occident à un co-empereur, son beau-frère. Pour assister ce jeune homme, Théodose avait mis à ses côtés un étranger, un chef germain nommé Arbogast ; car, pour compenser la médiocrité des troupes fournies par le recrutement local, l'Empire recourait déjà à un expédient qui devait un jour lui être fatal : prendre à son service des roitelets germains suivis de leurs fidèles et vaillants guerriers.

Or Arbogast était païen et il était ambitieux. Ce Germain commença par s'autopromouvoir général en chef de l'Occident romain, puis, une fois débarrassé (par meurtre ou suicide ?) de son jeune souverain, il entreprit de devenir le maître de cette moitié d'Empire. Mais sa qualité de Barbare lui interdisait de prétendre monter en personne sur le trône ; alors il fit choix d'un fantoche, d'un lettré et haut fonctionnaire nommé Eugène, qu'il voulut faire co-empereur d'Occident et successeur légitime du jeune prince disparu, afin d'exercer derrière lui la réalité du pouvoir. Il fondait par là une tradition : tout au long du siècle suivant, l'Italie allait avoir pour véritables maîtres des chefs germains gouvernant dans l'ombre d'empereurs fantômes.

Voilà qui intéressait fort l'aristocratie païenne de l'Italie, à laquelle le souvenir de Julien l'Apostat donnait des ailes et qui continuait à rivaliser de zèle pieux : on se souvient que Rome était alors « le Vatican du paganisme ». Or Théodose, lui, était très chrétien, tandis que le Sénat romain, majoritairement païen et dirigé par de fortes personnalités, venait de se voir refuser l'abolition de certaines mesures anti-païennes prises par l'empereur précédent. Dès lors, la tentative d'Arbogast et de son Eugène était pour les sénateurs l'occasion rêvée de débarrasser l'Occident de l'athéisme chrétien. Malheureusement, lorsque Arbogast fit d'Eugène le co-empereur d'Occident et demanda à Théodose d'agréer ce collègue, il se prépara à la guerre, et ce conflit de légitimité allait devenir le duel à mort du paganisme et du christianisme.

Arbogast était-il mû par un zèle païen ou par sa seule ambition ? On ne sait. Quant à Eugène, il était chrétien, mais sans zèle excessif, car il accepta toutes les mesures de rétablissement du paganisme. Durant l'embellie des années 392-393, on put se croire à Rome revenu au temps de Julien. Les cultes, les rites et les cérémonies refleurirent, on restitua aux temples les richesses dont ils avaient été dépouillés pour les donner aux églises, et Arbogast promit qu'après sa victoire il ferait une écurie de l'illustre cathédrale de saint Ambroise à Milan. Victoire d'autant plus assurée qu'elle était prédite par le chef de file du parti païen, qui était très versé dans l'antique science augurale.

De son côté, Théodose ne resta pas inactif. De Constantinople, il envoya un de ses eunuques (on pouvait faire confiance à ces hommes qui ne risquaient pas de tomber dans les rets de la perfidie féminine) au fin fond de l'Égypte, consulter un ermite célèbre, Jean de Lycopolis, qui vécut en reclus dans une grotte pendant 48 ans sans jamais voir un visage féminin et qui promit la victoire. Et surtout l'usurpation des Occidentaux décida Théodose à franchir le pas ; le 8 novembre 392, il prit la décision radicale et définitive : il interdit une fois pour toutes tout sacrifice et tout culte païen ; il prohiba jusqu'à l'humble culte quotidien pour lequel, dans le moindre foyer, on brûlait de l'encens ou versait un peu de vin devant les statuettes domestiques des Lares et Pénates ; il était même interdit de suspendre des guirlandes en leur honneur[1].

Ainsi donc c'est un conflit pour le trône qui a été l'occasion d'une révolution religieuse ; l'interdiction

---

1. *Code Théod.*, XVI, 10, 12.

du paganisme ne se comprend que dans ce contexte politique. Et c'est moins cette interdiction elle-même, en 392, qui a mis fin au paganisme que la prochaine défaite du parti païen sur un champ de bataille, en 394. L'ambition d'un chef germain (ambition qui, de Stilicon à Ricimer et Odoacre, allait devenir la règle), une tentative d'usurpation comme il y en avait eu sans cesse et une révolte religieuse du Sénat de Rome auront été l'occasion de cet événement mondial qu'est la fin finale du paganisme.

Restait à confirmer l'interdiction par la victoire. La bataille fut livrée le 6 septembre 394, non loin de la frontière actuelle entre l'Italie et la Slovénie, aux environs de Gorizia, le long de la Rivière Froide ou Frigidus (actuel Vipacco, affluent de l'Isonzo). L'armée d'Occident fut anéantie, Eugène fut décapité par les vainqueurs et Arbogast se donna la mort.

La Providence semble s'être mêlée de ce qui était sa victoire : le vent violent de la péninsule balkanique, la *bora*, s'était levé pendant la bataille et renvoyait vers les païens les traits de leurs javelots[1]. De leur côté, les païens, non loin du champ de bataille, avaient « consacré contre Théodose des statues de Jupiter tenant un foudre doré », s'il fallait en croire saint Augustin[2] ; les chrétiens vainqueurs les renver-

---

1. Outre SAINT AUGUSTIN (cité note suivante), le miracle est attesté par le poète païen CLAUDIEN (*Sur le troisième consulat d'Honorius*, 96-98), mais, par une élégance poétique et mondaine et avec la liberté laissée aux lettrés, il attribue ce miracle à Éole, dieu des vents.

2. *Cité de Dieu*, V, 26, 2.

sèrent. Comme une armée en campagne n'a guère
le loisir d'ériger, serait-ce une seule statue, et de la
dorer, je pense que cette effigie se dressait là depuis
plus longtemps. En revanche, une chose reste plausible : sur l'arc de Constantin à Rome, les six portraits de cet empereur, et ceux-là seulement, sont
intentionnellement mutilés ; j'ai lu jadis sous je ne
sais plus quelle plume, peut-être celle de Mgr. Wil-
pert, qu'elles ont dû être mutilées par les païens, sans
doute à des fins magiques, avant leur départ pour la
Rivière Froide. Plus tard ces mutilations seront attri-
buées faussement à Lorenzo de Médicis, le Loren-
zaccio d'Alfred de Musset.

La défaite de la Rivière Froide fut la mort du
parti païen, qui, découragé, ne s'en releva pas ; il ne
tenta et ne revendiqua plus jamais rien. Le système
double, pagano-chrétien, de Constantin avait vécu,
le christianisme était devenu religion d'État. Vers
l'an 400, comme il était désormais interdit d'adorer
les dieux, un pauvre homme qui venait distraitement de s'exclamer « Par Hercule ! », ce qui équivalait à notre « Diantre ! » ou « Bon Dieu ! », se mit
à trembler en apercevant au bout de la rue la pèle-
rine d'un gendarme (*stationarius birratus*)[1]. Certains
conservèrent leurs convictions ou même les enseignè-
rent et les transmirent, discrètement, mais d'autres
préférèrent se convertir. Dans la classe élevée, on

---

1. SAINT AUGUSTIN, sermon Dolbeau/Mayence, VI, 8, passage
devenu célèbre et cité notamment par Peter Brown et par Bruno
Dumézil.

savait depuis longtemps que les chrétiens avaient l'oreille du pouvoir, que rien n'était plus efficace que l'intercession d'un évêque auprès de l'empereur et que les représentants de l'Église pouvaient être appelés aux leviers du pouvoir. L'ambition précipita la fin du polythéisme plus efficacement que ne le firent la législation impériale et la fermeture des temples ; « jaloux de l'honneur où les empereurs tenaient les chrétiens », écrit un contemporain[1], « certains trouvèrent bon de suivre l'exemple impérial ».

Mais ne nous y trompons pas, ne soyons pas dupes d'une ruse triomphaliste : en Orient du moins, où la vieille culture païenne s'était conservée (tandis qu'en Occident la seule culture était cléricale), beaucoup de lettrés, de familles de notables et même de petites bourgades resteront fidèles au paganisme deux ou trois siècles encore après la conversion de Constantin[2]. Ce qui pourrait nous le cacher est que les chrétiens ont pratiqué une politique du silence : ils ont posé en principe que, le pouvoir étant chrétien, on pouvait estimer que le

---

1. SOZOMÈNE, *Histoire ecclésiastique*, II, 5, cité par R. MACMULLEN, *Christianizing the Roman Empire, op. cit.*, p. 56.
2. Sur l'énorme question que nous osons effleurer ici malgré notre incompétence, voir P. CHUVIN, *Chronique des derniers païens, op. cit.* ; R. MACMULLEN, *Christianity and Paganism in the Fourth to Eighth Centuries*, Yale, 1997 (*Christianisme et paganisme du IV⁰ au VIII⁰ siècle*, trad. fr. Fr. Regnot, Paris, Les Belles Lettres, 1998).

paganisme était écrasé[1]. Ils ont fermé leurs yeux et leurs oreilles aux survivances du paganisme et réduit les derniers païens à l'insignifiance en affectant de les ignorer[2].

---

1. J. GEFFCKEN, *Der Ausgang des griechisch-römischen Heiden-tums*, Heidelberg, 1929 (1972), p. 96 et n. 48 (p. 280).

2. Ce que Peter BROWN appelle une idéologie par le silence dans *Power and Persuasion in Late Antiquity*, Madison, The University of Wisconsin Press, 1988, p. 128-131 (*Pouvoir et persuasion dans l'Antiquité tardive*, trad. fr. P. Chuvin avec la collab. de Huguette Meunier-Chuvin, Paris, Seuil, 1998, rééd. 2003, p. 178-182).

IX

Une religion d'État partielle et mêlée.
Le sort des Juifs

Loin de la classe lettrée, la christianisation de la population avait commencé, les mailles du réseau d'évêchés se faisaient de plus en plus serrées[1] et partout s'élevaient des églises neuves et aussi des palais épiscopaux. Il faudra cependant deux siècles, ou plus encore, pour christianiser, ou à peu près, les campagnes, ce qui ne se fit pas par une infinité de conversions individuelles, mais par l'imprégnation progressive de populations encadrées[2]. La transformation complète de la secte en religion coutumière fut la tâche de plus d'un siècle. Vers 530, au mont

---

1. Au cours du IVe siècle, le nombre des évêchés, en Italie du Nord, passe d'une demi-douzaine à une cinquantaine ; en Gaule, de 16 à 70 ; en Afrique, déjà très christianisée, le nombre des évêchés semble néanmoins doubler au cours du siècle (A. VON HARNACK, *Mission und Ausbreitung*, p. 901 ; J. FONTAINE et L. PIETRI dans *Histoire du christianisme*, vol. II, *op. cit.*, p. 833-834).

2. R. MACMULLEN, *Christianity and Paganism, op. cit.*, p. 68 (*Christianisme et paganisme*, trad. cit., p. 99).

Cassin, il y avait encore un temple d'Apollon, desservi par une communauté rurale[1] ; vers 580, il y avait des païens à évangéliser dans la Bekaa syrienne, autour du grand sanctuaire de Baalbek, et dans certaines régions montagneuses de l'Asie Mineure[2] ; vers 600 subsistent des poches de paganisme en Sardaigne, par la négligence des grands propriétaires ruraux qui auraient dû donner des ordres à leurs tenanciers.

DIFFUSION OU RÉCEPTION ?
LA NOUVELLE FOI DES HUMBLES

Ainsi donc, deux ou trois siècles après Constantin, la religion de dix pour cent de la population sera devenue nominalement la foi de tous ; on naîtra chrétien comme on naissait païen. Popularisé par les miracles des reliques, le charisme de certains et l'autorité des évêques, ce christianisme coutumier sera automatique et sincère comme les autres coutumes, et dissymétrique comme elles : on les respecte sans savoir pourquoi, on s'indigne si elles ne sont pas respectées. Cette conversion des masses paysannes serait une longue histoire, qui nous concerne sur un point : quels changements a connus cette secte devenue religion coutumière, cette religion d'élite devenue celle de tous, et que vaut-elle ? Comment

---

1. Br. DUMÉZIL, *Les Racines chrétiennes de l'Europe : conversion et liberté dans les royaumes barbares*, Paris, Fayard, 2005, p. 388.
2. P. CHUVIN, *Chronique des derniers païens, op. cit.*, p 146-147.

y aurait-il plus de « virtuoses » de la vraie religiosité que d'oreilles sensibles à la grande musique ?

Laissons à de plus savants le cas des semi-chrétiens, comme les appelait saint Augustin, la survivance des rites païens, le problème de la religion populaire ou de la culture folklorique[1]. La seule question que nous nous poserons sera celle de Jean-Claude Passeron : « Les diffusions de masse se répandant comme un flux homogène sont historiquement exceptionnelles ; la plupart sont toujours passées par des ré-interprétations[2]. » Il semble clair que la christianisation des masses n'a été due ni à de la persécution ni, pour le principal, à une évangélisation, mais à un conformisme qui leur a été dicté par une autorité maintenant reconnue, celle des évêques : le poids d'une autorité morale et le vertueux devoir de « faire comme tout le monde ». Ce qui importe est moins la diffusion que la réception : qu'a fait le peuple de la religion qu'on lui donnait ? Il en a fait une religion un peu paganisée où l'on accourait vers de saints personnages charismatiques, où l'on allait en pèlerinage au tombeau des martyrs, où le contact des reliques guérissait, où se multipliait le nombre des saints populaires, où certaines images étaient vénérées, où l'on faisait des processions en cas de sécheresse, où l'on célébrait les Rogations, ces lus-

---

1. Voir Br. DUMÉZIL, *Les Racines chrétiennes, op. cit.*, p. 363 et n. 35.

2. J.-Cl. PASSERON, *Le Raisonnement sociologique, un espace non poppérien de l'argumentation*, éd. augmentée, Paris, Albin Michel, 2006, p. 477.

trations sans sacrifice, et où on demandait au Ciel un succès ou une guérison.

L'évolution de la prière montre cette paganisation. Un vrai chrétien prie Dieu pour l'aimer, le glorifier, le remercier de tout, implorer sa grâce ou son pardon, lui demander d'être affermi dans la foi, lui dire que sa volonté soit faite. Tout au plus, dans le *Notre Père*, sollicite-t-il le pain quotidien, « non pour la jouissance de la chair, mais pour les besoins de notre fragilité », dira le *Sacramentaire léonien*[1]. Mais, après le IVe siècle, des chrétiens se sont mis aussi à demander à Dieu ce que les païens demandaient à leurs dieux : prospérité, guérison, heureux voyage, etc. Vers 430, l'impératrice régente Galla Placidia promet une église à saint Jean Évangéliste pour une heureuse traversée et, « libérée du péril de la mer, s'acquitte de son vœu » en élevant cette église à Ravenne (elle emploie dans son inscription l'antique libellé des ex-voto païens : *votum solvit*)[2].

Or, devant le goût populaire en matière de musique, de littérature et d'art, l'attitude lettrée est souvent un dédain pharisien et ironique[3]. De même

---

1. MIGNE, *Patrologie latine*, LV, 112 (préface pour les Quatre-Temps d'automne, saison des récoltes).

2. *Corpus Inscriptionum Latinarum*, XI, 276 (H. DESSAU, *Inscriptiones Latinae Selectae*, I, 818). Pour d'autres ex-voto chrétiens avec le libellé païen *votum solvit* ou *ex voto*, voir par exemple le même *Corpus*, V, 1600 ou VIII, 11133 et 23921. Sur le vaste sujet des prières pour les biens temporels, citons seulement les *Constitutions apostoliques*, 8, 30 (prière pour la guérison des malades) et 9, 23 (prière pour des pluies abondantes).

3. J.-Cl. PASSERON, *op. cit.*, p. 465.

devant la religion populaire ; devant les foules qu'il voyait de son temps se presser dans les églises, Joseph de Maistre demandait : « Combien y en a-t-il qui prient réellement ? » Devenue la religion de tous, le christianisme a perdu dans la foule sa ferveur élitiste et a repris le rythme qui avait été celui du paganisme : celui d'une croyance tranquille qui avait des moments plus pieux au gré du calendrier rituel, et non plus celui d'une piété aimante dont on éprouve sans cesse la chaleur en son cœur. L'attachement conjugal a succédé à la passion amoureuse.

Cet attachement est-il encore de la foi ? Oui, aux yeux des théologiens, pour lesquels la question est vite résolue : un pauvre ignorant qu'on interroge sur sa foi n'a qu'à répondre « Cette question est trop difficile pour moi, mais j'en crois sur parole ce que professe sur ce point notre mère l'Église », et il sera réputé avoir une « foi implicite ». Cette foi globale et ignorante sera superficielle aux yeux d'un croyant élitiste, et il se trompera : la prière des simples gens n'était plus de la grande musique, mais leur piété n'en avait pas moins tiré du christianisme une musique populaire dont la sincérité va au cœur. Il suffit d'opposer à Joseph de Maistre l'image la plus émouvante peut-être de cette piété naïve : la *Madone des Pèlerins* ou des *Palefreniers* du Caravage, avec les visages de ses pauvres paysans aux pieds nus et sales, agenouillés devant la Vierge et l'Enfant.

LE SENS RELIGIEUX EST MAJORITAIRE

Christianisme aussi coutumier qu'on voudra, mais la coutume ne fait que systématiser une sensibilité religieuse spontanée qui n'est pas donnée à tous, mais qui est pressentie par la majorité de la population. Un fait décisif est qu'à toute époque le groupe qui éprouve un pressentiment religieux, quelle qu'en soit l'intensité, est partout majoritaire ; cela seul peut expliquer la place considérable qu'occupent les religions dans presque toutes les sociétés. De nos jours encore, en Occident, la sympathie pour la religion demeure forte[1], même là où la pratique religieuse est de plus en plus rare. Si l'on interroge l'indifférence, elle se révèle souvent partiale en faveur de la religion qui lui inspire du respect, de la bienveillance, de l'affection, une sympathie de principe et plus de curiosité que bien d'autres sujets ; pour voir et écouter le pape en banlieue parisienne, une foule immense accourt, composée en partie d'incroyants qui ne pensent pas à Dieu une fois l'an.

Cette partialité majoritaire tient à un fait dont les religions ne sont pas les seules à bénéficier : nous ne restons pas insensibles à des valeurs (religieuses, artistiques, éthiques...) que nous ne faisons qu'entre-

---

1. Pour un état actuel, non d'un déclin de la religiosité en général, mais de ses innovations et transformations profondes dans les pays développés, nous avons lu le numéro 109 des *Archives de sciences sociales des religions*, XLV, 2000. En l'an 2000, un gros quart des Français se disent catholiques, mais plus de la moitié d'entre eux ne pratiquent jamais (*Archives*, p. 15).

voir dans le lointain ; pour citer Bergson, lorsque ces valeurs parlent, « il y a, au fond de la plupart des hommes, quelque chose qui leur fait imperceptiblement écho » (n'ironisons donc pas sur les visites guidées de touristes peu cultivés dans les pinacothèques : même s'ils ne sont pas destinés à tout découvrir un jour, ils auront pressenti quelque chose et ce pressentiment ne consiste pas à subir l'autorité de la culture dominante selon Bourdieu).

Le fait fondateur est que, lorsqu'une sensibilité religieuse s'actualise, elle s'investit dans ce qui est le plus proche d'elle, dans la religion coutumière de sa collectivité, dans celle de sa famille ; elle prend ce que son milieu lui met sous la main dans le coin du monde où elle se trouve. Et comme une coutume n'a pas besoin d'une autre raison d'exister que sa propre existence, la religion coutumière locale peut durer de longs siècles. Dans les cas plus rares où l'on vomit le coin du monde où l'on se trouve et où l'on trouve ailleurs une alternative possible, on se convertit à l'islam, par exemple.

Le pressentiment est le principe de la piété coutumière ; coutume signifie respect et sens du devoir, qui sont le fond de cette piété ; comme ils sont le fond du patriotisme chez un bon soldat, de qui, malgré Apollinaire, on n'exige pas « qu'en son cœur palpite la France ». Pour répondre au catholique trop exigeant de Saint-Pétersbourg, peu de simples gens prient « vraiment » : ils ne méditent pas sur une religion dont ils savent peu de choses et ils n'ont pas assez de vocabulaire intérieur pour faire oraison ; mais être à l'église et savoir qu'il s'y passe une grande chose non utilitaire est un moment de toute leur semaine qui ne ressemble à aucun autre, même s'ils s'y ennuient un peu. En majorité – sinon en totalité[1] –, ils sont allés docilement et respectueusement à la messe ; ce sont de bons soldats de la foi.

Mais cette foi ne va pas plus loin, au nom du principe de médiocrité quotidienne ; dans la même majorité dont nous parlons, la religion, toute importante qu'elle est en droit, n'occupe qu'une petite partie du temps et des préoccupations. Combien de pages occupe-t-elle dans l'œuvre d'Ausone ou de Sidoine Apollinaire ? Ou, pourquoi pas, de Ronsard, un bon chrétien cependant ? On est loyal envers sa foi et envers son roi, voilà tout. Le rôle du partage quotidien est grand sur le théâtre des valeurs. Au Moyen Âge, les pèlerinages tels que celui des *Contes de Canterbury* étaient de joyeux voyages qui n'étaient pas toujours édifiants ; mais, à l'arrivée devant les reliques du saint, on avait quelques heures de recueillement (de même, aujourd'hui, le tourisme ou changement dépensier de lieu et d'habitudes a souvent un prétexte culturel auquel on sacrifie à l'arrivée en quelques visites guidées de musées et monuments).

---

1. Gabriel LE BRAS, *Études de sociologie religieuse*, Paris, Presses universitaires de France, 1956, vol. I, p. 48-49, 61-62, 68, 75, 112, 200, 240, 249, 267 ; vol. II, p. 564 et 583.

Mais la religion n'est pas homogène

J'ai fait tout à l'heure allusion au recul actuel de la pratique religieuse. Si je peux me permettre d'ouvrir ici une parenthèse, on discute beaucoup, en ce moment, des transformations de la religion, de son recul, de la sécularisation, du « désenchantement du monde » qu'on attribue à Max Weber (qui désigne en réalité, par *Entzauberung*, une « démagification » où la technique moderne remplace la vieille magie). Or il se pourrait que, mieux que le mot pathétique de désenchantement, celui de spécialisation décrive plus exactement l'évolution actuelle de la religiosité occidentale.

En effet, la notion solennelle de religion recouvre en réalité une multitude hétérogène d'éléments différents. Dans n'importe quelle religion, on peut trouver des dieux, des rites, des fêtes, le sentiment du divin, des solennisations (rites de passage, mariage à l'église), de la morale, des interdits alimentaires, une bonne espérance pour les prochaines récoltes, la prédiction de l'avenir, la guérison des maladies, l'espoir ou la crainte d'une justice immanente, de l'ascétisme, l'expérience extatique, la transe, un *ethos* ou style de vie, le désir de donner au monde un sens conforme à nos souhaits, la pensée de l'au-delà, des utopies, la légitimation politique, l'identité nationale, le sentiment de la nature, etc.

Or la « démagification » du monde a mis fin à certains de ces éléments (les oracles), les a remplacés par de la technique (la médecine), les a rendus autonomes (légitimation politique, utopies sociales) ; ce qui subsiste le plus est le plus médiocre : la solennisation et les rites de passage. La « religion » a éclaté et a maigri (on voit même apparaître des spiritualités sans dieux). Elle tend à se spécialiser, à se réduire à ce qu'elle a de spécifique, là où elle est irremplaçable : la religion nouvelle n'est plus que religieuse. D'où la diminution actuelle de la pratique religieuse et de la croyance coutumière, car c'étaient en partie les éléments extra-religieux qui attachaient une population à sa religion.

LE CHRISTIANISME N'OCCUPE
QU'UNE PARTIE DU TERRAIN

Revenons à nos ouailles. Il est donc inutile de voir, dans la christianisation de l'Empire romain, l'inculcation d'une idéologie, comme on le lit encore parfois[1]. Constantin a affiché et favorisé sa secte personnelle et a rehaussé la dignité de son trône en lui donnant pour plus bel ornement la seule religion qui en fût digne à ses yeux ; il ne s'est pas proposé de mettre en place, à des fins politiques et sociales, une nouvelle norme collective. Car, au IVᵉ siècle, les sujets de l'Empire n'avaient pas besoin d'une

---

1. Si l'on veut lire un exposé dont les idées soient diamétralement opposées à toutes celles que nous développons ici, il faut lire l'article marxisant d'Yvon Thébert, « À propos du triomphe du christianisme », *Dialogues d'histoire ancienne*, 1988.

norme : ils l'avaient déjà, elle était monarchique et patriotique.

On se fait parfois une idée irréelle du IVe siècle, qui aurait été un « siècle chrétien », une « époque chrétienne » (*christiana tempora*)[1], « *a century of spirituality* ». Voire… D'abord, un siècle de spiritualité, cela n'a jamais existé, il n'y a que des proportions variables de fervents, de coutumiers, de conformistes, de nostalgiques, d'indifférents, d'incroyants, d'adversaires. Et puis G. Dagron, Cl. Lepelley, R.R.R. Smith, H. Inglebert ont montré que ces prétendus *christiana tempora* n'ont pas été l'arène d'un combat de titans entre Jupiter ou le Soleil et le Christ, entre deux groupes ou partis, mais entre deux doctrines ; « l'opposition entre païens et chrétiens n'avait de sens que religieux[2] » et non politique ou national.

Dans les innombrables cités qui étaient les cellules du grand corps de l'Empire, la vie civique eut soin de rester neutre. La coexistence pacifique consistait à faire silence sur les questions qui risquaient de fâcher ; les notables des deux bords évitaient de soulever la question religieuse dans le

---

1. En fait, les mots de *christiana tempora* ont été d'abord un sarcasme des païens : « La voilà, l'époque chrétienne ! C'est celle où Rome est prise et saccagée par les Barbares ! » Puis les chrétiens ont repris ce sarcasme à leur compte et en leur sens. Voir G. MADEC, « *Tempora christiana* : expression du triomphalisme chrétien ou récrimination païenne ? », dans *Petites Études augustiniennes*, Paris, Études augustiniennes, 1994, p. 233.

2. Hervé INGLEBERT, *Les Romains chrétiens face à l'histoire de Rome*, Paris, Institut d'Études augustiniennes, 1996, p. 690, cf. p. 10.

traitement des affaires publiques ; comme l'a montré Claude Lepelley, à lire les inscriptions publiques qui émanent des conseils municipaux, on ne soupçonnerait jamais qu'il y a eu une révolution religieuse au IVe siècle[1]. Entre païens et chrétiens s'étendait une large zone pacifiée. Un esprit de corps ou une solidarité de classe faisait éviter tout conflit et l'on pouvait voir le leader du paganisme à Rome recommander un évêque[2].

Les païens observaient la même fidélité que les chrétiens envers les souverains chrétiens et respiraient le même patriotisme d'Empire. Même équanimité envers les deux religions chez l'historien Eutrope et chez un officier supérieur très patriote, le païen Ammien Marcellin (qui n'était pas un opposant, mais un indifférent, aussi imperméable au christianisme qu'au néo-paganisme de Julien). Lorsque l'orateur païen Thémistius faisait le panégyrique de son prince, son langage loyaliste et universaliste ne se distinguait pas de celui d'un autre panégyriste, l'évêque Eusèbe de Césarée[3]. Polémistes païens et

---

1. « Le lieu des valeurs communes : la cité terrain neutre entre païens et chrétiens dans l'Afrique romaine tardive », dans *Idéologies et valeurs civiques dans le monde romain, hommage à Claude Lepelley* (H. Inglebert éd.), Paris, Picard, 2002, p. 271. Dans le même sens, R. R. R. SMITH, « Late Antiquity Portraits in a Public Context », dans *JRS*, 89, 1999, partic. p. 156.

2. SYMMAQUE, *Correspondance*, I, 64 : « Tu t'étonnes sans doute de me voir te recommander un évêque ; la justesse de sa cause m'a convaincu de le faire, et non son appartenance sectaire. »

3. G. DAGRON, « L'Empire chrétien d'Orient au IVe siècle : le témoignage de Thémistios », dans *Centre de recherche d'histoire et*

chrétiens invoquaient pareillement l'intérêt de Rome en faveur de leurs religions respectives.

« Il n'y a que le patriotisme ou la religion qui puisse faire marcher pendant longtemps vers un même but l'universalité des citoyens », écrit Tocqueville[1], mais il peut arriver qu'une religion et un patriotisme se confondent. Ce sera le cas à Byzance, autant que je sache, mais ce n'était pas encore le cas au temps de Constantin ni de ses successeurs, qui ne se souciaient guère d'unifier sous une même croyance une population déjà unifiée dans le patriotisme et la fidélité envers ses princes. Ils ne sentaient aucun besoin de doter d'une idéologie très minoritaire un empire qui en avait déjà une.

Il faut rendre à Constantin cette justice que ce ne fut pas un fanatique de sa religion, mais un modéré ; en ce sens, on peut utiliser le mot trop moderne de tolérance. Et pourtant, selon lui, son Dieu, comme gouverneur de ce monde, avait le même idéal de chef que lui-même : tous deux détestaient l'indiscipline, en religion comme en politique. Le bon ordre et l'unité de tous étaient mis en facteur commun devant le temporel et le spirituel. Mais Constantin avait vu

---

civilisation byzantines, Travaux et Mémoires, 3, Paris, De Boccard, 1968, p. 77-88. Cf. A. CAMERON, *Christianity and the Rhetoric of Empire : the Development of Christian Discourse*, University of California Press, 1991, p. 131.

1. TOCQUEVILLE, *De la démocratie en Amérique*, Paris, Gallimard, 1961, vol. I, p. 94. « Les populations turques n'ont jamais pris aucune part à la direction des affaires de la société ; elles ont cependant accompli d'immenses entreprises, tant qu'elles ont vu le triomphe de la religion de Mahomet dans les conquêtes des sultans. »

dans son enfance ce qu'avait été la persécution des chrétiens, à laquelle son monarque de père avait pris part, et il était resté marqué par ce souvenir[1]. Car l'action mystérieuse du temps avait joué. L'ère des persécutions était dépassée, leur inutilité et leur cruauté avaient été reconnues ; en outre, une persécution, cela « fait désordre », comme on dit vulgairement, et aucun chef n'aime cela.

Or Constantin a aussi pour idéal de faire régner la paix, il vante la tranquillité de son époque (*quies temporis nostri*)[2] : la paix religieuse détermine la paix civile aussi sûrement que la persécution entraînait une guerre intérieure[3]. S'il manifeste une hostilité de principe contre les combats de gladiateurs, c'est parce que « les spectacles sanglants ne sont pas admissibles dans une société tranquille et un pays paisible[4] ».

La relative « tolérance » de Constantin, puis de presque tous ses successeurs romains, byzantins et germains au fil de quelques siècles, est due à cet idéal d'ordre public, à l'inefficacité reconnue des persécutions et au pragmatisme qui sait que l'entreprise serait difficile et même absurde : pour une religion qui vit dans l'âme et non par ses rites, faire croire de force est contradictoire[5]. Et puis la mode est toute-

---

1. Voir Notes complémentaires, p. 274-276.
2. LACTANCE, *De la mort des persécuteurs*, XLVIII, 2.
3. Ch. PIETRI, dans *Histoire du christianisme*, vol. II, *op. cit.*, p. 79-82.
4. *Code Théod.*, XV, 12, 1.
5. Sauf aux yeux de saint Augustin, qui, dans le *De utilitate*

puissante et persécuter était passé de mode. Constantin a donc laissé vivre en paix les païens et aussi les juifs.

HÉRÉTIQUES ET JUIFS :
NAISSANCE DE L'ANTISÉMITISME

L'envie de les christianiser ne lui manquait pourtant pas et, dans ses édits, il ne parle de ces incroyants que l'insulte à la bouche : les païens sont des sots et Constantin a pour eux le mépris qu'on a pour l'Autre ; les juifs, eux, sont une « secte néfaste[1] ». Ce beau style fera école et, un siècle plus tard, un successeur de Constantin stigmatisera « la folie de l'impiété juive et l'erreur insane du stupide paganisme[2] », ce qui prouve qu'en cette année 425 il y avait encore des païens, mais aussi que trois religions restaient licites dans l'Empire : christianisme, paganisme et judaïsme.

Malheureusement la tolérance n'était pas le seul principe régnant : les chrétiens, et eux seuls, avaient le devoir d'adorer Dieu en vérité et d'obéir à l'Église, afin que Dieu protège l'Empire et l'empereur (ou

---

credendi et dans d'autres textes, a fait une découverte géniale et fatale : si l'on force des hérétiques à croire, ou à affecter de croire, ils finiront, avec le temps, par s'habituer et par croire sincèrement. C'était pressentir les rapports « sociologiques » entre la pensée et la société.

1. *Code Théod.*, XVI, 8, 1.
2. *Ibid.*, XV, 5, 5.

plutôt en vertu du même impératif non-dit de normalité qui avait fait jadis persécuter les chrétiens). Le résultat sera que les empereurs chrétiens persécuteront les chrétiens hérétiques ou schismatiques, tandis que Juifs et païens pourront penser ce qu'ils voudront de leurs croyances respectives. Oh, les donatistes, ces schismatiques, et les hérétiques ne seront pas jetés aux lions et pas encore brûlés vifs (le bûcher était alors réservé, entre autres, aux homosexuels et aux auteurs d'enlèvements de jeunes filles consentantes) ; Constantin a commencé par leur parler raison avec douceur, puis les a exilés et dépouillés de leurs biens, puis, jugeant que les donatistes désobéissaient aux lois impériales qui leur ordonnaient de se soumettre et que c'était là de la sédition, il a envoyé l'armée avec les suites que l'on devine, puis il a découvert à son tour que la persécution ne menait qu'au désordre et il a émis un édit de tolérance.

Envers les Juifs, en revanche, ces meurtriers du Christ[1], Constantin n'a pas sévi, il n'a rien changé à la législation païenne, qui faisait du judaïsme une religion licite ; il s'est borné, selon sa coutume, à protéger ses coreligionnaires : les Juifs qui molesteraient un de leurs compatriotes qui se convertirait au christianisme seraient lourdement châtiés (en revanche, la loi ne protégeait pas le Juif qui se convertirait à une tierce religion).

---

1. Constantin cité par Eusèbe, *Vie de Constantin*, III, 18, 4.

Et pourtant c'est à l'époque de Constantin que débute cet antijudaïsme qui devait aboutir, seize siècles plus tard, aux monstruosités que l'on sait. La faute en revient au fait de la christianisation plus qu'à l'attitude des chrétiens eux-mêmes ; ou plutôt elle est due, jusqu'à nos jours, à une catégorie mentale qui relève de ce qu'on peut appeler mentalité primitive ou bêtise : l'horreur répandue de ce qui n'est ni chair ni poisson. Il vaut peut-être la peine d'en dire un mot.

Il serait trop long de montrer qu'il n'y a aucune continuité entre l'impopularité des Juifs dans l'Empire païen et l'antijudaïsme chrétien, qui a la même cause mentale que l'antisémitisme moderne. Dans le monde païen de la Grèce et de Rome, les Juifs étaient tantôt rejetés à cause de la jalousie de leur Dieu exclusif et de la barrière de leurs interdits alimentaires ; tantôt c'était un peuple à part dont on vantait la piété et les mœurs familiales pures. C'étaient des étrangers antipathiques ou bien vertueux. On en disait autant des chrétiens, pour les mêmes raisons : c'étaient des « athées » (ils rejetaient les dieux des autres) et ils avaient des interdits alimentaires (les idolothytes, les viandes saignantes), mais ils étaient vertueux.

On aurait pu espérer qu'avec la christianisation de l'Empire l'antijudaïsme allait prendre fin, puisque le Dieu exclusif des Juifs n'était autre que le Dieu des chrétiens eux-mêmes et que leur livre saint était non moins saint pour les chrétiens, qui rejetaient à cette époque les viandes saignantes. C'est pourtant cette étroite parenté qui a paradoxalement amené la discontinuité dont nous parlions et qui est la cause de l'antijudaïsme : les Juifs étaient des frères, mais à moitié, car ils ne reconnaissaient pas le Christ. Ils étaient donc pires que ces « autres » qu'étaient clairement les païens et ce n'étaient pas davantage des hérétiques : c'étaient de faux frères, la chose la plus répugnante qui soit ; les païens, eux, n'étaient que des étrangers fort sots. Loin de continuer à reprocher aux Juifs, comme autrefois, de rester à part, maintenant on les rejette avec répugnance.

Répugnance, disais-je. Rien de plus frappant que la différence de tonalité entre le racisme et l'antisémitisme, entre le dédain et la répulsion ; c'est celle-ci qui met à part l'antisémitisme et qui en fait l'énigmatique bizarrerie. Le Noir, le Jaune, le païen sont des gens qu'on peut mépriser ou dont on peut penser le pire, mais on sait ce qu'ils sont : ce sont des Autres, cela est net. En revanche, avec les Juifs, les choses ne sont pas nettes. Le Juif de l'antiquité chrétienne était équivoque, il n'était pas païen sans être chrétien pour autant ; bien des siècles plus tard, malgré son fréquent patriotisme, le Juif sera français sans être reconnu comme tel ; il sera l'auteur d'une moitié de la science allemande sans être un vrai Allemand.

Or les praxéologues nous apprennent que, dans le « jeu » social, on éprouve le besoin de comprendre à quel partenaire on a affaire ; si l'on n'arrive pas à être au clair sur lui, si ce partenaire est un être bizarre, inclassable, on éprouve une répulsion et on préfère quitter le jeu[1]. Cette répulsion n'est pas due à ce qu'est le partenaire, mais au fait qu'on ne voit pas clairement ce qu'il est. Et la célèbre ethnologue Mary Douglas a analysé et illustré d'exemples la répulsion pour tout ce qui n'est pas net, pour ce qui est hybride, impur, louche, pour ce qui n'est « ni chair ni poisson » et qu'il ne faut donc pas porter à sa bouche.

La vraie cause de l'antijudaïsme chrétien est à chercher dans cette répugnance « primitive », le Juif n'étant ni chrétien ni païen ; l'accusation de déicide n'est qu'une spécification. Et cet antijudaïsme, tout religieux qu'il était, se prolongera sans discontinuité dans l'antisémitisme actuel, tout « laïc » qu'il est, qui découle de la même répugnance. Banalité du mal ? Non, mais de la bêtise. Pour le passage de cette bêtise à l'acte, aux massacreurs et à la passivité de la majorité des contemporains, alléguons le primat du groupe, le respect de l'autorité et moins une indifférence « égoïste » au sort d'autrui qu'une faible capacité de *s'intéresser* pour soi-même à ce qui est au-delà de l'étroit cercle personnel (ce mot d'intérêt permet peut-être d'échapper à l'insoluble opposition entre égoïsme et altruisme. Un sot n'a pas assez de *force* pour être bon, dit La Rochefoucauld. Car, par manque de force, il ne s'intéresse à rien).

---

1. Les praxéologues qui ont étudié les situations concrètes des jeux de coopération ont constaté que la solution rationnelle ne sera atteinte que si les deux compétiteurs sont eux-mêmes rationnels et s'ils négocient, mais ils ne négocieront, pour leur bénéfice mutuel, que si chacun d'eux croit savoir que l'autre est rationnel comme lui.

Et, corrélativement, avec la christianisation, les Juifs vont se refermer sur eux-mêmes et leur religion va se retrouver solipsiste. Le prosélytisme juif avait eu un grand succès dans l'Empire païen, les convertis et les « Craignants Dieu » se pressaient dans les nombreuses synagogues, attirés par la piété judaïque, la grandeur du Dieu juif et la fréquence du culte hebdomadaire ; à la fin du IVe siècle, à Antioche, comme l'a montré Anne-Marie Malingrey[1], l'attrait du judaïsme restait si vif que saint Jean Chrysostome devait déployer toute son éloquence pour empêcher les chrétiens d'aller prendre part aux fêtes juives. Mais, avec le christianisme devenu religion d'État, le judaïsme *redeviendra* la religion nationale du seul peuple juif et il l'est resté jusqu'à nos jours, pogroms et ghettos aidant : il reste à peu près impossible pour un non-Juif de se convertir à la religion d'Israël.

LE RÉVOLUTIONNAIRE
ET LA ROUTINISATION

Revenons à notre héros pour conclure sur son cas. Constantin fut un politique à vues providentielles, un révolutionnaire, un trublion, *novator et turbator*

---

1. « La controverse antijudaïque dans l'œuvre de Jean Chrysostome d'après les discours *Adversus Judaeos* », dans *De l'antijudaïsme antique à l'antisémitisme contemporain* (V. Nikiprowetzky éd.), Presses universitaires de Lille, 1979, p. 87-104. Dans le même volume, p. 51-86, voir Carlos LÉVY, « L'antijudaïsme païen, essai de synthèse ».

rerum, selon le païen Ammien Marcellin. On peut dire avec Baynes qu'il « appartient à la race des voyants et des prophètes[1] ». Il fut le prophète armé d'un idéal, l'Empire chrétien. Ce qui le distingue de ses successeurs est qu'il fut l'inventeur de cet idéal et qu'il y a cru profondément. Au lendemain de sa victoire sur le persécuteur Licinius, il écrit qu'il s'est donné une double mission : unifier tous ses peuples dans la vraie conception de Dieu et les délivrer des persécutions[2]. Deux ans avant sa mort, Constantin, qui vient de remporter une victoire sur les Barbares du front danubien, écrit aux évêques réunis en concile à Tyr : « Vous ne pouvez nier que je suis l'authentique serviteur de Dieu, car ma piété fait que tout vit en paix ; les Barbares eux-mêmes, qui ignoraient jusqu'à présent la Vérité, connaissent maintenant Dieu grâce à moi, son serviteur, louent son nom comme il convient et le redoutent, car les faits leur ont fait constater que Dieu était partout mon bouclier et ma providence ; ils nous craignent parce qu'ils craignent Dieu[3]. »

Il faut l'avouer, rien de plus banal que le contenu de ce discours, qu'on a entendu cent fois depuis : c'est

---

1. A AMMIEN MARCELLIN, XXI, 10, 8. Norman H. BAYNES, « Constantine the Great and the Christian Church », *Proceedings of the British Academy*, XV, 1929, p. 367.

2. Lettre de Constantin à Arius chez EUSÈBE, *Vie de Constantin*, II, 64-65, 1.

3. Lettre de Constantin au synode de Tyr, citée par ATHANASE, *Apologia secunda*, II, 86, 98 ; Volkmar KEIL, *Quellensammlung*, *op. cit.*, p. 144.

du langage convenu, des « paroles verbales » – sauf dans la bouche du seul Constantin, qui croyait à ce qu'il a fait : il a préparé la christianisation du monde. Sous ses successeurs s'est produite une routinisation de son langage de prophète, au sens où Max Weber parle d'une routinisation du charisme. Je reprends mon antienne : pendant les deux derniers tiers du XXe siècle, on a entendu parler du paradis soviétique et des « lendemains qui chantent ». C'était de la propagande, de la « langue de bois », sauf dans la bouche et dans la tête des prophètes initiaux, Lénine et Trotski, qui y croyaient si profondément qu'ils ont bouleversé le monde en conséquence.

Mais mieux aurait valu alléguer l'exemple de l'empereur indien Asoka, converti au bouddhisme avec toute sa famille, favorisant les missionnaires, recommandant en ses édits l'observation de la compassion, y confessant ses remords d'avoir fait des guerres et, cinq siècles avant les conciles de Nicée ou de Tyr, réunissant à Pataliputra un grand concile bouddhique.

Au total, la christianisation du monde antique fut une révolution qui eut pour déclencheur un individu, Constantin, dont les mobiles furent exclusivement religieux. Elle n'a rien eu de nécessaire, d'inéluctable ni d'irréversible. Le christianisme a commencé à s'imposer à tous parce que Constantin, sincèrement converti, l'a favorisé et soutenu et parce que cette religion était efficacement organisée en une Église. Constantin s'est converti pour des mobiles personnels inconnaissables et il a jugé que le christianisme était digne d'être la religion du trône parce que sa supériorité religieuse était évidente à ses yeux et que le christianisme, bien que très minoritaire, était devenu le grand problème religieux du siècle.

C'est par le seul Constantin que l'histoire universelle a basculé, parce que Constantin fut un révolutionnaire mû par une grande utopie et persuadé qu'un rôle immense lui était réservé dans l'économie millénaire du Salut. Mais aussi et surtout parce que ce révolutionnaire n'en fut pas moins un grand empereur[1], un réaliste qui avait le sens du possible et de l'impossible.

---

1. Voir le jugement politique élogieux de A. von Harnack, *Mission und Ausbreitung, op. cit.*, p. 513.

X

L'idéologie existe-t-elle ?

« Soit », dira-t-on peut-être, « la foi sincère de Constantin et de presque tous ses successeurs, la dignité et les devoirs du trône, la pression de l'épiscopat... Mais la vraie raison doit être plus profonde ; ne serait-elle pas plutôt l'idéologie ? Une religion monothéiste et universaliste n'est-elle pas la meilleure couverture idéologique que puisse désirer une monarchie impériale et soi-disant universelle ? » Lorsqu'on parle de Constantin avec certaines personnes cultivées, c'est souvent l'objection qu'on se voit opposer ; à leurs yeux, la religion n'est pas une chose assez sérieuse pour intéresser un homme de pouvoir, à moins de remplir une fonction idéologique. Dans l'actuel *Dictionnaire des idées reçues*, à côté du corps et de l'âme, de la matière et de l'esprit, il y aurait le Pouvoir et l'Idéologie ; la réalité politique serait composée de ces deux rouages enclenchés l'un sur l'autre : le Pouvoir se ferait obéir des gens en les faisant croire à des Idéologies, religieuses ou non ; dans cette fonction de faire-croire, Constantin aurait remplacé par le Christ le Soleil invincible de ses prédécesseurs païens.

Mais non, le Pouvoir, serait-il léniniste, est le premier à croire à ce qu'il dit et cela lui suffit. Constantin était persuadé que Dieu bénissait les armées de ceux qui, comme lui, croyaient en Dieu ; Justinien, Héraclius et son contemporain Mahomet le seront aussi. Il faudrait donc tenter d'éclaircir la notion obscure d'idéologie. Les chrétiens respectaient l'empereur par patriotisme, par loyauté, comme avaient fait les païens et comme on a toujours fait ; ils ne le respectaient pas parce que leur religion leur faisait adorer un Dieu unique[1]. Pendant trois siècles, les Césars

---

1. Le succès de l'explication par l'idéologie, par une fonction politique qu'aurait eue la christianisation, montre que des incroyants fort intelligents ont peine à admettre que les croyances et affects religieux puissent former un domaine particulier de la réalité humaine ; ils postulent qu'une politique religieuse recouvre des mobiles plus « sérieux ». Alors, selon eux, le Dieu unique et le Souverain unique viennent se superposer, le premier n'étant que le reflet idéologique du second ; un souverain unique « appelle », à les en croire, un Dieu unique : une sociologie des catégories, en vogue vers 1900, voulait que les catégories mentales fussent le décalque des catégories sociales. Mais pourquoi les décalqueraient-elles ? Certes, comme l'a montré Friedrich Heiler, quand les hommes ont besoin d'imaginer concrètement leurs relations avec la divinité, ils se les représentent sur le modèle d'une des relations des hommes entre eux : avec un roi, un puissant étranger, un chef de tribu, etc. Mais cela n'a rien à voir avec notre problème, car imaginer le dieu comme un roi ne pousse pas à vénérer le roi réel ; en outre, si le roi, dans les textes juifs et chrétiens, est souvent une métaphore de Dieu (avec la Sagesse ou le Logos comme ministres à côté de son trône), un jeu métaphorique encore plus fréquent est de comparer Dieu et l'humanité à un Père, un père de famille, avec le Fils, les Frères et bientôt la Mère.

s'étaient contentés du polythéisme et leur monarchie ne s'en était pas plus mal portée.

Non, Constantin n'a pas cherché dans le christianisme « des assises métaphysiques pour l'unité et la stabilité de son empire », comme certains historiens l'ont pensé. S'imaginer qu'un monarque, parce qu'il est seul à gouverner, se fera respecter davantage s'il impose de croire à un seul dieu n'est qu'un calembour de la vieille sociologie auquel ne correspond aucune réalité mentale. En revanche, ce qui était plus proche de la réalité, au moins en intention, n'était pas la christianisation, mais bien la persécution. Avec un zèle excessif, Dioclétien était persuadé que le salut de l'Empire exigeait de ramener les chrétiens aux saines traditions romaines[1].

L'IDÉOLOGIE N'EST PAS À LA RACINE
DE L'OBÉISSANCE

Et puis, quel besoin d'une idéologie ? À quoi bon tant de soins superflus ? Même si Constantin était arrivé à imposer l'« idéologie » chrétienne à ses sujets, il n'en aurait été ni plus ni moins obéi. Rien n'est plus banal que l'obéissance des peuples, que leur respect de l'ordre établi, quelle que soit la

---

1. Vers 180 déjà, la sentence prononcée contre les martyrs de Scilli, en Afrique, avait eu pour but de faire revenir les chrétiens à la *Roman way of life* (« *ad Romanorum morem redire* »), selon la *Passio Scillitanorum*, 14 (H. MUSURILLO, *Acts of the Christian Martyrs*, Oxford, 1972, p. 88).

légitimation qu'on leur en donne. Sinon, l'histoire universelle ne serait pas ce qu'elle est. Tout pouvoir est établi par Dieu, répètera-t-on avec saint Paul, l'empereur chrétien règne par l'autorité de Dieu, dira Végèce[1]. Mais, spontanément, les foules païennes, chrétiennes ou musulmanes vénéraient l'empereur, le *basileus* ou le sultan (tout en le maudissant *in petto* à cause des impôts) ; elles n'avaient pas besoin que la monarchie fût décalquée par un monothéisme ou légitimée par une idéologie, car tout sujet loyal respecte spontanément son souverain et éprouve pour lui une crainte révérencielle (elle existe encore ça et là ; « un roi si bon ! », ai-je entendu de mes oreilles au sujet de Hassan II).

L'amour du roi, le patriotisme et aussi bien le respect pour les privilégiés ne sont pas de la religion et n'en proviennent pas ; ils ne sont pas davantage inculqués par une idéologie, ils la précèdent, logiquement parlant, ils sont induits par l'obéissance à l'ordre établi, ils naissent de cette obéissance, loin de la faire naître ; on les respire dès l'enfance dans l'air du temps et le spectacle de tous les autres. L'histoire s'explique par un vécu silencieux et non par les belles paroles qui s'y ajoutent ; quand la dépendance est rejetée, les paroles idéologiques n'ont plus de poids. Citons le pénétrant Jean-Marie Schaeffer : à notre époque, l'enseignement par l'école ne peut pas remplacer l'apprentissage des règles sociales ou politiques par le cadre de vie et l'exemple familial et

---

1. VÉGÈCE, *De re militari*, II, 5 : *Deo regnat auctore*.

social, d'où l'inefficacité dramatique de l'éducation civique scolaire[1].

Les Juifs, non plus que les autres peuples, n'avaient pas attendu le Décalogue pour ne pas tuer et ne pas voler, mais le Décalogue leur avait rendu louable de croire qu'ils s'en abstenaient par obéissance à la Loi divine. En un mot, le vécu social muet suscite ou accepte les verbalisations idéologiques, et non l'inverse ; une idéologie ne convainc que les convaincus. Nous avons vu cela de nos yeux, si nous sommes quinquagénaires ou davantage : la découverte de la contraception a donné lieu à une comique expérimentation sociologique en conditions réelles. Avant la « pilule », les jeunes filles respiraient dans l'air du temps et dans l'exemple de leurs compagnes les utiles vertus de pureté, de chasteté, de virginité, d'abstention sexuelle. Et quel esprit avancé n'aurait alors stigmatisé le vertuisme répressif de la société capitaliste ? Il a suffi que la pilule apparaisse pour que ces vertus disparaissent comme rosée au soleil : évaporées avec le péril, tant dans les duplex que dans les chaumières. Leur effacement nous a paru si naturel que nous nous en sommes à peine aperçus, sans remarquer à cette occasion que ce n'était pas le vertuisme qui avait inculqué l'abstention, mais l'abstention qui, faute de contraception, s'était érigée en vertu.

---

1. J.-M. SCHAEFFER, *Pourquoi la fiction ?*, Paris, Seuil, 1999, p. 127.

Un utilitarisme un peu court

La notion d'idéologie est trompeuse à un autre égard : elle est trop rationnelle. Le marxisme, comme vient de me le rappeler Jean-Claude Passeron, est un utilitarisme, selon lequel une idée politique est, ou vraie, ou mensonge politiquement utile qu'on appelle idéologie[1] ; si un empereur se fait chrétien, c'est parce que cela sert son pouvoir. Le marxiste oublie que, bien des fois, l'idée en question est une élucubration inutilement ambitieuse à laquelle, répétons-le, les gouvernants sont les premiers à croire : purification religieuse du royaume, domination universelle de l'islam, antisémitisme hitlérien, internationalisme marxiste. Ils peuvent même être les seuls à y croire ; lancer l'Invincible Armada contre l'hérésie fut la décision personnelle de Philippe II.

---

1. Je me souviens de l'embarras doctrinal que donnait vers 1952 l'antisémitisme hitlérien à notre petit groupe d'étudiants communistes : il était entendu que le « fascisme » hitlérien avait été au service de la bourgeoisie, mais à quoi pouvait bien avoir servi l'antisémitisme ? Quand nous rencontrions le problème dans nos têtes, nous pensions vite à autre chose pour ne pas perdre la foi. Au XVIIe siècle, c'était quand certains rencontraient la transsubstantiation qu'ils se hâtaient de penser à autre chose.

LES ENFANTS
ET LES GRANDES PERSONNES

Laissons l'idéologie et revenons au vécu des vieilles monarchies. Certes ni les Grands, qui voyaient le maître de près, ni les Petits, qui savaient que le roi n'était qu'un simple mortel, ne se faisaient d'illusions sur l'humanité du souverain, qu'ils n'en vénéraient pas moins. Non, les Anciens ne prenaient pas leur roi ou leur empereur pour un être surnaturel, un dieu vivant, sauf en paroles ; les Égyptiens eux-mêmes faisaient sur leur pharaon des contes joyeux[1]. Les archéologues ont retrouvé des milliers et des milliers d'ex-voto grecs et latins aux divinités du paganisme (pour une guérison, pour un heureux voyage, etc.), mais pas un seul ex-voto à la divinité d'un empereur.

Ce qui est plus vrai, en revanche, est que, dans le vécu de l'époque, les sujets du monarque se tenaient devant lui avec une humilité d'enfants ; jusqu'au XVIIIᵉ siècle occidental, le pompeux intervalle social qui séparait les Petits et les Grands était aussi évident qu'entre les enfants et les adultes. Ce temps n'est plus, le président de notre pays n'est pas de droit divin et nous pouvons l'envoyer au diable sans être envoyés aux galères. Ne venant plus d'en haut, l'autorité ne se réclame plus d'une transcendance. La sécularisation du pouvoir en est une conséquence

---

1. Je me permets de renvoyer encore à mon *Empire gréco-romain*, p. 68-73.

parmi d'autres. L'histoire ne se divise pas entre une époque ancienne où la Religion soutenait le Pouvoir et l'époque actuelle où le Pouvoir est désacralisé, « désenchanté » ; mais entre une époque ancienne où les rois étaient supérieurs en nature à leurs sujets ; et notre époque où rois et présidents ont l'aspect d'hommes comme les autres (les dictateurs du XXᵉ siècle eux-mêmes n'ont que du « génie », supériorité individuelle et « rationnelle »). La dissymétrie entre gouvernant et gouvernés est une donnée dont l'épaisseur et la durée s'imposent aux contemporains et échappent à l'action humaine ; on ne saurait la produire à coup de « faire-croire » On peut en dire autant du faste qui entourait le monarque, cette prétendue « propagande ». Avec ses cérémonies et ses palais, cette splendeur était aussi naturelle que la crinière qui distingue le roi des animaux. Elle découlait de la grandeur et ne la produisait pas, mais elle avait besoin d'être exprimée : que serait une ferveur qui ne déborderait pas des lèvres ? Dans les premières lignes de leur testament, les sujets, comme fait le poète Villon dans le sien, rendaient hommage à la Sainte Trinité « et à Loÿs, le bon roy de France ».

N'étant pas la cause de la dissymétrie préexistante, mais sa conséquence et son expression, la légitimation religieuse du souverain ne procurait au maître qu'un médiocre supplément d'obéissance et ne rendait pas son trône beaucoup plus solide. Car, dans l'autre moitié de leur cerveau, les gouvernés n'étaient pas dupes et, un beau jour, le respect pouvait se perdre ; on se mettait à vomir le mauvais prince régnant, sa

Jézabel impie ou le poids de ses impôts, on en appelait contre lui au Dieu dont il se réclamait et on se révoltait. Respecter le pouvoir est une loi aussi sacrée que d'aimer Dieu, jusqu'au jour où il apparaît que le roi est indigne de Dieu ou qu'un autre que lui serait plus digne de Lui. Les révoltés ne cessent pas pour autant de se tenir pour bons chrétiens, au contraire. La sacralisation du pouvoir n'a pas été un faire-croire décisif qui soudait les rapports entre gouvernants et gouvernés.

PRAGMATIQUE, ET NON IDÉOLOGIE

Toutefois, il manquerait quelque chose à l'ordre établi si, à travers ses phrases élevées qu'on n'écoute guère, le pouvoir ne parlait d'une position élevée. Ce n'est pas de la propagande ou de la communication, c'est de la pragmatique linguistique où le locuteur s'impose, non à travers le contenu « idéologique » de son message (chrétien, marxiste, démocratique...), mais par la position dissymétrique et supérieure que, quand il parle, il prend devant son auditoire[1]. Du reste, dans l'Antiquité, il ne la prenait pas, à proprement parler, et ne cherchait pas à impressionner

---

1. Dans les défuntes démocraties populaires, les haut-parleurs qui, dans les rues des villes, diffusaient des messages gouvernementaux que personne n'écoutait auraient été bien en peine de faire une propagande efficace, un bourrage de crâne ; mais ils prouvaient « pragmatiquement » que le pouvoir occupait l'espace public et qu'il racontait ce qu'il voulait.

les auditeurs (ils étaient censés être impressionnés d'avance) : il ne faisait qu'occuper la place qui lui revenait. Lorsque l'empereur Gratien proclame que Dieu même lui avait inspiré de nommer Ausone consul[1], il recourt, pour honorer ce lettré, à un style sublime qui lui est comme naturel. En outre, le pouvoir doit répondre à une attente des gouvernés, parer à leur perpétuelle capacité de révolte, à leur liberté, à côté de leur soumission innée : quand on est en relation avec d'autres hommes par le pouvoir qu'on a sur eux, il faut parler, dire quelque chose ; laisser planer un silence glacial serait la plus révoltante des pragmatiques.

La notion d'idéologie, elle, méconnaît la pragmatique et, de plus, elle repose sur une illusion intellectualiste qui remonte aux Sophistes grecs et qui fait croire que l'attitude des gens résulte du contenu même du message ; qu'elle est due aux idées qu'ils ont ou qu'on leur souffle, car nos conduites résultent, croit-on, de nos représentations : on délibère, et puis on décide et agit. La notion d'idéologie comporte une seconde erreur, selon laquelle la religion, l'éducation, la prédication, le faire-croire en général, auraient affaire à une cire vierge sur laquelle il leur faut imprimer l'obéissance au maître et aux impératifs et interdits du groupe. En réalité et pour changer de métaphore, l'individu, le groupe et le pouvoir sont toujours-déjà tissés ensemble, l'individu n'en est pas un et la prédication peut seulement convaincre

---

1. AUSONE, *Gratiarum actio pro consulatu*, IX-X.

un peu plus des convaincus. L'obéissance et le sentiment monarchique ne naissent pas d'un faire-croire ou d'une propagande ; ils sont inculqués tacitement par la socialisation, le milieu, l'*habitus* si vous voulez[1]. D'où, chez nous, l'inefficacité de l'éducation civique scolaire[2] : seule l'imprégnation silencieuse par l'environnement est vraiment efficace. L'intellectualisme et l'individualisme empêchent d'apercevoir cette épaisseur obscure de la socialisation[3].

Mais au fait, croirait-on vraiment avoir à socialiser les gouvernés ? Le vrai but d'une idéologie ou phraséologie n'est pas de convaincre et de faire obéir, mais plutôt de faire plaisir, en donnant aux gens une bonne opinion d'eux-mêmes ; les dominants peu-

---

1. Cet *habitus* tacite comprend, bien entendu, des fonctions non religieuses de la religion, telles que l'identité dans laquelle on baigne dès la naissance ou que la solennité d'une coutume (le voile des femmes). – Si l'ordre règne dans l'Empire et que les habitants y obéissent à leur maître, ce n'est pas parce que la rhétorique des prédicateurs leur a fait croire que l'empereur est le *Logos* terrestre ; de l'*habitus* à cette rhétorique lénifiante, le cheminement de pensée serait plutôt l'inverse : la rhétorique sort de l'*habitus*, de l'ordre établi. – Une dynastie germanique de confession arienne reste une étrangère aux yeux de la population du royaume, car cette population est fidèle à ses évêques et protecteurs qui, en étant nicéens, défendent leur dignité face à une royauté qui, en restant hérétique, semblait dédaigner et ignorer leur autorité spirituelle.

2. J.-M. SCHAEFFER, *Pourquoi la fiction ?, op. cit.*, p. 127.

3. La même illusion intellectualiste fera croire bientôt que la cohésion d'un royaume exige l'unanimité des sujets du prince autour de la religion de leur souverain. De plus, si le souverain s'avise de prendre dans toute sa force l'idée que son pouvoir est paternel, se refuser à la vérité qui est celle du souverain équivaudra à un refus d'obéissance.

vent se dire justifiés d'être supérieurs et les dominés s'entendent dire qu'ils n'ont pas tort d'obéir. Ce plaisir de la légitimation est vif, il ne suffit pas d'être riche et puissant ou de ne l'être pas, on aime encore, dans les deux cas, qu'ils y ait une juste raison à cela. Or avoir raison est un plaisir et un plaisir n'est ni vrai ni faux ; c'est pourquoi une phraséologie légitimante est si aisément reçue et a si peu d'effets profonds. Ce qu'on appelle idéologie est un peu d'huile dans les rouages, ce n'est pas un message qui fait obéir, mais seulement un plaisir, une pragmatique qui lénifie des peuples soumis par ailleurs[1].

Plutôt que de parler d'idéologie, disons que les empereurs chrétiens, à partir de Constantin, ont tiré du christianisme une nouvelle phraséologie pragmatique légitimante, régner par la grâce de Dieu, et aussi une nouvelle fonction qu'ils auront à remplir, servir la religion. En effet, à travers l'interprétation limitative que l'Église donnera de l'exemple laissé par Constantin, ses successeurs n'auront pas le droit

---

1. De même, quoi qu'en aient dit les sophistes et les Lumières, la religion n'est pas un mensonge utile qui inculque aux gens du peuple la bonne morale : c'est l'*habitus* qui le fait, le milieu, par son exemple muet, ses contraintes, ses préceptes. Au vu des statistiques policières, on ne voit pas que le nombre de crimes et de délits croisse avec la déchristianisation. L'enseignement civilisateur de la religion (tant païenne que chrétienne du reste) ne fait qu'ajouter à l'*habitus* son coin de ciel bleu qui éduque un peu mieux certaines âmes au désintéressement, au goût de l'idéal. Malheureusement pour les historiens, la doctrine expresse de l'institution ecclésiastique est plus audible que l'influence tacite du milieu, qui passe inaperçue.

de gouverner l'Église en un « césaropapisme[1] », mais ils auront le devoir de soutenir la vraie foi ; César devant rendre à Dieu ce devoir dû à Dieu.

Appuyer l'Église est devenu ainsi une des fonctions que devait remplir le pouvoir impérial (aussi bien la liste des fonctions de tout État n'a-t-elle rien de naturel et est-elle toujours historique). De l'autre côté, la religion lui fournissait un fondement transcendant du pouvoir, c'est-à-dire une phraséologie destinée à rompre le silence : Dieu lui même commandait de rendre à César ce qui était dû à César.

Les successeurs de Constantin, sauf un, ne reviendront pas, comme on l'a vu, sur les positions du grand révolutionnaire, même quand une nouvelle dynastie s'installera à la mort de Julien. Ce qui avait été chez Constantin une conviction passionnée et autoritaire, celle de sa haute mission, de la protection spéciale qu'il recevait du Ciel et de son devoir d'imposer le bon ordre dans l'Église – cette conviction deviendra après lui une fonction étatique traditionnelle et une phraséologie, avec quelques survivances de césaropapisme[2] héritées de la « présidence » de Constantin. De religion personnelle de l'empereur régnant, le christianisme était devenu la religion du trône.

---

1. Voir la démonstration de G. DAGRON, *Empereur et prêtre, op. cit.*, partic. p. 142-148.

2. Sur les interventions admissibles ou condamnables du *basileus* dans les affaires de l'Église et de la foi, sur toute cette casuistique, cf. G. DAGRON, *Empereur et prêtre, op. cit.*, par ex. p. 302-309, 316-317.

Ce n'était pas l'empereur qui politisait la religion et se servait d'elle, mais la religion qui se servait de l'empereur, dont elle avait besoin. Quand Eusèbe de Césarée, dans son panégyrique de Constantin en 336, s'écrie en grec *ein Gott, ein Reich, ein Kaiser*, cette belle symétrie sert à assurer l'ordre établi de la loyauté de l'Église et à obtenir en échange que l'empereur soit l'auxiliaire de l'Église ; il loue Constantin d'être un prince chrétien pour lui faire un devoir de l'être ; il lui trace un programme de gouvernement[1]. Tout en se gardant de lui reconnaître un pouvoir sur l'Église, qui n'entendait nullement servir l'empereur, mais traiter avec lui de puissance à puissance. L'autel s'appuyait sur le trône, plutôt que l'inverse. Dans l'Italie de Théodoric, le pape Gélase Ier, sentant son autorité menacée par l'empereur oriental, formulera la théorie des deux pouvoirs et de l'indépendance du pouvoir spirituel par rapport au temporel[2].

---

1. P. MARAVAL, « La théologie politique de l'Empire chrétien », dans *Les Premiers Temps de l'Église, de saint Paul à saint Augustin* (M.-Fr. Baslez éd.), Paris, Gallimard, 2004, p. 644.

2. G. DAGRON, *Empereur et prêtre, op. cit.*, p. 190-191. Cf. E. STEIN, *Histoire du Bas-Empire*, édition Palanque, Amsterdam, 1968, vol. II, p. 112-114.

Un préjugé : Dieu et César

Mais mon lecteur devine pourquoi l'explication par l'idéologie reste tentante : tout régime politique doit se légitimer, or la religion remplit souvent cet office, donc, écrira-t-on, le paganisme servait à légitimer le régime impérial et le christianisme lui succédera dans ce rôle. On est trompé par la continuité apparente du monnayage impérial, au revers duquel quelques images religieuses chrétiennes ont succédé aux images païennes. On croit que, des dieux païens ou du Soleil Invincible au Christ de Constantin et des Byzantins, il y a la continuité d'une fonction idéologique, remplie par la religion du moment, le Christ succédant aux dieux et au Soleil dans le rôle d'autorité divine légitimante.

On devine d'où vient cette illusion. Dans toute société antérieure à notre civilisation occidentale, religion et politique ont vécu en une union plus ou moins étroite ; non qu'elles fussent inséparables de nature, mais simplement parce qu'elles ne pouvaient pas ne pas se rencontrer, tant la religion (ou tout ce qu'on désigne sous ce mot) remplit de fonctions diverses et présente d'aspects différents. Si bien que la religion est partout et qu'il y a toujours une occasion, élevée ou superficielle, d'entrer en relation avec elle, ne serait-ce que pour solenniser un mariage ou un couronnement impérial. Seule la laïcité occidentale pourra empêcher ou limiter ces unions en se les interdisant. Ces unions sont très différentes d'une société à l'autre (conclure avec les dieux des contrats de vœu à son profit, servir un Dieu dont on confesse la Vérité, etc.), mais elles sont partout présentes. On suppose alors que ces unions viennent remplir une fonction, assez vague pour pouvoir être toujours la même, la couverture idéologique. À Rome, le christianisme aurait continué le paganisme dans ce rôle.

Cette continuité est trompeuse, les deux religions, ainsi que la relation du pouvoir avec l'une, puis avec l'autre, étant fort différentes. Eh bien non, l'image du Soleil Invincible au revers des monnaies païennes d'Aurélien ne joue pas le même rôle idéologique que les anges et la croix (ou plus tard le buste du Christ) qu'on voit au revers d'une certaine proportion des monnaies byzantines. Aurélien avait élevé à Rome, piazza San Silvestro, un temple à ce dieu, son favori, sans forcer personne à l'adorer, sans prétendre faire de révolution politico-religieuse. Le Soleil Invincible était plus un symbole qu'un dieu, sa naissance n'avait pas été spontanée, il sortait de spéculations intellectuelles ; cette chose visible en plein ciel était trop peu invisible pour être un vrai dieu.

Dieu exotique ou spéculatif, le Soleil n'était pas une des divinités coutumières des populations de l'Empire, il ne pouvait guère être davantage qu'un slogan politique, par lequel le gouvernement essayait de susciter une « mystique » nationale et monarchique, d'appuyer l'Empire et son chef sur la grande force naturelle qui éclatait aux yeux de tous, de les mettre, si j'ose dire, dans le sens du cosmos : l'invincible soleil nous accompagne (*Sol invictus comes*, disaient les légendes monétaires), il accompagne notre empereur sur notre route[1]. Donc, au moment où l'on payait un achat ou qu'on en encaissait le montant, on apercevait du coin de l'œil, au revers de la pièce de monnaie, l'image du Soleil compagnon, reflet pompeux d'un empereur qui se disait invincible et chaleureux, slogan que, vers les années 260, on avait peu de raisons de croire.

Un slogan, dis-je, ou à peine plus qu'un slogan. Car, lorsqu'on parle de l'antiquité païenne, on est

---

1. Je n'ignore pas les origines spéculatives et aussi orientales (syriennes ? mais H. Seyrig en doute) de la mystique solaire : mais, pour le peuple, le soleil évoquait plutôt une émotion ; on a des témoignages, à diverses époques, de foules ou d'armées qui acclament le soleil levant, spectacle bouleversant d'une puissance cosmique qui nous enveloppe. C'est mystique, c'est panthéiste et tout ce qu'on voudra, ce n'est pas religieux au sens plein du mot : on a beau faire, on ne peut prendre un disque rond pour une *personne* divine. Et, dans ou derrière le disque, on sent moins une personnalité anthropomorphique, le dieu du soleil, qu'une *puissance* (impersonnelle et néanmoins animée, volontaire). Cf. William James et le séisme de San Francisco chez Henri BERGSON, *Deux sources de la morale et de la religion*, Paris, p. 161. Je suppose donc que le Soleil invincible a été la tentative manquée de suggérer, à travers la personne peu plausible d'un dieu Soleil, le sentiment que l'Empire et son chef étaient portés ou plutôt accompagnés par la grande puissance cosmique. De même qu'une société peut se persuader qu'elle porte un grand message humain ou qu'elle est le Peuple élu ou qu'elle est le foyer de la Révolution ou le centre civilisé du monde. Mais l'antiquité gréco-romaine était peu adonnée à ces messianismes politiques, sauf les Grecs qui se considéraient comme étant la civilisation même. Il y avait bien une vieille mystique romaine, chez Virgile par exemple, mais elle était tautologique, patriotique, un peu courte : Rome était une grande chose (à côté des Grecs, qui avaient leurs propres mérites) parce qu'elle était Rome.

trop souvent porté à en majorer l'élément religieux ou à intensifier la religiosité, à prêter systémati- quement le degré de température le plus élevé aux croyances, cultes, rites ou Mystères. Sans doute le fait-on par crainte de méconnaître la différence qui sépare cette mentalité primitive de notre monde « désenchanté ». Mais, même dans l'Antiquité, tout fait religieux n'était pas intense, la religiosité avait des degrés et remplissait plusieurs fonctions inégales (la solennisation, par exemple, ou le langage empha- tique).

L'Empire byzantin sera un empire chrétien, l'Empire romain n'a jamais réussi à se prendre pour un empire du Soleil. Comme l'écrit à peu près Régis Debray dans son drame sur Julien l'Apostat, la reli- gion romaine n'obligeait pas à grand-chose « et sur- tout pas à croire ; pour un chrétien, en revanche, hors de l'Église point de salut ». Il n'y a aucune ressem- blance entre le rapport d'un empereur païen avec le dieu impérial Sol Invictus et le rapport d'un empe- reur chrétien avec son Dieu. En effet, chaque cité, chaque empire et chaque individu, libre ou esclave, doit, dans son intérêt, avoir de bons rapports avec le Ciel : comme le lecteur s'en souvient, l'Empire païen a pour seule tâche religieuse d'assurer ces rapports en ce qui le concerne, de renouveler le contrat votif de bons rapports « internationaux » entre la Répu- blique impériale et le Ciel. C'est une tâche du pou- voir parmi d'autres ; l'Empire païen fait de la religion le même emploi que les individus et n'a pas d'autre devoir religieux. Il n'y a aucune continuité de nature, de fonction ni d'obligations entre le christianisme et le vieux paganisme, cette religion assez légère pour être une sorte de laïcité avant la lettre. Tandis que, depuis Constantin, l'Empire a des devoirs envers la religion ; il n'utilise pas la religion, mais doit la servir.

Les empereurs païens n'avaient pas eu besoin d'une religion pour soutenir leur régime. Il leur est arrivé de rendre un culte particulier à un dieu qui leur avait procuré la victoire (Auguste devait celle d'Actium à Apollon) ; au début de son règne, le christianisme de Constantin put passer quelque temps pour une dévotion privée de cette espèce. Il arrivait aussi qu'un empereur, comme tout autre individu, ait une ferveur personnelle pour une divinité (ainsi Domitien pour Minerve), comme on pourra avoir une dévotion pour un saint au Moyen Âge ; à titre personnel, Auguste, pendant quelque temps, « fréquenta assidûment le temple de Jupiter Tonnant[1] ». L'empereur profitait de sa haute situation pour faire bâtir un sanctuaire à son favori et pour salarier les prêtres, sans songer un instant à imposer le culte de son dieu à ses sujets ; quelques revers monétaires honoraient la divinité favorite. Cela ne s'étendait pas en long et en large sur tout le régime à la façon d'une « couverture idéologique ».

Le christianisme, en revanche, était la religion la plus éloignée qui fût d'une distinction entre Dieu et César, contrairement à ce qu'on entend répéter : tout

---

1. SUÉTONE, *Auguste*, 91, 2.

le monde devait être chrétien, César en tête, lequel avait des devoirs envers cette religion qui formait un tout. Elle avait des dogmes, une orthodoxie pour laquelle on a pu se battre, tandis que le paganisme, dépourvu de dogme et d'orthodoxie, était émietté en une foule confuse de divinités et de cultes qui méritaient à peine le nom de religion (on recourait à une périphrase, *dii et sacra*, « les dieux et les choses saintes »), qui ne pouvait manœuvrer ni être manœuvrée comme un tout et qui n'offrait aucune doctrine dont on pût faire une idéologie politique.

Il faut donc en finir avec le lieu commun selon lequel l'Europe devrait au christianisme d'avoir séparé politique et religion, le Christ ayant dit qu'il fallait rendre à César ce qui est à César et à Dieu ce qui est à Dieu. Belle découverte, mais due au césarisme et non au christianisme. Car la vérité est le contraire de ce lieu commun. Le chrétien Constantin n'a pas eu à séparer Dieu et César : ils étaient nés séparément dès la naissance. Constantin était un César et non un chef spirituel et temporel à la fois, un Mahomet, un calife, et l'Église était déjà une organisation achevée, puissante et indépendante lorsqu'un des Césars est entré en relation avec elle. Et elle a traité avec les successeurs de ce César Constantin comme de puissance à puissance.

On n'avait pas attendu le Christ pour savoir que Dieu et César font deux. N'ayons pas une idée trop simple des époques primitives, ne croyons pas que pouvoir et religion s'y confondaient et qu'une mentalité aussi ancienne était encore confuse. Les païens n'ont pas eu à apprendre à séparer leurs dieux et César : ils ne les confondaient pas. Chez eux, la religion était partout, saupoudrait toutes choses, mais elle était simple et légère, elle revêtait de solennité toutes choses, sans obliger à grand-chose. La race des hommes et la puissante race des dieux avaient les relations de deux nations inégales et échangeaient de l'adoration contre des services.

Au contraire, c'est avec le triomphe du christianisme qu'entre religion et pouvoir les relations ont cessé d'être du saupoudrage et se sont théorisées, systématisées. Dieu et César ont cessé d'agir chacun de leur côté, Dieu s'est mis à peser sur César, il fallait que César rendît à Dieu ce qui était dû à Dieu. Le christianisme demandera aux rois ce que le paganisme n'avait jamais demandé au pouvoir : « Étendre le plus possible le culte de Dieu et se mettre au service de la majesté divine[1]. »

---

1. SAINT AUGUSTIN, *Cité de Dieu*, V, 24.

XI

L'Europe a-t-elle des racines chrétiennes ?

L'occasion est peut-être bonne de dire un mot sur une question présentement agitée, y compris au Parlement européen : peut-on dire que les fondements de l'Europe sont chrétiens, que ses racines plongent dans le christianisme ? Fallait-il inscrire cette affirmation dans la Constitution européenne ?

EXISTE-T-IL DES RACINES
DANS L'HISTOIRE ?

Certes, on peut d'emblée écarter la question comme n'étant qu'un faux problème. Où a-t-on jamais vu qu'en ses divers domaines, dans ses différents milieux sociaux, en ses diverses activités et pensées, une civilisation, une société, cette réalité hétérogène, contradictoire, polymorphe, polychrome, ait quelque part des « assises », des « racines » ? Que ces racines résident dans une de ses nombreuses

composantes, la religion ? Racines auxquelles elle
serait restée attachée à travers un tourbillon d'agi-
tations matérielles et morales, tout au long de vingt
siècles ? La religion est seulement un des traits
physionomiques d'une société, trait élu autrefois
comme caractéristique de celle-ci ; à notre époque
désacralisée, on élit plutôt le rapport de cette société
à l'État de droit.

Une religion est une des composantes d'une
civilisation, elle n'en est pas la matrice, même si
elle a pu quelque temps lui servir de désignation
conventionnelle, être son nom de famille : « la civilisation chrétienne ». L'Occident passe pour avoir
cultivé ou préconisé l'humanitarisme, la douceur,
plus que l'ont fait d'autres civilisations et il devrait
cette douceur à l'influence chrétienne qui aurait
adouci les mœurs. Cette idée n'est ni vraie ni fausse,
je le crains, car les rapports entre une croyance et
le reste de la réalité sociale se révéleront beaucoup
moins simples. On me saura gré de ne pas brandir
l'Inquisition et les Croisades et de me borner, pour
garder les pieds sur terre, à citer quatre lignes de
Marc Bloch : la loi du Christ « peut être comprise
comme un enseignement de douceur et de miséricorde, mais, durant l'ère féodale, la foi la plus vive
dans les mystères du christianisme s'associa sans difficulté apparente avec le goût de la violence[1] ».

---

1. Marc BLOCH, *La Société féodale*, I, p. 61.

INDIVIDUALISME ET UNIVERSALISME ?

Outre ces vues trop simples, écartons aussi de grands mots vagues, tels qu'individualisme ou universalisme, même si Paul Valéry en a fait un double mérite au christianisme. L'individualisme serait-il catholique parce que chaque âme a une valeur infinie et que le Seigneur veille sur elles une par une ? Oui, pour vérifier si elles sont humbles et soumises à sa Loi. Et que veut dire individualisme ? Une attention attachée par un individu à sa personne, comme exemplifiant la condition humaine ? Une priorité ontologique ou encore une primauté éthique de l'individu sur la collectivité ou sur l'État ? Un non-conformisme, un dédain des normes communes ? La volonté de se réaliser plutôt que de rester à son rang ?

Le catholicisme est étranger à ceci comme à cela ou plutôt, en des occasions, des chrétiens ont donné l'exemple de cette exemplification, de cette primauté ou de ce rejet, comme il arrive à tout le monde de le faire. Si la liberté est le noyau de l'individualisme, alors celle-ci serait-elle chrétienne parce qu'il n'est méritoire d'obéir à la Loi chrétienne que si on obéit librement ? Peut-être, mais on n'est pas libre de ne pas y obéir, et cette prétendue liberté n'est qu'autonomie dans l'obéissance à une Église et à ses dogmes.

Le mot d'universalisme est non moins trompeur ; parler d'une religion exclusive et prosélyte serait plus juste : le christianisme est ouvert à l'univers et se dit le seul vrai. Les penseurs païens étaient universalistes, car ils s'exprimaient en philosophes : tous, Grecs et Barbares, libres et esclaves, hommes et femmes, avaient également accès à la vérité et à la sagesse ; les capacités humaines étaient virtuellement les mêmes chez tous les hommes. Saint Paul, en revanche, est un sergent recruteur : il engage tout le monde à entrer dans une Église qui est ouverte à tous et se referme sur eux ; Gentils et Juifs, libres et esclaves, hommes et femmes seront tous un en Christ s'ils gardent la foi. Le paganisme aussi était ouvert à tous, mais moins exclusif : tout étranger pouvait adorer un dieu grec et n'était pas damné s'il ne l'adorait pas.

RELIGION ET PROGRAMME POLITIQUE
FONT DEUX

Depuis saint Paul, le christianisme a ouvert aux non-Juifs le peuple élu, c'est-à-dire l'Église : toutes les âmes peuvent être sauvées, que le corps habité par elles soit blanc, jaune ou noir. Saint Paul élargissait ainsi aux Gentils le privilège du peuple élu. Était-ce chez lui de l'universalisme ? Affirmait-il du même coup l'unité de l'espèce humaine ? Il ne l'affirmait ni ne la niait : il n'y pensait pas, il n'en pensait pas si long. Ne soyons pas dupes des termes généraux, ces vêtements trop amples de la pensée.

Ce n'est pas cela que nous entendons aujourd'hui par universalisme, lequel affirme à juste titre que toutes les races, toutes les peuplades – ainsi que les deux sexes – ont virtuellement les mêmes capacités humaines et que les différences actuelles ne sont dues qu'à la société : l'intelligence de Kofi Annan, de Condoleezza Rice et du prix Nobel Muhammad Yunus vaut celle du président George W. Bush ; il peut naître des prix Nobel parmi les natifs de Nouvelle-Calédonie ou de Bornéo, ce n'est qu'une affaire d'éducation, de milieu, de société. Or ce qui est pour nous une évidence n'a guère plus de cent ans, elle aurait surpris les civilisés du XIXᵉ siècle et son triomphe, trop acquis d'avance pour avoir été remarqué au passage, est peut-être un des plus grands événements de l'histoire humaine, bien que sa naissance soit passée inaperçue et qu'elle se soit imposée à nous comme à notre insu : aucun fait marquant, aucune doctrine, aucun livre n'est à l'origine de son triomphe tacite. Elle n'est pas due au christianisme et pas davantage à la science des sociologues, mais plutôt à la décolonisation et à ce qu'on pourrait appeler un état d'esprit sociologique, un « discours » implicite sur le rôle de la société, qui s'est établi sans bruit au XXᵉ siècle.

Quant à la recherche de fondateurs, d'ancêtres spirituels, elle est souvent illusoire. En 1848, en France, il était entendu dans certains milieux que Jésus avait été le premier socialiste et que le socialisme « tirait les conséquences » de la charité chrétienne, de l'amour du prochain ; c'était aussi l'époque où l'on prétendait que le christianisme avait mis fin à l'esclavage, qu'aucun païen, aucun chrétien (sauf, à la rigueur,

Grégoire de Nysse) n'avait songé à abolir. Mais pourquoi l'aurait-on aboli ? Le christianisme est une religion et non pas un programme social ou politique ;
il n'avait rien à changer à la société. On ne saurait
lui en faire un grief, pas plus qu'on ne reprochera
au marxisme de ne pas se soucier du salut des âmes
dans l'au-delà. Comme nous avons tous été rachetés
par le Christ, que nous sommes tous devenus aptes
au salut et que nous partageons la même condition
métaphysique, nous sommes tous frères, mais « en
Christ » et quant à notre âme immortelle.

De cet unanimisme religieux, il ne découle pas que
le maître et l'esclave sont égaux en ce bas monde (les
esclaves ne pouvaient pas être ordonnés prêtres). Le
salut étant au prix du respect de la morale en cette
vie, saint Paul prescrit aux esclaves d'obéir à leur
maître. Quant aux conséquences à tirer de l'amour
du prochain, Lactance les avait déjà tirées vers 314.
Chez les païens, écrit-il[1], il y a des riches et des pauvres, des maîtres et des esclaves ; or, « là où tous ne
sont pas égaux, il n'y a pas d'égalité, et l'inégalité
suffit à exclure la justice, qui repose sur le fait que
tous les hommes naissent égaux ».

« On pourrait me rétorquer », continue Lactance
avec une bonne foi désarmante, « qu'il y a aussi des
riches et des pauvres, des maîtres et des esclaves chez
nous, chrétiens. Certes, mais nous les considérons
comme des égaux et des frères, car ce qui compte est
l'esprit et non le corps ; nos esclaves ne sont asservis

---

1. LACTANCE, *Institutions divines*, V, 14 fin-15.

qu'en leur corps, en esprit ce sont nos frères ».
Plutôt que de servir de matrice à l'universalisme des
droits de l'homme, saint Paul a mis de l'huile dans
les rouages de sociétés inégalitaires : sur les bancs
d'une église, les petits sont égaux aux grands (sauf si
la modestie sociale ou l'humilité chrétienne les font
s'y placer au dernier rang).

Sommes-nous donc encore chrétiens ?

Enfin, de quelle Europe s'agit-il, de celle de jadis
ou de l'Europe actuelle ? En 2005, Élie Barnavi nous
parlait de nos racines chrétiennes, nous rappelait
ce que nous fûmes au temps des cathédrales. Oui,
le christianisme a pris à son service les architectes,
peintres, sculpteurs ; oui, il a servi de texte à la philosophie médiévale, à cette « scolastique » longtemps
calomniée qui égale les philosophies grecque et allemande ; sa spiritualité et sa morale intériorisée ont
enrichi notre vie intérieure. Oui, nous étions chrétiens en ce temps-là, mais maintenant ? Quel rapport
avons-nous encore avec saint Bernard de Clervaux,
avec l'amour divin, la pénitence, la vie contempla-
tive, la mystique, la Révélation menacée par la philosophie, la primauté du spirituel imposée aux rois, la
prédication de la Deuxième Croisade ?
Notre Europe actuelle est démocrate, laïque, partisane de la liberté religieuse, des droits de l'homme,
de la liberté de penser, de la liberté sexuelle, du fémi-
nisme et du socialisme ou de la réduction des inéga-

lités. Toutes choses qui sont étrangères et parfois opposées au catholicisme d'hier et d'aujourd'hui. La morale chrétienne, elle, prêchait l'ascétisme, qui nous est sorti de l'esprit, l'amour du prochain (vaste programme, resté vague) et nous enseignait à ne pas tuer ni voler, mais tout le monde le savait déjà. Tranchons le mot : l'apport du christianisme à l'Europe actuelle, qui compte toujours une forte proportion de chrétiens, se réduit presque à la présence de ceux-ci parmi nous. S'il fallait absolument nous trouver des pères spirituels, notre modernité pourrait nommer Kant ou Spinoza ; quand celui-ci écrit dans l'*Éthique* que « porter secours à ceux qui en ont besoin dépasse largement les forces et l'intérêt des particuliers ; le soin des pauvres s'impose donc à la société tout entière et concerne l'intérêt commun », il est plus proche de nous que l'Évangile.

Sauf dans la mesure où la papauté prend des positions sociales, comme a fait Léon XIII en 1891 dans l'encyclique *Rerum novarum* et comme le fera Jean-Paul II. Vers 1950, des catholiques de gauche, dans une version neuve de leur religion, ont estimé que les vertus théologales impliquaient la condamnation du capitalisme, écrit Michel Winock. Bref, ou bien l'Europe comme telle n'a plus rien à voir avec la morale chrétienne, qui ne s'impose plus qu'aux seuls chrétiens (si tant est qu'ils la respectent et qu'elle n'ait pas changé, elle aussi) ; ou bien on pense à l'actuel catholicisme libéral, mais c'est celui d'une minorité qui s'inspire du monde contemporain. Le

cas fort complexe du protestantisme reste tout à fait
à part.

Ce n'est pas le christianisme qui est à la racine
de l'Europe, c'est l'Europe actuelle qui inspire le
christianisme ou certaines de ses versions. Étranges
racines qui se confondent avec la croissance de la
tige Europe, se transforment avec elle ou même
cherchent à ne pas être en retard sur elle. Aussi bien
la morale que pratiquent aujourd'hui la plupart
des chrétiens ne se distingue-t-elle pas de la morale
sociale de notre époque (Anatole France en souriait
déjà) et de son recours à la contraception (Baude-
laire en ricanait déjà).

Et puis un jour est venu où l'Europe et l'Occident
ont eu une autre identité que chrétienne et où les
peuples n'ont plus été classés d'après leur religion. À
partir du XVIe siècle, avec une meilleure connaissance
de l'Orient, les peuples commenceront à se distinguer
par leurs « mœurs », dont la religion ne sera qu'une
composante ; au XVIIIe siècle, les nations seront ou
ne seront pas « policées ». En ce temps-là, l'Angleterre et l'Inde avaient le même niveau de vie. Mais au
XIXe siècle se produira une grande rupture : l'État de
droit, la révolution technologique, la richesse et les
canonnières seront la « civilisation », les différents
peuples seront ou ne seront pas civilisés. Puis, au
cours du XXe siècle, on préférera parler de tiers-
monde, de développement et d'État de droit.

Je crois entrevoir d'où vient la vive résistance
qu'éprouve probablement mon lecteur à adhérer à
ce qu'il vient de lire : comment, dira-t-il, n'aurions-

nous pas une identité chrétienne, alors qu'en nous et autour de nous le christianisme est partout ? Tout notre héritage chrétien, les grandes cathédrales, l'église du moindre village, Blaise Pascal, notre littérature classique, Jean-Sébastien Bach, la peinture religieuse qui remplit nos musées... Mais précisément, pour la majorité d'entre nous, c'est là un héritage, c'est du *patrimoine*, c'est-à-dire du passé, un passé que nous vénérons en ce « culte moderne des monuments » dont parlait Alois Riegl[1]. Le christianisme est ce que nous fûmes et qui reste un nom ancestral. Nous habitons une vieille maison, nous vivons dans un cadre historique, mais, pour la plupart, nous n'avons plus les convictions ni les conduites des anciens habitants. De même, le Japon actuel, cette « plus belle conquête » de la modernité occidentale, a un passé et un nom japonais. Outre comme patrimoine, le christianisme subsiste aussi comme phraséologie : lors de l'élection présidentielle de 2007, les trois candidat(e)s, à droite, à gauche et au centre, usaient quelquefois d'un langage chrétien[2], mais pour présenter un programme qui n'avait rien de chrétien.

---

1. A. RIEGL, *Le Culte moderne des monuments*, publié et traduit par Fr. Choay et D. Wieczorek, Paris, Seuil, 1984.
2. Peu après la première édition de ce petit livre, Mgr André Vingt-Trois, archevêque de Paris, écrivait dans un grand hebdomadaire que ces déclarations des candidats « renvoient à une culture chrétienne sous-jacente dont on nous avait pourtant expliqué savamment qu'elle n'existait plus... Une pensée politique largement laïcisée, voire totalement areligieuse, emprunte néanmoins certains thèmes ou certaines expressions chrétiennes » (*L'Express*, 5 avril

La part de vérité :
la préparation d'un terrain

Telle me semble être la vérité, mais non la vérité tout entière. Car il ne faut pas omettre deux nuances, desquelles naît l'illusion de racines, mais qui sont aussi une partie de la vérité.

Et d'abord, si illusion il y a, comment se fait-il que, dans les sondages, la majorité des Européens, qu'ils soient pratiquants ou non, répondent qu'ils sont chrétiens (si du moins la question leur est posée expressément, car ils ne le diront pas spontanément) ? C'est parce que, comme on a proposé plus haut, la majorité des membres de n'importe quelle société éprouve au moins une vague sensibilité religieuse ; cette majorité apaise un peu cette nostalgie et se sent plus élevée, plus riche d'humanité quand elle se réclame d'une religion – évidemment la religion qu'ils ont sous les yeux, celle de leur pays, qui leur semble nationale, normale, saine, bien qu'ils la connaissent mal et se soucient peu de ses impératifs et interdits. C'est ainsi que le mot de chrétien reste pour beaucoup, non une identité[1], mais une sorte de

---

2007). Précisément : elle emprunte une vieille et noble phraséologie, mais pour un programme qui n'avait rien de chrétien.

1. Les Européens ne se reconnaissent pas une « identité » chrétienne au sens fort où, parmi eux, les Anglais, les Français, les Espagnols, etc., se reconnaissent une « identité » anglaise, française ou espagnole. Ils sont surpris de voir que les musulmans, projetant sur eux leur propre conception de l'identité, les qualifient en bloc et individuellement de chrétiens.

patronyme héréditaire ; à la manière du nom d'une famille d'antique noblesse dont les descendants ont depuis longtemps abandonné l'armure et le heaume pour la cravate des conseils d'administration, mais n'en conservent pas moins le souvenir et la fierté de leur nom antique.

Mais précisément une vieille famille a des traditions, une façon d'être qui lui reste particulière, elle conserve ou croit conserver telle ou telle vertu héréditaire dont elle a fait sa devise... Loin de l'Occident chrétien, la famille bouddhique a conservé la tradition de la non-violence qui a laissé, me dit-on, son souvenir et sa réalité dans l'histoire ; l'islam a emprunté au judaïsme et conservé la pratique de l'aumône. Le devoir judaïque d'aumône est passé aussi au christianisme ancien qui a développé des institutions charitables, hôpitaux, hospices, maisons des pauvres, aujourd'hui laïcisées et étatisées, mais dont il a été l'inventeur[1]. Car le mécénat des riches païens ou évergétisme ne songeait guère qu'à faire briller le cadre architectural de ses cités et à briller lui-même ; certes, on donnait une pièce de monnaie aux pauvres, on leur abandonnait les restes des sacrifices sur les autels des temples, mais sans l'ériger en doctrine.

La noble famille chrétienne se flatte de s'être toujours distinguée par sa douceur, sa miséricorde, son sens de la fraternité. Sans doute a-t-elle parlé de ces vertus plus encore qu'elle ne les a pratiquées ; elle

---

1. J. Daniélou et H.-I. Marrou, *Nouvelle Histoire de l'Église,* I, *Des origines à saint Grégoire le Grand,* Paris, Seuil, 1963, p. 368.

a été répressive et, comme le commun des mortels, elle a aimé l'argent et le pouvoir ; l'humanitarisme n'a pas été son principal souci et, soyons juste, ce n'était pas sa destination propre. Mais, un beau jour, sa parole qui vantait une douceur qu'elle-même ne pratiquait pas toujours n'en aura pas moins quelque efficacité éducative.

C'est au cours du XVIIIᵉ siècle, à l'âge des Lumières, que naquit l'humanitarisme qui mettra fin aux supplices corporels ; puis, à la suite des révolutions américaine et française, seront inventés le droit américain au bonheur et les droits de l'homme, qui se développeront plus tard en un égalitarisme politique, puis social, ce qui aboutira à la démocratie et au *welfare State*. Or ces progrès n'auraient-ils pas été facilités par leur analogie apparente avec l'idéal chrétien de charité et de fraternité ? Quand on a entendu vanter une vertu, même peu pratiquée[1], n'y est-on pas un peu préparé ?

L'initiative et le gros du travail sont dus incontestablement aux Lumières, qui sont un plissement

---

1. Ici encore, gardons les pieds sur terre. Au siècle de Léon XIII, l'amour du prochain est influencé par le mouvement ouvrier. Mais, au temps aristocratique de Grégoire le Grand, la charité consistait à secourir d'abord et plus largement les nobles ruinés que les vrais pauvres, dont la condition natale était d'être pauvres ; tandis que les nobles ruinés avaient une souffrance de plus, la honte d'être devenus pauvres. Voir Peter BROWN, *Poverty and Leadership in the Later Roman Empire*, University Press of New England, 2002, p. 59-61. Répétons qu'une religion, n'étant pas une essence transhistorique, ne peut être une matrice, une racine, et devient en partie ce que son temps la fait être.

géologique de l'histoire[1]. La distinction entre rois et sujets, entre nobles et roturiers, n'étant pas fondée en raison, les roturiers cessent d'être, face à un noble, pareils à des enfants devant une « grande personne » (aussi pouvait-on les bâtonner). Le souverain était si supérieur qu'il s'abattait de toute sa force, dans les supplices, sur l'homme de rien qui avait osé le défier. Mais maintenant les supplices sont abolis, car le souverain est le peuple et tout citoyen a droit à un minimum de respect[2]. Puis cet universalisme politique devient social, sous l'effet des revendications

---

1. Est-il besoin de préciser que les Lumières ne sont ni religieuses ni antireligieuses ? Elles se sont heurtées un moment à certains dogmes et attitudes de certaines religions et à leur éventuel exclusivisme. La relation entre les Lumières et le recul actuel des grandes religions coutumières est compliquée et n'est pas claire. Il me semble que les esprits qui sont plus ou moins obscurément favorables à la religiosité forment un « parti virtuel » qui est toujours majoritaire, même en France aujourd'hui. Il serait tentant d'essayer de spéculer sur les mots de « parti virtuel ». S'il existe de tels partis virtuels, cela implique, entre autres choses, que l'*habitus* n'est pas tout, n'en déplaise à Bourdieu.

2. Ce respect, dira-t-on peut-être, est d'origine évangélique. Mais alors, comment se fait-il qu'il ait attendu dix-huit siècles pour agir ? Parce que au cours des siècles, dans l'histoire, « on ne peut pas penser n'importe quoi n'importe quand », disait Michel Foucault qui donnait là le meilleur résumé de sa philosophie de la connaissance. L'histoire n'est pas finaliste, sauf dans nos illusions rétrospectives. Elle n'offre pas de développement « naturel », comme une plante, mais seulement de l'épigénèse, me dit Jean-Claude Passeron : la plante historique ne continue pas ses racines, ne développe pas ce qui aurait été préformé dans un germe, mais se constitue au fil du temps par degrés imprévisibles. L'inventivité historique est un des aspects de cette épigénèse.

des petites gens qui s'inclinaient devant les nobles, mais ne respectent pas des bourgeois.

Cependant, à côté des Lumières, la tradition chrétienne a joué son rôle. Comment, dira-t-on, une fraternité et une égalité idéales où l'esclave était mystiquement un frère, mais frère très obéissant, ont-elles pu agir sur le terrain social, temporel ? De deux manières qui ont moins agi que préparé le terrain : les généalogies illusoires et les fausses analogies. Lorsque des mots qu'on a souvent entendus rencontrent les idées d'une époque, on croit les reconnaître en celle-ci, on s'imagine avoir toujours pensé comme cela ; Chateaubriand et Lamennais voudront croire que le christianisme avait aboli l'esclavage et qu'il a préparé la liberté moderne.

L'analogie y a aussi contribué. Par confusion entre l'égalité spirituelle et l'égalité temporelle, le vieux sol christianisé a été pour les Lumières un terrain qui n'était pas destiné à leurs semences, mais qui a pu les recevoir mieux que d'autres sols. Schumpeter disait que, si la guerre sainte avait été prêchée aux humbles pêcheurs d'un lac de Galilée, et le Sermon sur la Montagne à de fiers cavaliers bédouins, le prédicateur aurait eu peu de succès[1]. La charité chrétienne a aidé à assimiler la phrase citée de Spinoza, qui est pourtant bâtie sur un « discours » séculier,

---

1. Cité par J.-Cl. PASSERON, *Le Raisonnement sociologique, un espace non poppérien de l'argumentation*, éd. augmentée, Paris, Albin Michel, 2006, p. 453.

celui de l'utilité de l'homme pour l'homme, étranger à leur religion.

Le christianisme a cessé depuis longtemps d'être les racines de l'Europe, à supposer que « racines » soit davantage qu'un mot ; mais, pour certaines valeurs, il a contribué à préparer un « terrain », comme disent les médecins et les agriculteurs. Depuis Troeltsch et Max Weber, nul n'ignore l'influence de la Réforme protestante sur la mentalité des nations occidentales ou sur la liberté américaine ; les nuances qui distinguent l'Europe du Nord, protestante, et les pays latins, catholiques, restent proverbiales.

RACINES OU ÉPIGÉNÈSE

Mais précisément ce ne sont que des nuances ; se réclamer d'un Livre saint (ou du sens qu'une époque lui prête) n'est qu'un facteur historique parmi d'autres. Aucune société, aucune culture, avec son fourmillement et ses contradictions, n'est fondée sur une doctrine. De l'entrecroisement confus de facteurs de toute espèce qui composent une civilisation, la partie qui semble émerger est la religion, ou encore les grands principes affichés, parce que c'est la partie audible, lisible, langagière d'une civilisation, la partie qui saute aux yeux et aux oreilles et d'après laquelle on est porté à la caractériser et à la dénommer. On parle donc de la civilisation chrétienne de l'Occident, on attribue son humanitarisme au christianisme. On se représente une société comme un grand Individu dont la pensée précède l'action.

Peut-être, mais la religion n'est qu'un facteur parmi bien d'autres, qui n'a d'efficacité que lorsque son langage devient réalité, lorsqu'il s'incarne dans des institutions ou dans un enseignement, dans le dressage coutumier d'une population dont la religion devient l'idéal, le surmoi. Mais le facteur religieux rencontre alors les autres réalités, les institutions, les pouvoirs, les traditions, les mœurs, la culture séculière. Le surmoi – « l'enseignement de douceur et de miséricorde », selon les termes de Marc Bloch que je citais – ne l'emportera pas toujours sur les intérêts, les appétits, le sens grégaire, les pulsions – « le goût de la violence » dont il parle aussi. Dans ce fouillis, vouloir privilégier tel ou tel facteur est un choix partisan ou confessionnel. De plus, en notre siècle, les Églises ont une influence plus réduite dans les sociétés sécularisées. Le christianisme y est enraciné, il n'en est pas pour autant à la racine ; encore moins est-il le représentant de ces sociétés, devenues différentes de lui, sauf lorsqu'il s'en inspire.

L'Europe n'a pas de racines, chrétiennes ou autres, elle s'est faite par étapes imprévisibles, aucune de ses composantes n'étant plus originelle qu'une autre. Elle n'est pas préformée dans le christianisme, elle n'est pas le développement d'un germe, mais le résultat d'une épigénèse[1]. Le christianisme également, du reste.

---

1. Voir J.-Cl. PASSERON, cité note 2, p. 230.

Mes remerciements vont à ma femme, le docteur Estelle Blanc, à Laure Adler, à Lucien Jerphagnon, à Claude Lepelley, à Thierry Marchaisse, au docteur Françoise Mareschal, à Hélène Monsacré, à Pierre-François Mourier, à Olivier Munnich, à Jean-Claude Passeron, à Jérôme Prieur et à Maurice Sartre pour leurs références, suggestions, critiques et encouragements.

Damien Veyne, qui n'est plus de ce monde, m'avait dit sur ce sujet une chose, tirée de son expérience américaine, qui m'avait éclairé.

APPENDICE

Polythéismes ou monolâtrie
dans le judaïsme ancien

« Voici : à Iahvé, ton Dieu, appartiennent les cieux, la terre et tout ce qui est en elle, mais c'est uniquement de vos pères que Iahvé s'est épris, en les aimant, et il vous a choisis de préférence à tous les peuples » (Deutér., X, 14-15). Le Dieu biblique, qu'on le nomme Iahvé ou Élohim (« dieu » par excellence), apparaît sous deux aspects différents. De l'histoire d'Adam à celle de Noé, il apparaît comme l'auteur unique du ciel, de la terre et du déluge, ensuite il apparaît surtout comme le dieu national d'Israël, dieu d'Abraham, d'Isaac, de Jacob ou au moins de Moïse.

Le premier aspect est celui d'un dieu cosmique, objet de spéculations ; son action explique pourquoi le monde existe : il a fait (*bârâ'*) – et non pas « créé », notion encore trop savante[1] – le ciel et la terre, il a tiré

_____

1. Trop savante pour une époque où, entre Salomon et la reine de Saba, ou Œdipe et le sphinx, on se posait des devinettes ; tel

la femme d'un côté *(sêla‘)* – d'une moitié[1]– d'Adam.
Cet Auteur de tout sera un jour le Juge universel du
Livre de Job. Le second aspect, qui est l'objet d'une
foi vivante, est celui d'un dieu de son peuple ; « Je
placerai ma demeure au milieu de vous, je me pro-
mènerai parmi vous » (Lévit., XXVI, 11-12). Car
l'auteur du vaste monde est aussi un dieu local,
national, qui a dit : « Je demeurerai au milieu des fils
d'Israël et je serai leur dieu » (Exode, XXIX, 45).

Or ce dieu est un Dieu Jaloux, *qanâ'* (je ne sais pas
l'hébreu, je le déchiffre à coup de grammaire et de
dictionnaire, mais je voudrais communiquer au lec-

était alors le summum de l'intellect. Si bien qu'on distinguait mal
entre « dire » et « faire » : Iahvé n'a pas « créé » le monde à partir
du néant, mais sa « parole » toute-puissante a suffi à faire surgir le
monde à son commandement.

1. Genèse, II, 21. Le mot hébreu veut dire, soit « côte », soit
« côté ». Contre l'interprétation par « côté » et pour la défense de la
« côte » traditionnelle (celle des Septante), on allègue Genèse, I, 27 :
« il les fit mâle et femelle ». Mais on peut répondre qu'avec Genèse,
II, 4 b, a commencé un autre récit de la fabrication du monde, un
second récit. Ce sera un récit dit iahviste et il y aura ici un coupé-
collé, si l'on croit à la théorie des deux sources qu'on appelle le Iahviste et l'Élohiste. Il est plus simple de remarquer que les deux récits
de la création de l'homme ne se contredisent pas ; que Iahvé ait tiré la
femme d'une côte de l'homme ou de son côté, le résultat est le même
et c'est ce résultat qu'énonce le premier récit : l'espèce humaine,
sortie des mains de l'Artisan divin, est bien composée de mâles et
de femelles. – Il est inutile de supposer qu'Adam était un androïde
bisexuel : Élohim a pu faire surgir surnaturellement la femme de la
moitié du corps de l'homme, sans couper en deux celui-ci. – Il est
permis d'imaginer, derrière la légende, un rite nuptial où le nouvel
époux appelait sa femme « ma moitié », ou au contraire un dicton
selon lequel la femme n'était qu'une moitié d'homme.

teur une obsession linguistique), un dieu jaloux de son peuple (c'est le qualificatif qu'il ne cesse de se donner à lui-même). Le peuple qu'il a élu ne doit pas adorer d'autres dieux que lui (Exode, XX, 5 ; XXXIV, 14 ; Nombres, XXV, 11 ; Deutér., IV, 24 ; et *passim*). J'ignore si les dieux des autres peuples du Moyen-Orient étaient aussi jaloux que lui ; aussi exclusifs ; en tout cas, dans beaucoup de religions, les dieux ont leur propre vie, vivent pour eux-mêmes, s'intéressent d'abord à eux-mêmes et, sauf épisodi-quement, ne font pas une passion de leurs rapports avec les hommes.

La jalousie de Iahvé, pierre de fondation et pierre d'angle de la religion d'Israël antique, est donc sa première grande invention (ou une de ses grandes vérités, pour un croyant), qui est lourde de consé-quences. Car croire que le dieu dont un peuple dépend est exclusif entraîne que ce peuple devra lui être totalement dévoué, sous peine de châtiment ; or ce total dévouement de la part du peuple élu entraî-nera, comme son reflet inversé dans un miroir de rêve, une providence totale de la part du dieu. Le Deutéronome, les Prophètes et les Psaumes répé-teront qu'aucune nation au monde ne possède un dieu qui prenne autant de soin pour elle que le fait Iahvé pour son peuple. Dieu étant jaloux, on lui sera fidèle, et par là on l'obligera, car qui s'attache à un être se l'attache. À un être, à un seul, dis-je, car on ne peut servir deux maîtres, qui seraient jaloux l'un de l'autre : on ne peut se donner entièrement – et par là se faire pleinement protéger – qu'à un dieu unique.

La jalousie divine fut le germe du monothéisme. On devine aussi qu'un dieu aussi bon protecteur de son peuple deviendra un dieu encore plus national que les dieux locaux des peuples voisins ; son culte sera patriotique, identitaire.

Le théologien et historien Friedrich Heiler a montré dans un grand livre[1] que le rapport de l'homme et du dieu est toujours imaginé sur le modèle d'un rapport entre hommes, souvent le rapport entre un potentat et ses sujets. Ici, on penserait plutôt au rapport entre un cheikh et sa tribu ou entre un *padrone* et sa « famille ». Dans le monde réel les relations avec un *padrone* ne sont pas toujours idylliques, mais société et religion ne sont pas la même chose : un dieu est irréprochable et le monde de l'imagination (ou de la foi, pour un croyant) est réversible, symétrique, fait à souhait. Décréter qu'un dieu est jaloux (ou le savoir par révélation ou par tradition) permet de voir en lui un haut protecteur.

À la différence de cette jalousie, les deux autres aspects du dieu, divinité cosmique et divinité locale, sont plus banals. De nombreuses religions à travers le monde ont connu ces deux aspects de la divinité, auxquels correspondaient, il est vrai, des divinités distinctes : d'un côté un grand dieu céleste qu'on n'invoquait et n'adorait guère (dans les croyances pré-islamiques, Allah était le nom de cette divinité élevée et lointaine), de l'autre tout un panthéon.

---

1. F. HEILER, *Das Gebet*, trad. Kruger et Marty, *La Prière*, Payot, 1931, p. 86, 137, 158, 434, 436 et *passim*.

Ce *deus otiosus*, cet *All-Father* a été décrit par les ethnologues dans maint polythéisme primitif ; on le retrouve chez tous les peuples polythéistes du Moyen-Orient antique[1].

Et par ailleurs, au Proche-Orient, vers 1100, les dieux locaux, nationaux, étaient la règle. « Tous les peuples marchent chacun au nom de ses dieux, nous, nous marchons au nom de Iahvé, notre dieu », dit vers 730 le prophète Michée (IV, 5). Un chef d'Israël, un « Juge », Jephté, dit en substance, au roi des Fils d'Ammon : « Nous possédons le territoire que Iahvé, notre dieu, nous a donné, aussi légitimement que tu possèdes celui que t'a donné Camos, ton dieu » (Juges, XI, 24).

Mais alors, pourquoi l'évolution qui devait aboutir au monothéisme s'est-elle déroulée en Israël seulement ? Parce qu'il y a eu en Israël de l'inventivité religieuse, de même qu'il y en avait eu en Égypte

---

1. Valentin NIKIPROWETZKY, « Le monothéisme éthique et la spécificité d'Israël », dans *De l'antijudaïsme antique à l'antisémitisme contemporain* (V. Nikiprowetzky éd.), Presses universitaires de Lille, 1979, p. 32, article avec lequel je crois et espère m'être souvent rencontré dans les présentes pages. – Peut-être était-ce le cas du Très-Haut (*'elyon*), auteur du ciel et de la terre, qui est le dieu de Melchisédech (Genèse, XIV, 20) et de Balaam (Nombres, XXIV, 16), qui ne sont pas des fils d'Israël. Le Très-Haut est le supérieur de Iahvé et des autres dieux ou *élohim*. Le texte du Deutéronome, XXXII, 8-9, cesserait alors d'être énigmatique : on est tenté de comprendre que le Très-Haut ou Shaddaï, dieu céleste, suprême et lointain, a réparti les humains en autant de nations qu'il y a de divinités (d'*élohim*) au-dessous de lui : chaque nation aura son *élohim*, son dieu local, mais le dieu suprême a fait des fils d'Israël un lot à part, qui est réservé par privilège à l'un de ces *élohim*, Iahvé.

avec Akhnaton. Les deux aspects de la divinité, dieu universel et dieu national, y étaient ceux d'un seul et même dieu ; toutefois il faudra plusieurs siècles et un peu de génie pour tirer les conséquences de cette identité et pour parvenir à un monothéisme et à un universalisme. Chose plaisante, cette révolution religieuse promise à un grand avenir a eu pour théâtre un territoire moindre que deux départements français, un confetti ; vers 950, le premier Temple, élevé à Jérusalem par le roi Salomon dont le souvenir restera fameux auprès de son peuple, était long de vingt-sept mètres au plus et large de neuf (I Rois, VI, 2). L'inventivité religieuse (ou la Révélation) souffle où elle veut.

Tenons-nous-en d'abord au second aspect, celui du dieu national d'Israël parmi les peuples. Dieu unique d'une religion monothéiste ? Le monothéisme n'est pas un mot qu'on puisse prononcer sans donner de précisions ; il existe cent façons d'être monothéiste, si bien qu'il faut regarder au-dessous de cette idée, en apercevoir les présupposés tacites, le « discours » foucaldien, ce qui consiste tout simplement à laisser dire aux textes ce qu'ils disent et à ne pas leur attribuer notre propre discours. La question n'est pas de savoir si le judaïsme a ou n'a pas l'honneur d'avoir toujours été monothéiste, mais de savoir par quelles étapes il l'est devenu et ce qu'on pouvait entendre par monothéisme il y a vingt ou trente siècles, avec des outils de pensée qui ne sont pas les nôtres.

Nous verrons qu'un monothéisme affirmé sera attesté dans des textes incontestables lorsque, vers

730, par un coup de génie, les deux aspects que nous avons distingués, le dieu cosmique et le Dieu Jaloux, se rejoindront expressément. La nature et le degré de ce monothéisme ont varié avec les vicissitudes internationales, le Dieu Jaloux et sa Loi étant devenus pour Israël un enjeu patriotique, une identité. Un gros problème est que la notion de vérité comme opposée à l'erreur n'est pas une donnée immédiate, elle est tardive et difficile ; à travers l'histoire, elle ne fait que clignoter, et le monothéisme des théologiens aussi. Il est plus aisé de dévaloriser des dieux étrangers, de les qualifier d'idoles de bois ou de pierre, que de concevoir qu'ils n'existent pas ou de le faire comprendre aux esprits timides.

Reprenons les choses à partir du début. On ignore à quel moment Iahvé est devenu le dieu d'Israël, ou plutôt à quelle époque s'est constitué en Israël un « parti » religieux iahviste, incessamment battu en brèche par le culte des idoles. La Bible fait remonter la révélation et l'alliance de Iahvé tantôt à Abraham lui-même « dont les pères servaient d'autres dieux » (Josué, XXIV, 2), tantôt à Moïse seulement[1]. Certains historiens modernes, dont Max Weber, adoptent cette seconde version et estiment que Iahvé ne fut reçu qu'au temps où Israël nomadisait misérablement dans la péninsule du Sinaï. Toute montagne insigne a son dieu et Iahvé était le dieu du mont

---

1. Exode, VI, 3 ; Deutér., V, 2-3 : Moïse déclare : « Ce n'est pas avec nos pères que Iahvé a conclu alliance, mais avec nous qui sommes ici aujourd'hui, tous vivants. »

Sinaï ou Horeb, qui restera à jamais « la montagne de Dieu[1] ». Ce fut un des germes du monothéisme : chaque montagne a son dieu à elle. Ce dieu unique d'un certain lieu fut identifié au grand artisan, unique lui aussi, qui avait été l'Auteur de toutes choses, car toute œuvre a un auteur et on pense spontanément à un seul auteur.

Voilà donc une première question : pourquoi le panthéon d'Israël ou du moins celui des iahvistes ne comptait-il qu'un seul dieu ? Il est une autre question qui va nous arrêter longtemps : outre le seul dieu auquel Israël s'est voué, les dieux qu'il lui est interdit d'adorer, les dieux des peuples étrangers, existent-ils eux aussi à ses yeux ? Oui et non : il faut distinguer.

D'une part, beaucoup de iahvistes pensaient en toute simplicité que les dieux que leur Dieu Jaloux leur interdisait d'adorer n'en existaient pas moins ; un mari jaloux qui interdit à sa femme de penser à d'autres hommes ne nie pas l'existence de ces hommes, bien au contraire. Cependant, d'un autre côté, quelques esprits plus avancés, ou plus zélés et agressifs, refusaient l'existence à ces autres dieux, mais comment faire comprendre cette idée incroyable aux esprits doux et simples ? Il était plus aisé de dévaloriser ces faux dieux, de répéter que ce n'étaient que des idoles de bois ou de pierre, qu'ils ne valaient rien, qu'ils étaient impuissants.

---

1. C'est sur cette « montagne de Dieu », *har hâ-élohim*, qu'Élie se rendra pour entendre la parole de Iahvé (I Rois, XIX, 8-9).

Plutôt que de parler tout de suite de monothéisme, me dit un grand connaisseur de ces problèmes, il faut reconnaître qu'Israël a commencé par de la mono-lâtrie. Un exemple en est Josué, XXIII, 16 et XXIV, 14-24, où l'on voit qu'il s'agissait de fidélité à un certain dieu et non d'unicité de ce dieu ; peu avant sa mort, Josué donne au peuple le choix : veut-il encore servir Iahvé ou préfère-t-il d'autres dieux, ceux du ses ancêtres avant Abraham, ou encore ceux du pays qu'il habite présentement ? Le peuple choisit Iahvé, non pas parce que ces dieux seraient de faux dieux, mais parce que c'est Iahvé qui les a fait sortir d'Égypte ; Josué leur dit alors : « Ôtez les dieux étrangers qui sont parmi vous[1]. » Le psaume 97 va plus loin, il est, si l'on peut dire, à la fois monothéiste avec le Très-Haut et polythéiste avec les autres dieux : « Toi, Iahvé, le *'Elyôn* sur toute la terre[2], tu t'élèves bien au-dessus de tous les *élohim*. »

On peut cependant prononcer aussi les mots de polythéisme primitif, puisque les autres dieux que le Dieu Jaloux de son peuple lui interdit d'adorer existent bel et bien. Le dieu en personne le dit, au moment d'infliger à l'Égypte la dernière des sept plaies : « Je ferai justice de tous les dieux d'Égypte, moi, Iahvé » (Exode, XII, 12) et, de fait, Iahvé « fit justice de ces *élohim* » (Nombres, XXXIII, 4). Qu'on

---

1. Même expression dans Juges, X, 16, et I Samuel, VII, 3. Ces dieux se confondent avec leurs images, leurs autels et leurs pieux sacrés qu'on renversera ou brûlera (Josué, XXIV, 14-24).

2. Ce Très-Haut est l'Auteur du ciel et de la terre (Genèse, XIV, 22).

lise sans « discours » préconçu des lignes comme
celles-ci : « Si tu viens à oublier Iahvé, ton *élohim*,
et si tu vas à la suite d'autres *élohim*... » (VIII, 19).
Ou encore : « Vous n'irez pas à la suite d'autres
dieux, dieux des peuples qui seront autour de vous,
car Iahvé, ton Seigneur, au milieu de toi, est un dieu
jaloux » (Deutér., VI, 14-15) : ces dieux sont men-
tionnés sans un mot de doute.

L'explication de cette croyance aux autres dieux
est double. Croire, dira un jour Saint Augustin, est
d'abord croire à la parole d'autrui. Pour ma part, sur
la parole des géographes qui me l'ont appris, je crois
à l'existence de la Chine où je ne suis jamais allé. Or
beaucoup d'hommes – et en Israël même, à toute
époque – parlaient d'autres dieux que de Iahvé ou
en entendaient parler, en avaient appris l'existence,
donc ces dieux existaient.

Ils en avaient d'autant plus entendu parler que le
iahvisme aura été un parti religieux dont la Bible
est le manifeste, et non la religion toujours régnante
en Israël. Le retour du peuple ou du roi aux idoles,
aux Baals, ne cessera de rythmer l'histoire antique
d'Israël sitôt après la mort de Josué (Juges, II, 12), de
Salomon, d'Ézéchias, de Joas, ou plutôt dès Moïse,
avec le Veau d'or (Exode, XXXII, 1). Dans les deux
royaumes d'Israël et même de Juda, pendant quatre
siècles et plus, il y aura eu plus de rois idolâtres que
de souverains fidèles au seul Iahvé. Le iahvisme
a toujours été partiel et intermittent, certains fils
d'Israël adoraient les idoles plutôt que Iahvé, ou
plus souvent, sans doute, adoraient à la fois celui-ci

et celles-là ; au dire d'Ézéchiel (XXIII, 36-39), les habitants des deux capitales, Jérusalem et Samarie, « se prostituaient » aux idoles avant d'aller souiller de leur présence le Temple de Iahvé. En fouillant des habitations sur les pentes de la Cité de David, l'archéologie a exhumé des statuettes de la déesse de Sidon, Astarté, à laquelle Salomon lui-même avait fini par élever un autel (I Rois, XI, 5 et 33). Lorsqu'on voit qu'en une circonstance la divinité des voisins s'est révélée plus efficace que le dieu qu'on adore, on est tenté de faire appel à elle aussi[1]. Certains sacrifiaient leurs premiers-nés au dieu Moloch en les faisant « passer par le feu[2] ».

En pratique, le iahvisme exclusif, au moins jusqu'à l'époque du Second Temple, aura été un choix intermittent plus que la religion coutumière d'Israël. De plus, Iahvé n'était pas toujours le principal souci de toute la société. Le Juste Moqué des Psaumes (à distinguer du Juste Souffrant, opprimé par les Puissants qui forment l'entourage du roi) vivait dans une Jérusalem plus jouisseuse que pieuse où les dévots formaient une minorité moquée qui agaçait par son zèle (Sagesse, 2, 12-16).

Le iahvisme est une monolâtrie en vertu d'un choix mutuel : Iahvé a choisi son peuple, son peuple l'a choisi (Deutér., VII, 7 et XIV, 2), « Iahvé seul le

---

1. Cf. II Chron., XXVIII, 23.

2. II Rois, XVI, 3 et XXIII, 10 ; Jérémie, VIII, 31 et XIX, 3-6 ; Ézéchiel, XX, 25-26, etc. Cf. M. Gras, P. Rouillard, J. Teixidor, *L'Univers phénicien*, Paris, Arthaud, 1989, p. 170-175.

conduit, pas de dieu étranger avec lui ! » (Deutér., XXXII, 12, dans le Cantique de Moïse)[1] Iahvé a toujours en lui l'aspect d'un dieu cosmique, il règne dans les cieux et sur toute la terre (Exode, XIX, 5 ; Deutér., X, 14) et y déclenche quand il veut le tonnerre, la grêle (Exode, IX, 29) et tous les fléaux d'Égypte, mais n'est pourtant dieu que sur Israël (Deutér., X, 15). Iahvé doit donc combattre et vaincre les peuples étrangers dans des combats internationaux. Or il y a « des dieux » (Juges, II, 12) chez les peuples voisins et Iahvé dit à son peuple de ne pas craindre ces dieux étrangers en cas de guerre (Juges, VI, 10) ; il ne lui dit pas qu'ils n'existent pas[2].

---

1. Un texte sensationnel est peut-être le psaume 82, s'il faut comprendre qu'Élohim, dans une sorte d'assemblée divine, « juge les autres dieux », ceux des autres nations, et leur reproche d'être aveugles, injustes et d'abandonner à leur sort le faible et l'indigent. La difficulté est qu'un autre texte, le psaume 58, dit : « Oui, il y a des Élohim qui jugent sur la terre » et que, selon l'Exode XXII, 8, le voleur « que les Élohim condamneront » devra restituer le double à sa victime (dans les deux cas, le verbe est au pluriel). Ou bien ces Élohim sont véritablement des dieux et le psaume 82 est un document sensationnel, mais reste une difficulté : peut-on croire que des dieux soient des juges malhonnêtes ? Ou bien ce mot désigne emphatiquement des juges de chair et d'os (ce qui est difficile à croire). On a supposé aussi que ces Élohim étaient les Teraphim, ces dieux pénates de chaque foyer juif (qui seront bientôt frappés d'interdiction pour idolâtrie), et qu'on jurait primitivement par les pénates que l'objet volé vous appartenait. Et les pénates ne démentaient pas toujours les faux serments...

2. Les peuples étrangers sont présumés raisonner pareillement. Hiram, roi de Tyr, bénit Iahvé d'avoir donné à Israël un aussi grand roi que Salomon (I Rois, V, 21 ; cf. aussi XVII, 12 et II Chroniques, II, 10-11) ; la reine de Saba fait de même (II Chr., IX, 8).

À vrai dire, outre les dieux des nations, le monde est rempli de dieux, d'*élohim*. Iahvé est entouré de toute une cour, composée de tels *élohim* (psaume 138, 1). Il y a tant de dieux qu'on ne connaît pas leurs noms. Quand un homme a une vision et ignore quel être lui est apparu, ce n'est pas « le » Dieu qui s'est révélé à lui, mais « un » dieu, qui ne lui est connu que comme « le dieu qui m'a secouru dans ma détresse » (Genèse, XXXV, 3). « Iahvé sera un dieu pour moi, s'il se comporte en dieu avec moi » (XXVIII, 21). Dans le récit incohérent du pacte céleste avec Abraham sous les chênes de Membré (Genèse, XVIII), il y a tantôt trois êtres divins, selon la vieille légende, tantôt le seul Iahvé, car le rédacteur n'a voulu sacrifier ni son propre iahvisme ni la version légendaire. Pour sauver le monothéisme, ces *élohim* seront considérés un jour comme des Anges du Seigneur. L'homme, créature du dieu suprême ou de Iahvé, est de peu inférieur à ces *élohim* ou futurs Anges, affirme le Psaume 8, 6.

D'où un fait linguistique qui peut être trompeur : pour parler de ces *élohim*, on emploie indifféremment le singulier et le pluriel. Il y a tant de dieux qu'on dit parfois, par un à-peu-près, que « des *élohim* se sont révélés » à un homme (Genèse, XXXV, 7, avec le verbe au pluriel), alors qu'en l'occurrence un seul de ces dieux, le futur Dieu Jaloux, lui est apparu (XXVIII, 13). N'abusons pas de ce texte : ce pluriel, pour désigner à l'occasion un seul dieu, parle globalement de la race des dieux, de l'espèce divine. Abraham, voyageant à l'étranger, dit au roi païen du pays : « Les *élohim* m'ont fait errer loin de la

maison de mon père » (Genèse, XX, 13) ; il ne feint
pas d'être polythéiste ni n'adapte son langage à son
interlocuteur, il aurait pu lui dire aussi bien qu'*un*
dieu l'avait chassé. Il emploie, si l'on ose dire, un
pluriel générique[1] qui n'est qu'une façon de parler.
Il demeure que, si ses intentions sont pures et qu'il
ne trahit pas son Dieu, cette façon de parler fossilise
une pensée polythéiste.

On tient au seul Iahvé par fidélité, mais il n'est
que le dieu d'Israël, si bien que, lorsqu'on est en
pays étranger, la tentation est grande de l'oublier et
d'adorer les dieux locaux. Il y a plein de dieux partout, chaque peuple a les siens, qu'il lui est naturel
d'adorer. S'expatrier, c'est abandonner Iahvé pour
tomber sous d'autres dieux. Menacé de mort par
Saül, forcé de s'exiler, David gémit : « On m'a chassé
d'Israël, on m'a dit : Va servir d'autres dieux » (I
Samuel, XXVI, 19). Israël n'était pas le seul peuple
à le penser. En 721, lorsque l'Assyrien Sargon eut

---

1. Deux lignes plus haut, au verset 11, faut-il comprendre « la
crainte d'Élohim » ou « la crainte des *élohim* n'existe peut-être pas
dans ce pays » ? La logique exigerait le pluriel, et Renan traduisait
ainsi ; Abraham sait bien que ce pays païen n'adore pas le seul vrai
dieu. Renan traduisait aussi *élohim* par un pluriel dans Genèse,
XXXII, 29 : « Tu as lutté avec des *élohim* comme avec des hommes » (lutte de Jacob avec l'« Ange ») ; c'est-à-dire que Jacob a lutté
avec un être relevant de la catégorie divine : il suffit d'avoir lutté
avec un seul dieu pour s'être qualifié comme lutteur égal *aux* dieux.
Même symétrie de deux pluriels, dieux et hommes, dans Juges, IX,
13, où la vigne dit proverbialement (et donc en vieux langage) : « le
vin réjouit les *élohim* et les hommes » (RENAN, *Légendes patriarcales
des Juifs et des Arabes*, éd. L. Rétat, Paris, Hermann, 1989, p. 197).

conquis le royaume du Nord, il le repeupla en y
déportant des tribus païennes de toutes origines ; ces
déportés amenèrent avec eux leurs dieux et conti-
nuèrent à les adorer, mais ils adorèrent aussi le dieu
de leur nouveau pays, Iahvé (II Rois, XVII, 33). La
coutume générale était d'adorer les dieux du lieu où
l'on se trouvait (Deutér., XII, 30), ce qu'Israël ne
doit pas faire (Deutér., VI, 14-15 ; Josué, XXIII, 7 ;
XXIV, 2). Les textes ne disent pas qu'il ne faut pas
les adorer parce que ce seraient de faux dieux, mais
par fidélité à Iahvé (Deutér., XXVIII, 36 ; Josué,
XXIV, 15 ; Juges, II, 12 ; III, 6 ; X, 6 ; II Rois, XVII,
32-33, etc.).

Il est difficile de préciser de quelle manière Israël
croyait ou ne croyait pas aux dieux étrangers ;
c'étaient des abominations, des ordures, répètent les
textes bibliques. Soit, mais, se dit le lecteur impa-
tient, si ce sont de faux dieux, qu'on l'écrive enfin !
Tout se passe comme si la question de la vérité ne se
posait pas, l'interdit et la répulsion l'éclipsant. Nous
ne sommes pas dans un régime intellectuel d'assertion et de négation, mais dans une attitude de déva-
lorisation et de refus. Telle est sans doute la bonne
interprétation : le refus et le dégoût dispensent de
les nier, de juger assertoriquement de leur réalité ; il
suffit de les mépriser. Si bien que Jérémie peut à la
fois les dire « tous bêtes et stupides » et répéter qu'ils
sont faits d'un morceau de bois et ne peuvent faire
ni bien ni mal. « Seul Iahvé est un dieu véritable »,
ajoute-t-il (X, 5-10) ; c'est le seul dieu digne de ce
nom, les autres étant indistinctement des dieux faux

(des dieux de mauvaise qualité, des dieux de strass)
et de faux dieux (des dieux qui n'existent pas).

Ces dieux, pour un bon iahviste, n'existent *pratiquement* pas. Mais ne confondons pas refus et idées
claires. Les dieux des autres peuples sont des dieux
de bois ou de pierre dont les adorateurs eux-mêmes
sont honteux, mais ils existent, ne serait-ce que pour
s'humilier devant le seul dieu non faux. « Ils ont
honte, tous ceux qui servent les images (*pesel*) et qui
les vantent : tous les dieux (*élohim*) se prosternent
devant Iahvé » (psaume 97, 7). Iahvé est roi sur tous
les dieux (psaumes 95, 3 et 96, 4)[1]. Ces répugnantes
idoles de bois n'ont pas moins une vie surnaturelle,
qui se distingue mal de celle du dieu. Les Philistins,
s'étant emparés, les armes à la main, de l'Arche de
Iahvé, firent l'erreur de la placer comme trophée
dans le sanctuaire de Dagon, leur dieu. Le lendemain, « Dagon gisait, la face contre terre, devant
l'Arche de Iahvé » ; ils remirent l'image en place et,
le lendemain, Dagon gisait de nouveau, la face contre
terre, sans tête et sans mains (I Samuel, V, 1-4). Un
effort pour expliciter la notion de non-existence est
Deutér., IV, 28 : ces dieux ne voient pas, ne sentent
pas, ne mangent pas. C'est leur ôter la vie, à défaut
de leur dénier la vérité.

Pour une mentalité encore peu formée à la pensée
abstraite, l'idée de non existence est peu acces-

---

1. Ces deux psaumes font consister la supériorité de Iahvé à être
aussi l'auteur des cieux et le maître de la terre : on voit se rejoindre
les deux aspects du dieu que nous distinguions en commençant.

sible. Les croyances d'autrui sont une réalité qu'on peut vomir, mais qu'on ne saurait récuser, à moins d'accéder à l'idée ardue de vérité pure et simple, seule capable de balayer entièrement une croyance. Les catégories de vérité et d'erreur n'étant pas claires, les dieux que l'on refuse cessent d'être des dieux de bonne qualité. Les Grecs ne sont pas davantage parvenus à évacuer complètement leurs mythes : il y avait sûrement quelque chose de réel dans ces histoires fabuleuses, mais quoi ? Elles avaient au minimum une véracité allégorique. Pour les chrétiens des premiers siècles, les dieux du paganisme existaient bel et bien, mais c'étaient des démons qui s'étaient fait passer pour des dieux. Tant qu'une croyance étrangère est proche, elle s'impose assez par sa présence pour qu'on ne puisse la rejeter au néant.

À défaut de nier, on prend le parti de ne pas vouloir connaître ces dieux d'autrui. Ce sont « des dieux qui ne nous ont pas été donnés en partage » par la croyance universellement reçue qui a assigné à chaque pays ses dieux locaux (Deutér., XXIX, 25, et l'énigmatique texte XXXII, 8-9), et Iahvé n'échappe pas à la règle : « Je demeurerai au milieu des fils d'Israël et je serai leur dieu » (Exode, XXIX, 45). Le peuple de Iahvé se redira donc : 1° Je ne veux ni ne dois adorer ces dieux. 2° Ces dieux sont moins forts que le mien. 3° Plus encore, ce sont des dieux faux, au sens où l'on parle de fausses perles ou de faux billets de banque. 4° Mais d'où sortent ces dieux ? Je ne les connais pas, personne ne les connaît, on n'en a jamais entendu parler (Deutér., XI, 28 ; XIII, 7-8 ;

XXXII, 17, etc.). *Ma chi lo conosce ?*, comme on dit
en Italie d'un nouveau venu dont on ne veut pas.

Mais dévaloriser n'est pas nier ; si bien que, vers
l'an 1000, la grande prière du roi David, où se mêlent
quelques-unes de ces nuances, ne s'en achève pas
moins sur deux notes polythéistes : « Existe-t-il une
seule nation sur la terre que des dieux aient rachetée
comme il nous a rachetés ? » (II Samuel, VII, 23, avec
le pluriel d'après les versions) ; Iahvé nous a rachetés
« de l'Égypte, de ses hommes et de ses dieux ». Le
texte a été corrigé par ceux qu'on appelait les scribes,
comme il l'a été en d'autres passages, pour éviter le
polythéisme ou, ailleurs, l'anthropomorphisme.

Devant ce naïf polythéisme pourtant bien inno-
cent, quelques individus de tempérament agressif
prenaient le parti de mettre à l'épreuve ces dieux
sous les yeux du peuple et prouvaient expérimen-
talement qu'ils n'existaient pas, ou du moins que ce
n'étaient pas des dieux. Gédéon prend l'initiative
d'un soulèvement contre le joug des Madianites et
renverse l'autel de leur Baal ; ses compatriotes crain-
tifs protestent contre ce sacrilège et il leur réplique :
« si c'est un dieu (*im-élohim*), qu'il se défende lui-
même ! » (Juges, VI, 31). Le légendaire prophète Élie
met au défi quatre cent cinquante prophètes de Baal :
« Puisque c'est un dieu (*kî-élohim*), qu'il allume lui-
même le feu sur l'autel du sacrifice ! » Les prophètes
eurent beau se démener, se taillader, même danser
à cloche-pied, Baal n'alluma rien, tandis que Iahvé,
à la demande d'Élie, fit aussitôt flamber le feu de
l'holocauste (I Rois, XVIII, 19-40) ; sur quoi Élie, s'il

faut en croire sa légende, fit égorger tous les faux prophètes.

Iahvé est donc unique ou sans égal. Est-il aussi, pleinement, le dieu cosmique qui est son autre aspect ? Vers 760, dans le plus ancien des longs textes de la Bible qui soit contemporain des temps auxquels il se rapporte, à savoir le prophète Amos, Iahvé n'est pas dieu universel : « De toutes les familles de la terre, je n'ai connu que vous, fils d'Israël », dit-il à ceux-ci (Amos, III, 2). Certes, dans une longue prière, le roi Salomon est censé proclamer vers l'an 950 qu'Élohim est trop grand pour résider dans son temple et sur terre, alors que ni les cieux ni la terre ne peuvent le contenir ; c'est dans les cieux qu'il réside, c'est du haut des cieux, « lieu de son habitation », qu'il écoute les prières humaines, celles d'Israël, son peuple (I Rois, VIII, 27-49) et aussi celle de tout homme (VIII, 38). Mais, dit aussi Salomon, l'étranger qui n'appartient pas à Israël et qui vient d'un pays lointain parce que la renommée de Iahvé est parvenue jusqu'à lui sera entendu du haut des cieux, s'il vient à Jérusalem prier Iahvé en son temple (VIII, 41). Ce long discours n'a certainement pas été tiré de la Chronique royale que tenaient les scribes dans le palais de Salomon (I Rois, XI, 41), selon la pratique des potentats orientaux ; il a été inventé à plaisir, quatre ou cinq siècles plus tard, par le pieux rédacteur des Rois, qui écrit pour l'édification et la fierté de ses lecteurs ou auditeurs, et aussi pour la délectation et parfois la malice de ceux-ci.

La conclusion de ce faux discours n'en est pas moins

nette : « Que tous les peuples de la terre sachent que Iahvé est dieu et qu'il n'y en a pas d'autre », proclame le roi Salomon ; mais il a dit aussi, moins nettement : « Il n'y a pas de dieu pareil à toi dans les cieux ni sur terre, tant tu es fidèle à notre alliance et bienveillant ! » (I Rois, VIII, 60 et 23). Iahvé est-il le seul dieu au monde ou le meilleur des dieux pour Israël ? La réponse est simple : on ne savait pas distinguer. On ne distingue pas davantage dans le psaume 96, 4-5 : « Iahvé est grand et digne de louanges, il est plus redoutable que tous les dieux (*élohim),* car tous les dieux des nations sont des idoles (*élilim),* mais c'est Iahvé qui a fait les cieux » ; ainsi donc le dieu d'Israël a aussi l'aspect du dieu du ciel : c'est par là qu'il deviendra bientôt Dieu tout court, au sens où juifs, chrétiens et musulmans emploient ce mot.

Si dieu universel il y a, ce dieu est en même temps dieu local, comme le confirme ce qu'aurait fait vers 860 Naaman, général du roi d'Aram. Atteint par la lèpre et apprenant que le prophète Élisée aurait le pouvoir de l'en guérir, il vint le trouver, fut guéri et déclara, paraît-il : « Je sais maintenant que par toute la terre il n'y a de dieu qu'en Israël » (II Rois, V, 15).

C'est par là que la pensée a commencé à basculer vers le monothéisme : en mettant au-dessus de tout la figure du vrai dieu. Iahvé est incomparable et, en ce sens, unique. Les autres dieux n'égalent pas Iahvé, qui « est le plus grand de tous », est censé avoir dit le beau-père de Moïse (Exode, XVIII, 11). « Nul n'est comme toi parmi les dieux, ô Iahvé, ô Seigneur »

(Exode, XV, 11 ; psaume 86, 8). « Quelle est la nation assez favorisée pour que des dieux lui soient aussi proches que l'est notre dieu Iahvé ? » (Deutér., IV, 7). Pour citer Valentin Nikiprowetsky, on passe de l'incomparabilité de Iahvé à son unicité.

Or cette majoration dévote de Iahvé est aussi l'exaltation patriotique d'une valeur nationale. Comme chacun sait, le iahvisme se targuait d'avoir été le « parti » religieux de la sanglante conquête de Canaan – si tant est que les livres de Josué et des Juges aient une véracité globale et que cette conquête ait une réalité historique, chose dont certains archéologues doutent aujourd'hui[1]. Le iahvisme a été également la religion des soulèvements contre le joug de l'étranger et contre ses dieux faux et rivaux, de même que d'autres peuples se soulèveront au cri de Patrie ou de Liberté. Les prophètes font, de toute catastrophe nationale, un châtiment divin pour infidélité au dieu ou à la Loi, mais qui châtie bien aime bien, Iahvé sait pardonner, c'est un dieu aussi aimant que jaloux et son amour est la promesse d'un pardon, d'un prochain redressement, d'une revanche, d'un triomphe.

---

1. Les fouilles n'ayant découvert aucune trace de destruction violente en Palestine vers l'an 1000, certains archéologues pensent aujourd'hui que les populations israélites étaient là dès le second millénaire et que ces autochtones sont devenus peu à peu l'Israël de la Bible : I. Finkelstein et N. A. Silberman, *La Bible dévoilée : les nouvelles révélations de l'archéologie*, trad. Ghirardi, Paris, Bayard, 2002 ; cf. J. Teixidor, *Mon père l'Araméen errant*, Paris, Albin Michel, 2006, p. 212.

Monolâtrie et patriotisme se confondaient depuis toujours. Dans le document authentique le plus ancien, la Cantate de Débora, vers l'an 1000, Iahvé assure la victoire de son peuple lorsque celui-ci a renoncé « aux dieux nouveaux qu'il avait adoptés[1] ». « Iahvé est mon rocher, ma forteresse, mon libérateur », chante David délivré de ses ennemis, « car qui est dieu en dehors de Iahvé et qui est un rocher en dehors de notre dieu ? » (II Samuel, XXII, 2-51).

Sur des bases religieuses (le dieu local est aussi l'Auteur du monde), le monothéisme a donc eu une motivation politique. *So what ?* Qu'importe ? Les origines des choses sont rarement belles. *And then what ?* Et après ? Les origines ne préjugent pas de la suite. La stature gigantesque du Dieu Unique fera flamber un jour le mysticisme juif, chrétien, musulman.

Israël parvint ainsi à un monothéisme et à un universalisme qui étaient en même temps du patriotisme. Considérons un épisode sublime, la vision d'Isaïe, autour de l'an 730. Il adviendra dans la suite des temps, annonce ce prophète, un jour où afflueront vers Jérusalem « des peuples nombreux », pour que Iahvé, diront-ils, « nous instruise de ses voies, pour que nous marchions en ses chemins, car la Loi provient de Sion » ; alors ce sera partout la paix, « on n'apprendra plus la guerre ». Iahvé « jugera entre les nations et sera l'arbitre de peuples

---

1. Cantique de Débora (Juges, V, 2-31) : « Ainsi périssent tous tes ennemis, Iahvé. » Ces ennemis sont les ennemis d'Israël.

nombreux[1] » (Isaïe, II, 2-4). Iahvé devient moins le
dieu de tous les peuples qu'une prestigieuse super-
puissance morale. Peu avant 538, un prophète non
moins élevé, le grand poète qu'on désigne comme le
Deutéro-Isaïe, prédit que paraîtra un jour en Israël
un mystérieux Serviteur de Iahvé[2], élu par le dieu
pour faire connaître la vérité à toute la terre et pour
être la lumière des Gentils (XLII, 1-7 ; XLIX, 6).

Or songeons que les parties anciennes du Livre
d'Isaïe, vers 730, sont un des premiers longs textes
bibliques qui soient contemporains des événements
dont ils parlent, les règnes de Sargon, d'Ézéchias,
de Sénnachérib... Mis en forme au temps du Second
Temple, vers 500, les livres de la Bible, texte partisan, qui racontent les événements antérieurs ris-
quent d'être truffés de légendes édifiantes, d'un

---

1. Prophétie reprise par un contemporain d'Isaïe, le prophète
Michée (IV, 1-4). Cf. aussi un prophète tardif, Zacharie, VIII, 20-22
et XIV, 16, et le psaume 67, 5.

2. Les chrétiens verront, en cette figure étrange et sublime, une
préfiguration du Christ. Notons par ailleurs que ce Serviteur n'est
jamais désigné comme le Messie : dans la Bible juive, le terme de
Messie (ou « oint ») désigne exclusivement le grand-prêtre et le roi,
qui sont consacrés par une onction d'huile. C'est le roi perse Cyrus
que Iahvé considère comme son Oint, comme un roi à son service, à
en croire le Deutéro-Isaïe, XLV, 1... – Par ailleurs, à l'époque talmu-
dique, il y aura une tradition juive du Messie Souffrant. Un connaisseur me renvoie au traité *Sanhedrin*, 88 a, dans lequel R. Joshua ben
Levi rencontre le Messie (fils de David) aux portes de Rome, parmi
les pauvres et les malades ; le Messie défait et refait ses pansements
un à un, afin de rester toujours disponible pour la délivrance. Et le
Talmud de Babylone, *Succah*, 52 a, parle du « Messie fils de Joseph »
qui sera tué et dont on fera l'éloge funèbre.

iahvisme rétrospectif. Grâce au Livre d'Isaïe, tout interpolé qu'il est, nous sommes sûrs d'un grand événement : vers 730 a éclaté un coup de génie de l'imagination créatrice des religions, une invention à la fois religieuse et patriotique aux conséquences millénaires, qui a fait du dieu d'Israël le vrai dieu du monde.

C'est encore vers l'époque d'Isaïe, mais dans un esprit bien différent, qu'a été écrit le Livre de Job où Dieu, quel que soit son nom, est le dieu universel, comme chez le prophète. Il y reçoit différentes appellations (El, Éloah ou Élohim, c'est-à-dire « Dieu », ou Shaddaï, nom du dieu qu'avaient connu les Patriarches)[1], mais pas le nom de Iahvé, et pour cause : les critiques que fait Job à la théodicée sont presque blasphématoires, les répliques que lui oppose la divinité sont peu consolantes et ne font guère que rendre plus obscure l'énigme d'un monde injuste. Si bien qu'il valait mieux ne pas faire de Job un fils d'Israël, mais un étranger, un Oriental, et ne pas donner à la divinité le nom sacré du juste protecteur d'Israël. Le Livre de Job est, comme l'Ecclésiaste, une spéculation individuelle qui relève d'une sagesse profane. Or, comme il convient à la divinité dans un questionnement proche d'une interrogation philosophique, le Dieu que met en scène cette spéculation est un Juge universel, puisque cet étranger qu'est Job fait l'objet de son jugement.

Face à ce Dieu universel qui n'est pas celui d'Israël,

---

1. Exode, VI, 3.

l'universalisme des grands prophètes reste patriote. Le dieu d'Isaïe et du Deutéro-Isaïe est universel, mais son triomphe reste le commun triomphe de Iahvé et de son peuple. C'est au dieu d'Israël que se rallient les autres nations, pour la plus grande gloire d'Israël. « La loi et la parole de Iahvé proviennent de Jérusalem », dit Isaïe (II, 3). La révélation universelle est une mission réservée à Israël ou du moins au Serviteur de Iahvé, élu en Israël par le dieu. Pour le Deutéro-Isaïe, vers 540, le grand conquérant perse du Moyen-Orient, Cyrus, tout païen qu'il est, est l'Oint de Iahvé, roi à Son service, bien qu'il ne Le connaisse pas, parce que ses conquêtes prouvent aux nations vaincues que leurs dieux n'étaient rien et que le seul vrai dieu est Iahvé. Pour la revanche et la libération d'Israël, Iahvé se sert d'un roi païen[1], ce qui implique que le dieu d'Israël règne sur la terre entière.

Que ces nations, ou du moins leurs survivants, « se tournent donc vers Iahvé » pour leur salut, et qu'ils viennent ployer le genou devant Lui ! Avec cette soumission des nations au seul dieu véritable, « toute la descendance d'Israël triomphera et sera glorifiée, grâce à Iahvé » (XLV, 20-25). Conversion ? C'est plutôt une victoire de Iahvé sur les idoles de Babylone (LVI, 1) et une revanche d'Israël vaincu sur ses vainqueurs[2] et sur ceux qui s'étaient méchamment

---

1. Ézéchiel, XXX, 10, prêtait le même rôle à Nabuchodonosor.

2. À titre de curiosité, relevons qu'une autre prophétie (Livre d'Isaïe, XIV, 1-2), postérieure au Retour en 538 et qui affecte de le

réjoui de ses défaites : un jour viendra, annonce
Iahvé, où les Gentils seront aux petits soins pour
Israël et où, « face contre terre, ils se prosterneront
devant Israël et lècheront la poussière de ses pieds »
(XLIX, 22-23).

Un disciple d'Isaïe ira jusqu'à annoncer que les
peuples, fascinés par l'éminence de Iahvé, iront jusqu'à adopter sa Loi, à se convertir : oui, des Gentils
se convertiront, s'attacheront à l'Alliance avec Iahvé,
observeront le sabbat ; « j'agréerai leurs sacrifices »,
proclame Iahvé, « car ma Maison sera appelée maison
de prière pour tous les peuples » (LVI, 6-7). Aucun
autre texte de l'Ancien Testament ne va aussi loin[1]
et, de nos jours, ces dernières lignes sont inscrites au
fronton des synagogues.

Ce prophétisme est le consolateur d'Israël dans ses
épreuves, c'est un message religieux porté par une
identité nationale. De nos jours, certaines nations,
dont la France, aiment à croire qu'elles sont por-
teuses d'un message, non plus religieux, mais poli-

---

prédire, s'est glissée indûment dans celles d'Isaïe et tient un langage
encore moins sublime : des Gentils ramèneront sur leurs épaules,
en Israël, les enfants des exilés et resteront en Israël, réduits à la
condition d'esclaves. Peut-on oser supposer que les riches exilés
de Babylone, car il y en avait, achetèrent à Babylone des esclaves
pour leur faire porter leurs enfants et leurs bagages au moment du
Retour ? Et que le prophète *post eventum* donne à ce détail une portée symbolique ?

1. Exception faite d'un texte deutérocanonique, Tobie, XIV,
6, qui semble dater de la haute époque hellénistique : « Toutes les
nations se convertiront et craindront véritablement le Seigneur ;
elles enfouiront leurs idoles. »

tique ou civilisateur, auquel elles attribuent une
valeur universelle. Aucun message n'égale celui qui
a été confié à Israël. « Je suis Iahvé, il n'y en a pas
d'autre. Moi excepté, pas de dieu ! » (Isaïe, XL, 18 ;
XLVI, 5) ; chez le Deutéro-Isaïe, Iahvé le proclame :
« Avant moi aucun dieu n'a été formé et après moi
il n'en existera pas » (XLIII, 10). Iahvé est seul à
être parce que sa splendeur, décrite en versets admi-
rables, occupe tout l'espace. Telle est la supériorité
des seules vraies valeurs, de certaines valeurs natio-
nales qui devraient être un exemple pour tous les
peuples.

Aussi bien la supériorité de Iahvé était-elle connue
de tous les peuples (Josué, IV, 24 ; I Rois, VIII, 60,
etc.) ; « toutes les nations de la terre », pour bénir
un des leurs, lui disent : puisses-tu être heureux
comme un fils d'Israël ! (Genèse, XVIII, 18 ; XXII,
18 ; XXVI, 4) : ayant Iahvé pour dieu, Israël peut
se considérer comme le peuple le plus heureux du
monde. Un jour, les peuples étrangers, reconnaissant sa supériorité, le prendront comme arbitre et
juge (Livre d'Isaïe, II, 4 et XI, 10), les Nubiens lui
font hommage d'un présent (XVIII, 7) ; l'humanité
détournera ses regards de ses dieux, pour ne plus
voir que Iahvé, son créateur (XVII, 7-8).

À défaut de séduire, ce monothéisme par supériorité vainc et subjugue : Iahvé remporte la victoire sur
tous les ennemis d'Israël (XLIII-XLIV) ; les survivants des nations vaincues ploieront le genou devant
Lui et reconnaîtront qu'il était le plus fort et le seul
dieu digne de ce nom (XLV), les autres n'étant que

des images (*pesel*) qui n'ont pu résister à la force de Iahvé[1].

C'est précisément au temps du premier Isaïe, en 701, que le roi assyrien Sénnachérib menaça de prendre Jérusalem. Alors le roi Ézéchias fit appel au prophète Isaïe et adressa une prière à Iahvé : « Tu es le seul dieu pour tous les royaumes de la terre, tu as fait le ciel et la terre, les dieux des peuples vaincus par l'Assyrie n'étaient pas des dieux, ils avaient été fabriqués de main d'homme » (II Rois, 15-19). Dieu de son peuple et dieu universel, les deux aspects du dieu d'Israël se sont enfin recouverts

Illustrons ces considérations en lisant les prophéties de Jérémie, autour de 600, ou celles qui sont mises sous son nom. On y voit combien fut laborieuse la formation de l'idée du dieu unique. En un premier stade, Jérémie ne fait que partager ce qu'on peut appeler le vieux polythéisme apparent par manque d'idées claires. Nabuchodonosor, roi de Babylone, est vainqueur de l'Égypte, « de ses dieux et de ses rois » (XLVI, 25). Sous ses coups, Camos, dieu des Moabites, « partira en exil, ainsi que ses prêtres et ses princes » (XLVIII, 7) ; comme lui, le dieu Moloch des Ammonites « part en exil avec ses prêtres et ses princes » (XLIX, 3). Ces dieux fuyards sont moins forts que Iahvé, évidemment. Et leur

---

1. Ces dieux étrangers ne sont plus des idoles (*'elîlîm),* mais de simples images (*pesel,* XLIV, 9-20), or on n'ignorait pas toujours que l'image et le dieu n'étaient pas la même chose (Deutér., VII, 25 et XII, 3).

fuite, signalée d'un simple mot, paraît faire si peu événement que nous sommes tentés de supposer que le prophète parle métaphoriquement, pour signifier que le culte de ces dieux est éradiqué avec leurs adorateurs. Il faut résister à cette tentation : des dieux locaux n'étaient guère plus que la partie suprême des habitants d'un lieu, dont ils partageaient le sort ; leur fuite ne fut pas un événement métaphysique : devant les conquérants, ils avaient réagi comme les autres habitants[1] et ils sont réels comme ces derniers ; il est inutile de s'attarder sur ces fuyards.

Même vieux langage chez un prophète qui, dans la décennie 550, parle sous le nom de Jérémie pour annoncer la chute prochaine de Babylone (Jérémie, L, 2) : la ville maudite est menacée, son dieu Mardouk « a été effrayé, ses idoles ont été atterrées ». Le monothéisme de ce prophète est douteux ; pour lui, un dieu se distingue mal de ses images et est réel comme celles-ci. S'il pensait vraiment que Mardouk n'existe pas, il n'exulterait pas à l'idée de l'effroi de ce faux dieu.

Mais le vrai Jérémie ne s'en tient pas toujours au vieux langage et, dans d'autres passages, on voit se former un monothéisme plus clairvoyant. Lorsque le Iahvé des armées se déchaîne, écrit-il (LI, 17-19), « tout homme se tient pour stupide et ignare, tout fondeur de métal a honte de ses idoles, car ses sta-

---

1. En 79 de notre ère, lors de l'éruption du Vésuve, le bruit courait, parmi les victimes, que les dieux avaient déjà quitté prudemment un monde en train de s'écrouler.

tues ne sont que mensonge, il n'y a pas de souffle en
elles. Tel n'est pas le sort de Jacob, car son dieu à
lui, c'est l'auteur de l'univers ! ». La liaison est faite
entre les deux aspects du dieu d'Israël.

Plus d'un lecteur, je le crains, aura estimé que je
complique les choses et n'ai accumulé que de vaines
subtilités. Pour ma défense, je dirai qu'à travers l'histoire c'est une conquête tardive que de penser une
idée jusqu'au bout (nous en donnerons un exemple
in fine). Ignorée de la Genèse, la notion de création
ex nihilo, par laquelle l'esprit arrive à faire mieux que
d'imaginer la puissance divine comme une capacité
d'artisan, apparaîtra seulement avec II Macchabées,
VII, 28, deux siècles avant notre ère.

C'est sous le choc des conquêtes par les grands
empires, ceux des Assyriens, Babyloniens, Perses,
Grecs hellénistiques, en attendant les Romains, que
les dieux étrangers perdront leur réalité. Le patriotisme souffrant les vomira, si bien que Iahvé n'aura
plus de motif d'être un dieu jaloux : il sera devenu
« le dieu des cieux et de la terre » (Esdras, V, 11 ;
VII, 12, etc.). Ou plutôt la tentation de le tromper
ne cessera sans doute jamais (elle donnera lieu à une
guerre civile doublant la guerre étrangère au temps
encore lointain des Macchabées) ; mais le puissant
parti iahviste, parti national et « historique », sera
le vrai Israël et maintiendra Iahvé comme le dieu
unique d'Israël – et de la Bible que nous lisons.

La Captivité de Babylone et le Retour en 538 vont
provoquer ce grand changement. Une fois revenus à
Jérusalem, les exilés y prennent le pouvoir ; ce sont

des iahvistes convaincus, car le respect scrupuleux du dieu et de sa Loi leur avait permis de conserver leur identité pendant l'exil. Vers 500, à l'époque du second Temple, Iahvé sera le dieu de l'univers – toutefois, il n'en restera pas moins le dieu de son seul peuple. Aux termes de la grande proclamation que prononcera Esdras après le Retour (Néhémie, IX, 6), « c'est Toi seul qui es Iahvé, c'est Toi qui as fait les cieux et la terre ». Iahvé et sa Loi sont maintenant des coutumes ancestrales propres à Israël, composant son identité de nation. En combattant les Grecs de Syrie au nom de Iahvé, Judas Macchabée défend du même coup « nos personnes et nos coutumes », « notre nation et notre Lieu Saint » (I Macch., III, 21 et 59). Dans les textes, ce n'est plus le nom de Iahvé qu'on rencontre le plus souvent, mais le mot de Loi ; pendant la persécution d'Antiochos IV, vers l'an 165, les impies abandonnent la Loi, les hommes pieux ou *hassidim* conservent la Loi (I Macch., I, 52 ; II, 27, etc.).

Or, avec son Dieu Jaloux et sa Loi impérieuse, Israël avait une identité plus marquée que celle d'autres peuples antiques, mais dans la mesure où la population était iahviste. Identité maintenant menacée, non plus seulement par des dieux étrangers, mais par une acculturation à la civilisation grecque tout entière, dont le prestige était immense ; c'était la civilisation « mondiale » de l'époque. Certains des rois grecs de Syrie cherchaient à helléniser Israël, où leurs efforts étaient couronnés de succès auprès d'une partie de la population. Car l'exclusivisme culturel de l'Israël antique a été aussi intermittent et partiel que sa foi iahviste ; l'image aussi monolithique que monothéiste d'Israël est un leurre édifiant – ou antisémite. Mais enfin, pour les *hassidim* et les Macchabées, la Loi comme identité nationale s'opposa à ce qui était toute une civilisation et pas seulement un panthéon.

Et, avec le rejet de tout ce qui était étranger, le monothéisme devint une idée plus nette que jamais ; un des sept martyrs affreusement torturés par Antiochos IV prédit au roi grec que des malheurs allaient bientôt le forcer à reconnaître que « seul le dieu des Juifs est Dieu » (II Macch., VII, 37). On ne prend même plus la peine de répéter que les dieux des Gentils ne sont que des idoles de bois : on ne se soucie plus de leurs dieux. Iahvé étant Dieu tout court, les Gentils qui se conduisent en ennemis de sa Loi et de son Temple ne sont pas des idolâtres, mais des « impies » envers le Roi de l'univers ; ces impies ne sont plus des Juifs mécréants, comme dans les Psaumes, mais des Gentils dont le tort est de ne pas croire au seul Dieu.

Un texte un peu antérieur, datant des années 150, le Livre de Daniel, imagine que Nabuchodonosor, roi de Babylone, rendu clairvoyant par ses malheurs, crut en le tout-puissant Très-Haut (IV, 31-34) ; après lui Darius, roi des Perses, voyant que les lions avaient épargné le prophète Daniel dans la fosse où il l'avait fait jeter, fit un édit ainsi conçu : « Ordre est donné par moi que dans tout mon royaume on craigne et révère le dieu de Daniel, car il est le dieu vivant » (VI, 27). Ces fabulations d'époque hellénistique impliquent que le dieu d'Israël vaut pour tous les hommes, tout en restant la gloire du seul Israël. L'enseignement d'Isaïe et du Deutéronome (IV, 32-34 et X, 14), un demi-millénaire auparavant ou davantage, reste actuel : Israël est une nation privilégiée comme ne l'est aucune autre. Répétons-le, ce monothéisme-là est un message universel porté par une identité nationale ; c'est la France selon Victor Hugo, qui apporte la liberté au monde.

Mais, pour délivrer un message au monde, Israël est une trop petite puissance face aux Grecs, puis aux Romains. Alors, au monothéisme par fierté nationale, va succéder un monothéisme par indifférence, qui n'affirme plus que Iahvé est le seul dieu véritable, mais qui va jusqu'à ignorer ce que peuvent bien croire les Gentils. Israël se contente de son privilège de posséder la Vérité. Selon le Siracide, la Sagesse a parcouru le monde, « s'est enrichie en tout peuple, en toute nation », mais n'a pu trouver de repos et d'asile définitif qu'en Israël (Ecclésiastique, XXIV, 5-8).

Ce n'est plus de l'exclusivisme, mais du solipsisme, qui n'est pas propre à Israël, mais qui est celui de tous les peuples croyants. Toutefois, on a vu plus haut que, sous l'Empire romain, le judaïsme, tout en restant religion nationale, n'en sera pas moins prosélyte avec un grand succès ; puis qu'avec la christianisation il a été forcé de se refermer sur lui-même. Mais, somme toute, chaque religion n'a foi qu'en elle-même, considère les religions différentes avec indifférence (même si elle parle de « dialoguer ») et ne se laisse guère troubler par leur diversité.

La clé de ce nouveau monothéisme réside donc moins dans une affirmation ou une négation, dans une assertion, que dans une attitude envers autrui, dont on ignore les croyances par indifférence. Il faut distinguer ici entre doctrine et attitude, de même qu'en linguistique on distingue entre la sémantique (ce qu'on dit) et la pragmatique (l'attitude envers l'interlocuteur).

Il demeure que cette pragmatique et ce patriotisme n'ont fait que renforcer un monothéisme dont les motivations avaient été politiques, mais dont les racines étaient religieuses : on avait su depuis toujours que le dieu cosmique et le dieu jaloux étaient un seul et même dieu. Seulement des siècles ont passé avant qu'on découvrît génialement où menait cette identité et qu'on parvînt à la conceptualiser. Le dieu d'Israël est devenu vraiment le seul dieu lorsqu'on reconnut « qu'il est l'auteur de l'univers » (Jérémie, X, 16). Un jour viendra, prophétisait Isaïe (XVII, 7-8), où l'homme abandonnera ses idoles parce qu'il aura « porté ses regards vers Celui qui l'a fait ».

C'était pour magnifier le dieu d'Israël qu'on s'était mis à répéter qu'il était aussi l'auteur de toutes choses, mais c'est ainsi qu'on a fini par penser jusqu'au bout cette identité et qu'on a compris que Iahvé était le seul dieu qui fût au monde ; que les autres dieux n'existaient purement et simplement pas. Nous pouvons alors parler, au sens moderne du mot, de monothéisme juif. Les idoles ne sont plus des dieux de mauvaise qualité ni des êtres sur l'existence ou l'inexistence desquels on n'a pas d'idée claire : ce sont des dieux qui n'existent pas, seul existe le Dieu de la Bible.

Ainsi donc, durant les quatre ou cinq siècles qui précèdent notre ère, il y aura côte à côte des Juifs tentés par la civilisation grecque et par son panthéon, ou par le panthéon égyptien, et des Juifs fidèles à Iahvé, qui le considèrent comme le seul vrai Dieu ; ils ne s'interdisent pas, comme leurs ancêtres, d'adorer d'autres dieux que lui : ils ne croient pas à ces autres dieux. Il y a monothéisme et non plus monolâtrie. Maintenant, lorsqu'on qualifie d'idoles les dieux étrangers, ce n'est plus pour les dévaloriser, c'est pour les nier : derrière les déclamations inchangées contre les idoles, la pensée n'est plus la même.

Mais alors, pourquoi continuer à tant déclamer ? Pourquoi les longues pages de la *Sagesse* contre les idoles ? Pour deux raisons, peut-être : parce qu'on enrage intellectuellement de ne savoir comment démontrer leur non-existence, ni expliquer la croyance de tant de peuples à ces dieux ; et parce que beaucoup de Juifs, à Alexandrie et même à Jérusalem, adoraient ces faux dieux ou étaient tentés de le faire. Un texte deutérocanonique, la *Lettre* mise sous le nom *de Jérémie*, a été écrit à l'époque hellénistique pour les conjurer de rester fidèles à leur dieu ancestral et pour les dissuader d'adorer les dieux des Grecs de Syrie séleucide ou d'Égypte lagide. L'auteur répète longuement que ces dieux ne sont que du toc, des idoles de bois ou de métal, puis éprouve le besoin d'affirmer aussi longuement (33-65) qu'ils sont impuissants, incapables d'établir ou de renverser un roi, de secourir un de leurs adorateurs.

Mais, est-on tenté d'objecter, était-il donc nécessaire de spécifier qu'un morceau de bois est impuissant ? Il est hors de doute que le Pseudo-Jérémie ne croit pas à ces dieux ; alors, pourquoi ne pas le dire ? Parce que toute vérité est difficile à faire comprendre. Le Pseudo-Jérémie se borne à attendre que la croyance fausse soit réfutée dans les faits, par son effacement : « on rèconnaîtra un jour qu'ils ne sont que mensonge », écrit-il seulement (50). Le mot de mensonge est significatif : de même que croire est d'abord croire sur parole, de même l'expérience première de la vérité n'est pas celle du contraire de l'erreur et encore moins celle du contraire de la fabulation (du mythe), mais provient des relations interhumaines : la vérité ne fut d'abord que le contraire du mensonge.

Alors, faute de mieux[1], on continuera à répéter, comme on le faisait depuis six siècles, que les idoles ne sont que des images. Par chance, il était interdit de faire des images de Iahvé, ce qui permettait de

---

1. Dans la *Sagesse de Salomon*, XIV, 15-20, il y a une timide tentative d'expliquer d'où viennent les fausses religions ; il semble que le texte fasse allusion aux hommages cultuels rendus aux défunts (selon la *Bible de Jérusalem*) ou à une explication evhémériste (A. Guillaumont, dans la Bible de la Pléiade, renvoie à Firmicus Maternus, *De errore*, VI) ; puis le texte fait la critique facile du culte des souverains hellénistiques.

dire que les faux dieux n'étaient que des images de pierre, d'argile ou de bois ; faute de les attribuer à une capacité de fabuler, on les attribuera à la main des ouvriers. Non, on ne pouvait pas faire mieux. Il est impossible de démontrer une non-existence (jamais personne n'a pu démontrer que Jupiter n'existait pas). Seule la pensée moderne, avec Spinoza et Hume, comprendra que les fausses croyances naissent d'une faculté de l'esprit, l'imagination, ou d'un travers, la superstition, voire de la fourberie des prêtres. Puis on prendra la mesure de l'immense capacité humaine de mythifier et on parlera de fonction fabulatrice. Ce que les Grecs n'avaient su faire (ils n'avaient jamais pu se mettre au clair avec leurs mythes) et qu'il aurait été dangereux de faire (aucune religion au monde, aucune des « fables de l'Écriture » n'aurait été épargnée).

Comme promis, terminons ces considérations sur un autre exemple, tout à fait différent, de conceptualisation laborieuse et de méconnaissance de ce qu'implique ce qu'on pense sans le savoir. Dès le IIe siècle de notre ère, certains auteurs chrétiens – mais non tous – commencèrent à se représenter Dieu comme un pur esprit, et saint Augustin démontrera que l'âme était purement spirituelle et ne s'étend pas dans les trois dimensions. Pour nous, qui avons appris au catéchisme que Dieu et l'âme étaient de « purs esprits », ou qui avons entendu ces mots autour de nous, nous recevons sans difficulté ces mots d'esprit pur, que nous croyons comprendre et qui nous semblent tout simples, alors qu'ils sont loin de l'être. Ils restaient incompréhensibles, absurdes, aux yeux de saint Jérôme à qui saint Augustin (qui est à l'origine du *Cogito* cartésien, comme on sait) n'est jamais parvenu à les faire admettre, malgré un vif échange de lettres. Et nous-mêmes, à qui cette notion d'esprit incorporel semble toute simple, ne savons pas toujours ce que nous pensons sous ces mots. Si nous le savons, nous saurons répondre à la question fort pertinente que les professeurs du Moyen Âge posaient aux débutants pour les éprouver : combien peut-il tenir de millions d'anges sur une pointe d'épingle ? Et comment un ange peut-il rester distinct d'un autre, s'il n'a pas de corps ?

NOTES COMPLÉMENTAIRES

Note 4, p. 14

Lactance écrit que le chrisme fut révélé à Constantin *in quiete*, pendant son repos nocturne ; *quies* veut dire « rêve » chez Tacite. Eusèbe ne parle ni d'un rêve ni du chrisme dans son *Histoire ecclésiastique*, publiée peu après l'événement. Bien plus tard, dans sa *Vie de Constantin* (28-31), il affirmera deux choses : *primo*, Constantin avait prié le dieu chrétien d'être son allié et de lui révéler qui il était ; alors lui apparut en plein midi un « signe » (*sêmeion*) qui n'était autre que « la Croix, ce trophée », ce symbole du triomphe du Christ (*tropaion staurou*) sur la Mort ; elle brillait dans le ciel ensoleillé et portait cette inscription : « Sois vainqueur par ceci », toute l'armée la vit de ses yeux. *Secundo*, la nuit, durant son sommeil, le Christ lui apparut et lui ordonna de faire de ce « signe » son enseigne personnelle pour la bataille imminente. Constantin obéit. Eusèbe nous apprend alors que ce « signe », qu'il venait de désigner comme la Croix du Christ, n'était autre que le même chrisme dont parle Lactance, car on y voyait, écrit Eusèbe, les deux lettres qui servent à écrire le début du nom du Christ « et qui se croisaient » (comme dans le récit de Lactance). Le plus simple est de supposer que la mémoire d'Eusèbe était confuse (Andreas Alföldi, *The Conversion of Constantine and Pagan Rome*, trad. angl. H. Mattingly, Oxford, Clarendon Press, 1948, p. 17) ou, mieux encore, qu'on a chez Eusèbe, dont l'œuvre a eu plusieurs éditions augmentées, deux couches de rédaction successives : il ne savait d'abord que peu de choses sur le rêve et avait vaguement entendu parler de ce qu'il appelle rédactionnellement une croix ; plus tard Constantin lui-même lui a décrit avec précision le chrisme sous serment.

Note 1, p. 15

Plutôt que la conversion de Constantin, la tradition historiographique a choisi, comme borne-frontière entre l'antiquité païenne et l'époque chrétienne, ce qu'on appelle improprement l'édit de Milan, daté de 313, qui n'est pas un édit et n'est pas de Milan. On semble croire que c'est ce texte qui a permis au christianisme de vivre en paix et au grand jour ; il n'en est rien : la tolérance était établie depuis deux ans et, après sa victoire au pont Milvius, Constantin n'a pas eu à faire d'édit en ce sens. La fin de la persécution était acquise en principe depuis l'édit de tolérance de Galère (à Sardique ou à Nicomédie, 30 avril 311, chez Lactance, *De mortibus persec.*, XXXIV, et Eusèbe, *Histoire ecclésiastique*, VIII, 17, 3-10). Étant édicté par le Premier Auguste, cet édit était théoriquement valable pour tout l'Empire et ses quatre *imperatores*, et il fut appliqué par Constantin en Gaule (J. Moreau dans son édition du *De mortibus*, coll. Sources chrétiennes, n° 39, Paris, 1954, vol. II, p. 343) et même par l'usurpateur Maxence en Italie et en Afrique ; mais, en Orient, Maximin Daïa en éluda l'application, jusqu'à sa défaite sous les coups de Licinius. Quant au prétendu « édit » de Milan, ce ne fut qu'un *mandatum*, une *epistula* contenant des instructions complémentaires destinées aux hauts fonctionnaires des provinces, à la suite d'une résolution prise d'un commun accord à Milan par Constantin et Licinius ; pour sa part, Licinius expédia de Nicomédie son *mandatum*, le 15 juin 313 (LACTANCE, *De mortibus persec.*, XVIII, 1 : *litteras ad praesidem datas* ; cf., en XXXIV, 5, l'*epistola judicibus* complémentaire dont parle l'édit de Galère en 311). On peut dire, somme toute, que ces instructions complémentaires complètent, non quelque « édit de Milan », mais... l'édit de tolérance de Galère en 311 ; « *as the acts of Maxentius had lost their validity, Constantine presumably called back into force the Edict of Galerius* » (A. ALFÖLDI, *The Conversion of Constantine, op. cit.*, p. 37). Mais il fallait compléter cet édit de 311, car l'accord des deux Augustes en 313 prévoyait la restitution aux églises de tous les biens que les persécuteurs leur avaient arrachés, d'où les *mandata* d'instructions complémentaires, dont Lactance et Eusèbe ont conservé le texte. Cette clause de restitution est sûrement due au premier et au plus convaincu des deux Augustes, Constantin (Charles M. ODAHL, *Constantine and the Christian Empire*, New York, Routledge, 2004, p. 119). L'hagiographie constantinienne ultérieure a fait, de cet accord conclu à Milan et des instructions complémentaires, un édit en règle dont Constantin aurait le seul mérite (Averil CAMERON et G. CLARKE dans la nouvelle *Cambridge Ancient History*, vol. XII, Cambridge, Cambridge UP, 2005, p. 92 et 656) ; il demeure qu'il en eut l'initiative et le principal mérite. Outre Fergus MILLAR, voir L. et Ch. PIETRI dans *Histoire du christianisme*, vol. II, *op. cit.*, p. 182 et 198 ; S. CORCORAN et H. A. DRAKE dans *The Cambridge Companion to the Age of Constantine* (N. Lenski éd.), Cambridge, 2006, p. 52 et 121.

Encore en septembre 315, un nouveau décret d'application complète les règlements de restitution des biens ecclésiastiques (*Code Théod.*, X, 1, 1, cité par Ch. PIETRI, *Roma christiana*, Rome, 1976, vol. I, p. 78).

Note 2, p. 76

La genèse d'une innovation, d'une création, est aussi rigoureusement déterminée à son échelle que les phénomènes plus vastes. Bergson écrit, dans son mémoire sur *Le Possible et le Réel* : « Si l'événement s'explique toujours, après coup, par tel ou tel des événements antécédents, un événement tout différent se serait aussi bien expliqué, dans les mêmes circonstances, par des antécédents autrement choisis – que dis-je ? par les mêmes antécédents interprétés autrement. » Le plus souvent, on refuse de croire à la création parce qu'elle est individuelle et qu'on s'imagine que tout vient de la « société ». Or (soit dit pour répondre avec trente ans de retard aux objections qu'on me fit jadis), on oppose à tort « société » à « individu » (et « social » à « psychologique »), alors que l'acte le plus individuel est social s'il vise autrui. Pour répondre ici à un savant ami à qui je dois beaucoup et que j'admire fort, la psychologie de l'évergète grec qui faisait spontanément du mécénat pour prendre individuellement une supériorité morale sur sa cité n'est ni individuelle ni psychologique : elle est non moins sociale, puisqu'elle vise les autres, que la conduite collective de la cité qui collectivement, en une autre occasion, impose en retour à un notable avare le devoir de se conduire en évergète. Sur ces problèmes, les idées de l'époque étaient un peu confuses. Social et collectif ne sont pas la même chose. Lorsque tous les passants ouvrent à la fois leur parapluie parce qu'il se met à pleuvoir, ce n'est pas un fait social, tandis que la psychologie vaniteuse et ostentatoire d'un notable isolé est sociale : comme je l'ai écrit et répété, la « distance sociale » qu'instaure le don n'est pas un plaisir « individuel », mais un moyen de dominer le groupe. L'exigence du don par la collectivité est sociale, certes, mais le don « individuel » l'était déjà, lui aussi : il exprimait « le primat du groupe », qui a institué pour les riches, les puissants, un domaine compétitif, celui du prestige et des avantages qu'offre le prestige dans le groupe (Frédéric LORDON, *L'Intérêt souverain, essai d'anthropologie économique spinoziste*, Paris, La Découverte, 2006, partic. p. 39-40, 56-57, 220).

Note 1, p. 80 et note 2, p. 112

Dès sa conversion, Constantin est devenu entièrement et purement chrétien ; il ne faut pas penser que sa foi était pleine de confusion et de syncrétisme et qu'il distinguait mal le Christ du dieu solaire. Ce qui l'a fait supposer est son monnayage, où divers dieux païens figurent sur quelques revers jusqu'en 321, et *Sol Invictus* jusqu'en 322. On a sur-interprété ce monnayage, en croyant y voir l'expression directe de la pensée de l'empereur. Mais le monnayage impérial romain, puis byzantin (où, du reste, les revers monétaires à sujet chrétien ne sont nullement majoritaires), était une institution publique, ni plus ni moins que nos timbres-poste, et non l'expression de la vie intérieure du prince. En un mot, différents dieux païens, dont le Soleil, figurent sur le monnayage parce que la façade de l'Empire de Constantin restait officiellement païenne, et non pas parce que Constantin mélangeait plusieurs dieux dans sa cervelle confuse. Les revers constantiniens font ce que faisaient les revers depuis trois siècles :

ils montrent de nobles allégories publiques, la Providence, la Concorde, le Bonheur public, des victoires, des
armées et leurs enseignes, des empereurs en tenue militaire et quelques dieux païens, dont le Soleil ; mais aussi le
chrisme, répète-t-on. Mais le Soleil n'est pas sur le même
plan que le chrisme dans le monnayage constantinien : le
Soleil y figure comme personne à part entière, tandis que
le chrisme n'est qu'un symbole qui est tracé sur le casque
porté par l'empereur ou sur l'étendard ou *labarum* qu'il
tient à la main, et c'est l'empereur lui-même, en habit
militaire, qui figure sur ce revers, qui est donc impérial et
militaire et non pas religieux (c'est l'empereur qui y a un
esprit religieux). Enfin, si le Soleil, à côté d'autres divinités
païennes, figure sur ces quelques revers, c'était moins par
piété solaire que parce que l'image de *Sol Invictus* était
pour Constantin un blason familial, une preuve de légitimité : Constantin prétendait par son père descendre
de Claude II, or le Soleil invincible avait été l'archétype
céleste des glorieux empereurs illyriens qui avaient sauvé
l'Empire un demi-siècle auparavant. Prendre pour blason
le Soleil était mettre cette légitimité héréditaire illyrienne
à la place de la légitimité institutionnelle des Tétrarques,
avec leur Jupiter et leur Hercule, légitimité dont Constantin pouvait difficilement se réclamer.

Table

Paul Veyne
dans Le Livre de Poche

Foucault, sa pensée, sa personne   n° 31731

Michel Foucault et Paul Veyne. Le philosophe et l'historien. Deux grandes figures du monde des idées. Deux inclassables. Deux « intempestifs » qui ont longtemps cheminé et guerroyé ensemble. Paul Veyne dresse ici le portrait inattendu de son ami et relance le débat sur ses convictions. N'affirme-t-il pas : « Non, Foucault n'est pas celui qu'on croit ! Ni de droite ni de gauche, il ne jurait ni par la Révolution ni par l'ordre établi. Mais justement, comme il ne jurait pas par l'ordre établi, la droite l'a vomi, tandis que la gauche a cru qu'il suffisait qu'il ne jurât pas par l'ordre établi pour qu'il fût de gauche. » Il n'était pas davantage le structuraliste que l'on a dit, mais un philosophe sceptique, un empiriste proche de Montaigne qui n'a cessé, dans son œuvre, de s'interroger sur les « jeux de vérité », vérités construites, singulières, propres à chaque époque. On ne saurait trancher plus totalement que ce texte sur les idées qui se croient d'avant-garde et ne sont que des idées reçues. Un livre iconoclaste, un témoignage unique.

Du même auteur :

COMMENT ON ÉCRIT L'HISTOIRE.
ESSAI D'ÉPISTÉMOLOGIE (1971),
Le Seuil, « Points histoire », 1996.
INVENTAIRE DES DIFFÉRENCES, Le Seuil, 1976.
LE PAIN ET LE CIRQUE.
SOCIOLOGIE HISTORIQUE D'UN PLURALISME
POLITIQUE (1976),
Le Seuil, « Points histoire », 1995.
L'ÉLÉGIE ÉROTIQUE ROMAINE.
L'AMOUR, LA POÉSIE ET L'OCCIDENT (1983),
Le Seuil, « Points essais », 2003.
LES GRECS ONT-IL CRU À LEURS MYTHES ? (1983),
Le Seuil, « Points essais », 1992.
RENÉ CHAR EN SES POÈMES (1990),
Gallimard, « Tel », 1994.
LA SOCIÉTÉ ROMAINE (1991),
Le Seuil, « Points histoire », 2001.
Préface, notices et notes à Sénèque,
ENTRETIENS, LETTRES À LUCILIUS (1993),
Laffont « Bouquins », 1998.
Introduction à Sénèque,
DE LA TRANQUILLITÉ DE L'ÂME, Rivages, 1993.
RENÉ CHAR : LA SORGUE ET AUTRES POÈMES
(en collaboration avec Marie-Claude Char),
Hachette Éducation, 1994.

LE QUOTIDIEN ET L'INTÉRESSANT.
ENTRETIENS AVEC CATHERINE DARBO-PESCHANSKI (1995),
Hachette Littératures, 1997.
LES MYSTÈRES DU GYNÉCÉE
(avec Françoise Frontisi-Ducroux et
François Lissarrague),
Gallimard, 1998.
SEXE ET POUVOIR À ROME, Tallandier, 2005.
L'EMPIRE GRÉCO-ROMAIN, Le Seuil, 2005.
QUAND NOTRE MONDE EST DEVENU CHRÉTIEN
(312-394), Albin Michel, 2006.
SUR L'ANTIQUITÉ : ENTRETIEN AVEC LUCIEN JERPHAGNON,
Textuel, 2008.

 **www.livredepoche.com**

- le **catalogue** en ligne et les dernières parutions
- des **suggestions de lecture** par des libraires
- une **actualité éditoriale permanente** : interviews d'auteurs, extraits audio et vidéo, dépêches…
- **votre carnet de lecture** personnalisable
- des **espaces professionnels** dédiés aux journalistes, aux enseignants et aux documentalistes